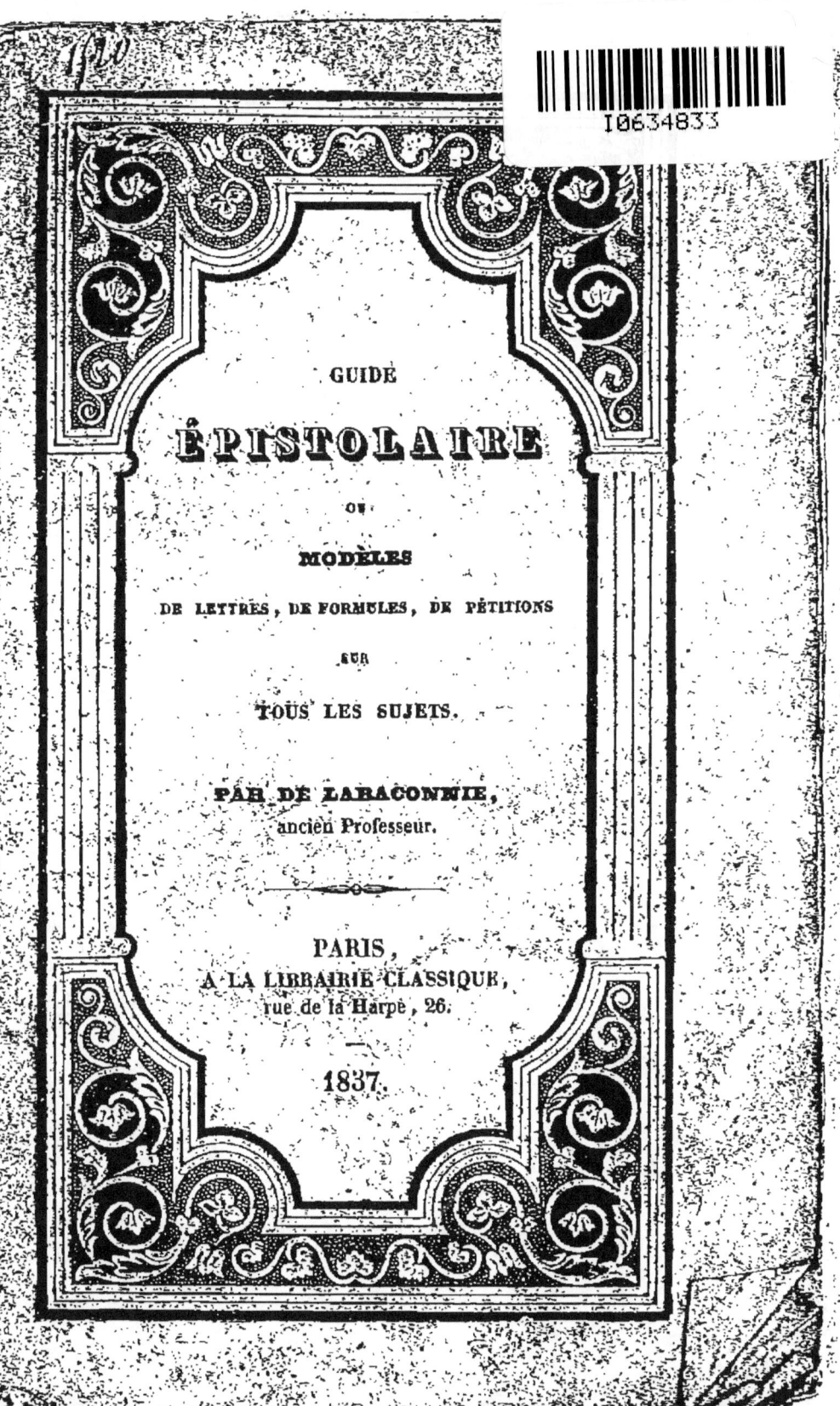

GUIDE

ÉPISTOLAIRE

OU

MODÈLES

DE LETTRES, DE FORMULES, DE PÉTITIONS

SUR

TOUS LES SUJETS.

PAR DE LABACONNIE,

ancien Professeur.

PARIS,

À LA LIBRAIRIE CLASSIQUE,

rue de la Harpe, 26.

1837.

Z

NOUVEAU

GUIDE ÉPISTOLAIRE.

NOUVEAU
GUIDE ÉPISTOLAIRE

CONTENANT

DES MODÈLES DE LETTRES

EXTRAITS DE NOS MEILLEURS AUTEURS;

DE PÉTITIONS

A TOUS LES FONCTIONNAIRES PUBLICS;

ET

DES FORMULES

EN MATIÈRE CIVILE ET COMMERCIALE;

PRÉCÉDÉ

DU CÉRÉMONIAL ÉPISTOLAIRE.

Par Labaçonnie,

Ex-Professeur de Belles-Lettres.

PARIS,

CHEZ LENÈGRE FRÈRES, LIBRAIRES,
Rue de la Harpe, 26.

———

1837.

INTRODUCTION.

Réflexions générales sur la Nature, l'utilité du genre Epistolaire, le Style qui lui convient, etc., etc.

Les lettres sont des espèces de conversations destinées à adoucir l'absence, et à faire en quelque sorte disparaître les distances. Les *Lettres*, dit le célèbre Pope, *vivent*, *parlent* et *pensent*. Selon Turpilius le Comique, *elles sont le seul moyen de nous faire jouir de la présence de nos amis absens.*

Rien de plus utile que le genre épistolaire, aussi est-il le plus employé. C'est peut-être néanmoins le plus ignoré, et l'un des plus difficiles, parce qu'il exige que celui qui s'y exerce possède deux qualités rarement réunies, la connaissance du monde et le goût de l'étude. S'il ne connaît pas les usages de la société, et s'il n'a pas l'esprit cultivé, l'on verra régner dans ses lettres le désordre, l'impolitesse, les fautes de langage et de construction, l'aridité de sentimens, la stérilité des pensées, le galimathias, l'enflure, la prolixité, etc.

Comme les lettres ont une immensité d'objets, la méthode pour les bien écrire a une infinité de nuances.

Dès lors, il est impossible de donner des préceptes particuliers à chaque espèce sans exception. Mais il est une règle générale, et qui s'adapte à toutes; la voici. Avant de prendre la plume, pénétrez-vous bien de votre sujet, étudiez-le, analysez-le, approfondissez-le; ensuite écrivez. Votre lettre sera sûrement bien faite pourvu que vous sachiez votre langue.

> Ce que l'on conçoit bien s'exprime clairement,
> Et les mots, pour le dire, arrivent aisément.
>
> BOILEAU.

On a prétendu que le style d'une lettre devait être négligé; mais peut-être ne faisait-on pas assez attention que les meilleures lettres des anciens, qui doivent être toujours nos modèles et nos maîtres, sont celles dont le style est le plus soigné. La longue lettre de Cicéron à Lentulus, celle dans laquelle l'orateur romain recommande Milon à Curion, la plupart des épîtres qu'il adresse à Varron, celle surtout dans laquelle il s'efforce de persuader à Lucceius d'écrire son histoire, lettre dont il conseille la lecture à Atticus, ne sont-elles pas plus intéressantes que les lettres adressées à Térentie, à Téron, à Acilius? L'homme de goût, lit-il avec plus d'intérêt Pline lorsqu'il écrit de simples billets à ses amis, que lorsqu'il mande à Arianus ce qui s'était passé dans l'affaire de Marius Priscus, lorsqu'il raconte à Minutianus ce qu'il a fait de la Bétique, lorsqu'il fait à Gallus la brillante description de sa maison de campagne? Ce sont ces lettres que Pline avait travaillées avec le plus grand soin, et celles qu'il croyait les plus dignes de parvenir à la postérité.

Soignez donc le style de vos lettres ; il est des personnes qui regardent comme une marque de mépris une lettre pleine de négligence.

Il faut pourtant prendre garde à ne pas trop s'attacher à polir ses lettres. Les expressions figurées et cavalières, qui donnent tant de grâce et tant d'agrément à un récit, lorsqu'elles sont employées à propos et avec ménagement ne sont pas toujours sévèrement assujetties aux règles grammaticales. Mais peut-on se permettre des solécismes, des constructions barbares ? Non sans doute. On ne doit jamais perdre de vue ce précepte de BOILEAU :

Surtout qu'en vos écrits la langue révérée,
Dans vos plus grands excès vous soit toujours sacrée.

Mais quand, en écrivant une lettre, on s'écarterait d'une exactitude trop grammaticale, je ne crois pas que l'ouvrage fût moins agréable, ni moins intéressant ; pourvu que, les légères incorrections qu'on se permettrait lui donnassent de la vivacité et de la précision.

Ecrivez tout ce qui se présentera au bout de votre plume, pourvu qu'elle soit exercée ; écrivez comme vous parlez, supposé toutefois que vous parlez bien.

La première qualité que doit avoir une lettre ; c'est la clarté. Point de néologisme, point de tours de phrases alambiqués, point d'expressions techniques, à moins que l'on écrive à un artiste sur les objets relatifs à sa profession.

Dans le genre épistolaire l'expression doit être vive, naturelle, et concise. L'art et le travail ne doivent pas s'y faire sentir. Une lettre embarrassée de sentences, hérissée de raisonnemens, surchargée de tous les lieux communs qu'enseigne la rhétorique ne saurait être une bonne lettre.

Le style épistolaire doit être accommodé au sujet, aux temps, aux lieux, aux circonstances, et surtout à la personne à qui l'on écrit. Qu'il soit plein de noblesse, de gravité, de sagesse, lorsqu'on traite des sujets relevés, de grands intérêts ; pur et châtié, lors même qu'il s'agit d'objets de médiocre importance, d'affaires de peu de conséquence ; vif, enjoué, léger, gracieux, pittoresque et même un peu épigrammatique, dans le récit des aventures plaisantes, et peinture des caractères, plein de véhémence et de force dans les exhortations ; de douceur et d'intérêt dans les consolations ; qu'il soit modeste dans les demandes. Il faut en un mot le plier à toutes les formes. On ne doit pas écrire sur le même ton à un vieillard, et à un jeune homme ; à ses amis et à des inconnus, à un jeune homme austère et à un jeune homme enjoué, à ses supérieurs, à ses égaux, à ses inférieurs.

Mettez de l'ordre entre les différens objets qui doivent entrer dans votre lettre, et de la liaison dans toutes ses parties. Les pensées doivent être disposées de manière qu'elles soient plus liées par elles-mêmes que par le secours des conjonctions, qui trop souvent employées rendent le style lâche et traînant. Des transitions fines, presqu'imperceptibles, un enchaînement adroit d'idées et de sentimens conduisent agréablement le lecteur jusqu'à la fin d'une lettre, et l'empêchent de se distraire. Les lettres de Cicéron à Atticus sont des modèles en ce genre.

Il est des personnes qui croient jamais n'avoir assez dit pour se faire entendre ; elles entassent les pléonasmes, elles accumulent les termes synonymes, et présentent la même pensée sous une infinité de formes. C'est un défaut essentiel. Ne dites absolument que ce qu'il faut : ce serait une impolitesse de faire autrement ; parce que ce serait douter de l'intelligence de la personne à qui vous écrivez, et lui donner sans nécessité un long ouvrage. Le style diffus qui ne convient à aucun genre d'ouvrages est surtout insupportable dans le commerce épistolaire. Mais si laisser quelque chose à deviner à celui avec qui vous êtes en correspondance, c'est lui donner une louange délicate, il faut aussi bien prendre garde de ne pas lui supposer plus de pénétration qu'il n'en a dans les affaires de grande conséquence, il est toujours dangereux de ne pas s'expliquer bien clairement. La clarté n'exclut pas la brièveté.

Comme on ne cherche que des sentimens dans une lettre familière, celui qui s'amuserait à jouer sur les mots, à faire des antithèses, des pointes, des calembourgs, à entasser des expressions pompeuses, ne saurait plaire qu'à ceux qui sont dépourvus de délicasse et de goût.

Répéter dans une lettre en réponse les expressions dont s'est servi celui qui nous a écrit, c'est annoncer bien peu de fécondité. Si l'on est forcé d'employer les mêmes expressions, il faut au moins les assaisonner d'un tour nouveau. Ecrire par exemple à quelqu'un qui nous a mandé qu'il viendra incessamment nous voir : « *Vous m'avez mandé que vous viendrez incessam-* » *ment me voir, j'en ai bien de la joie*, etc., etc. »

1..

Ce serait du plus mauvais goût. Cette manière aride et plate est pourtant fort commune. Ne vaudrait-il pas mieux s'exprimer ainsi : « *Vous êtes donc décidé* » *à venir me voir ? Que j'en ai de joie !* » En confondant ainsi son sentiment avec l'avis qu'on a reçu, on est plus sûr de plaire.

Ce qui embarrasse surtout les jeunes gens, c'est le commencement de la lettre qu'ils ont à écrire. Cependant rien n'est plus aisé, puisqu'il ne faut ni préambule, ni exorde. Il suffit d'entrer simplement en matière, et d'écrire tout naturellement ce qu'on a envie de mander. Rien de plus ridicule que de commencer sa lettre par ces expressions, ou autres semblables. « *Je vous écris cette lettre pour*, etc..... » *Celle-ci pour...*, etc. »

Enfin, tout le talent dans une lettre consiste à dire ce qu'il faut dire, à le dire bien, et à ne dire que cela. C'est surtout dans la lecture de Cicéron, César, Madame de Sévigné, Madame de Maintenon, Voltaire, Madame de Staël, etc., etc., qu'on puisera ces formes qui font le charme du style épistolaire. C'est en les méditant que l'on parviendra à acquérir de la méthode, du coloris, et de la clarté.

DES USAGES ET DES FORMULES

GÉNÉRALEMENT ADOPTÉS.

Le cérémonial épistolaire consiste dans plusieurs formalités adoptées généralement, et qui indiquent le plus ou le moins de respects et de déférence que réclament les personnes auxquelles on écrit.

DU PAPIER.

On se sert communément de papier format in-7°
et rogné. Les pétitions, demandes, etc., doivent être
écrites sur papier in-folio. Il est nécessaire de laisser
les deux feuilles. Les lettres de commerce, d'affaires
courantes, peuvent seules, sans inconvenances, être
sur feuilles simples.

| On se sert aussi pour les billets familiers, de petit
papier in-8°.

DE LA DATE DES LETTRES.

Quand on veut donner une marque de respect, on
place la date à la fin de la lettre, à gauche de la
signature. Dans les relations ordinaires, on la place
en tête des lettres. La date doit toujours contenir le
lieu, le *jour*, le *mois*, et l'*an* où l'on écrit. Quelques personnes en écrivant à un ami, à un voisin,
se bornent à indiquer le jour de la semaine, mais
nous conseillons de toujours dater exactement,
parce que la date est en général d'une haute importance.

DE L'INSCRIPTION.

On appelle *inscription*, le titre que l'on met au
haut de la lettre, après la date, et par lequel on
adresse la parole à ceux à qui l'on écrit.

Lorsqu'on s'adresse

1° Au Pape, on met *Très-Saint Père*.
2° Au Roi, *Sire*,
3° A la Reine et aux Princesses, *Madame*;

4° A un Prince, *Monseigneur.*

5° Aux Cardinaux, Archevêques, Evêques, *Monseigneur.*

'Aux Pairs de France, *Monseigneur.*

6°. A tous les autres Citoyens, *Monsieur.*

7° Aux Dames, quelle soit leur rang et celui de leurs époux, *Madame.*

8° A des Demoiselles, *Mademoiselle.*

9° A un Ami, à un Egal, à un Inférieur, *Mon Cher,* ou *Cher Monsieur.*

Lorsqu'on écrit à une personne qui occupe un rang supérieur, on doit mettre l'inscription à quatre doigts, au moins, du haut du papier, et commencer au milieu de la page.

Dans les lettres familières, au contaire, on peut mettre l'inscription dans le corps de la première ou de la seconde ligne, comme ci-après. *Je croyais vous être agréable, Monsieur, en vous adressant les détails que vous demandiez.*

Chaque fois qu'on s'adressera à une Dame ou à une Demoiselle, il faut observer les mêmes égards que pour une personne qu'on respecte, telle est la loi de la politesse.

CORPS DE LA LETTRE.

On doit éviter, dans les lettres, les *interlignes,* les *ratures,* les *renvois.* Il faut laisser au bas de chaque page, environ deux doigts de blanc.

Les convenances prescrivent aussi de laisser à gauche une marge blanche d'un pouce, mais les personnes d'un rang élevé ajoute aujourd'hui peu d'importance à cette formalité.

Il est bien de répéter dans le corps de la lettre le mot de *Monsieur*, *Madame*, ou les titres de la personne à qui l'on écrit.

On dit :

Au Pape, *Votre Sainteté.*

Au Roi, à la Reine, *Votre Majesté.*

Aux Princes ou Princesses de la Famille Royale, *Votre Altesse Royale.*

Aux autres Princes et Princesses, *Votre Altesse Sérénissime.*

Aux Cardinaux-Princes, *Votre Altesse Eminentissime.*

Aux autres Cardinaux, *Votre Eminence.*

Aux Pairs de France, *Votre Excellence.*

Aux Archevêques ou Evêques, *Votre Grandeur.*

Aux Dames et Filles de la Famille Royale, *Madame.*

Aux Citoyens, *Monsieur.*

Aux Demoiselles, *Mesdemoiselles.*

Si la matière de la lettre doit couvrir la troisième page de la feuille de papier, il faut ménager, sur le rebord de droite, une ou deux lignes de blanc, afin qu'en décachetant la lettre, on n'enlève pas des mots qui pourraient rendre inintelligible le sens d'une phrase.

FIN DE LA LETTRE.

Les formules qui terminent une *lettre* sont nombreuses. Nous allons donner les plus usitées ; c'est à celui qui écrit à les employer selon les rapports qui existent entre lui et celui à qui il s'adresse.

J'ai l'honneur d'être, Monsieur,
Votre très-humble Serviteur.

***

J'ai l'honneur de vous saluer.

Recevez mes salutations distinguées.

Agréez mes salutations sincères.

Votre très-humble et très-dévoué, etc.

J'ai l'honneur d'être avec respect,

Votre très-dévoué serviteur.

Daignez croire à la haute considération
de votre dévoué.

Veuillez agréer l'expression de mon
dévouement sans bornes.

Je suis, avec le sentiment le plus distingué,
Votre très-humble et très-obéissant serviteur.

Je suis, avec la considération la plus distinguée,
etc.

Mais il est plus respectueux de dire,

Je suis, avec le plus profond respect, de votre Majesté,
Sire, etc.

Je suis de votre Altesse; de votre Excellence, Monseigneur,
etc., le très-humble et très-dévoué serviteur.

Je suis, avec le plus profond respect,
Monsieur,
Votre très-humble et très-obéissant serviteur.

Agréez, Madame, les hommages d'estime et de respect,
avec lesquels je suis,
Votre très-humble et très-obéissant serviteur.

Dans le style familier, on se sert encore des formules suivantes :

Votre affectionné.　　*Tout à vous de cœur*

Tout à vous d'amitié.　　*Tout à vous.*

Adieu, Monsieur.

Lorsqu'on écrit à un bienfaiteur, il faut placer dans la formule qu'on adopte le mot de *reconnaissance*; lorsqu'il s'agit d'un homme entouré de l'estime publique, qui tient un rang élevé par sa position ou ses vertus privées, il faut parler de sa *haute considé-ration*, enfin lorsque c'est une personne avancée en âge, il faut y placer le mot de respect.

Quand a ce qui regarde les parents, un père et une mère souscrivent ordinairement :

Ton bon ou affectionné père, ta bonne ou affectionnée mère.

Il n'en est pas ainsi, d'un fils ou d'une demoiselle, qui doivent, en écrivant à leurs parents, se servir des formes la plus respectueuse, et dire :

Je suis avec le plus profond respect,
Mon très-cher Père, ou *Ma très-chère Mère*,
Votre très-humble et très-obéissant fils,
ou   *obéissante fille.*

DES SIGNATURES.

C'est assez l'usage qu'on ajoute à son nom, les lettres qui sont l'expression d'une charge ou d'un emploi, afin d'éviter toute incertitude sur l'auteur de la lettre. Comme souvent plusieurs personnes habitent la même ville, portent le même nom, il est utile de se faire reconnaître par une désignation particulière.

C'est une mesure prudente, et que de tristes conséquences, n'ont que trop souvent prouvée, de ne laisser qu'un très-faible intervalle entre la fin de la lettre et la signature.

OBSERVATIONS

SUR LA MANIÈRE DE PLIER ET DE CACHETER LES LETTRES.

La manière la plus simple de plier les lettres est toujours la meilleure ; voici celle qui nous a paru la plus facile, la plus sûre et la plus honnête.

On plie le papier sur sa longueur en trois parties à peu près égales ; on les replie en trois autres parties inégales, dans une autre sens, et l'on fait entrer la plus longue dans la plus petite.

Les pétitions, les papiers importants, les lettres adressées à des personnes de distinction, doivent être mises sous enveloppe après avoir été pliées en quatre.

On se sert ordinairement de la cire d'Espagne pour fermer celles-là, et de pains à cacheter pour clore les premières.

On emploie la cire noire ou les pains à cacheter noirs lorsqu'on est en deuil, ou si l'on écrit à des personnes qui y sont.

SUR LA MANIÈRE D'ADRESSER LES LETTRES.

Une adresse doit être clairement écrite, afin d'éviter les retards et les fausses destinations, auxquels une explication douteuse donnerait lieu. Aujourd'hui que des bureaux de poste sont organisés sur tous les points, et qu'une foule d'endroits portent les mêmes noms, il est surtout important de désigner le département, et si l'endroit est peu connu, éloigné du parcours ordinaire de la poste, d'y joindre le nom de la ville voisine où il se trouve, comme :

A Monsieur
Monsieur Nicolas, rue du Puy-Vincent,
à Saint-Lazare.

Par Limoges (Hte-Vienne).

Lorsqu'on s'adresse à une personne de la première distinction, on met en haut, et en toutes lettres.

Si c'est au Roi ;
A Sa Majesté.

Aux fils , petit-fils , arrière-petit-fils de France ;
A Son Altesse Royale Monseigneur , etc.

Aux autres , quoique non princes du sang ;
A Son Altesse Sérénissime , etc.

Aux princes qui ne le sont ni par leur naissance ni par une souveraineté ;
Au Prince, etc.

Aux ministres et aux ambassadeurs ;
A Son Excellence , etc.

Aux cardinaux ;
A Son Eminence , etc.

Ces premiers titres , ainsi que ceux de *Monsieur* et de *Madame* , s'écrivent de manière qu'ils soient à l'extrémité de la première ligne ; à la seconde , on répète le titre de *Monseigneur* ou de *Monsieur*, auquel on joint le nom de la personne ou son titre si elle en a quelqu'un ; ainsi, par exemple :

A Monsieur ,

Monsieur Larue , négociant , etc.

Lorsqu'une personne est assez distinguée par le nom de la charge qu'elle occupe, on supprime volontiers son nom propre. Ainsi on adresse simplement :

A Son Excellence

Son Excellence le Ministre ,

Secrétaire d'état , au département de l'Intérieur ,

à Paris.

Quelques personnes suppriment aujourd'hui la répétition du mot *Monsieur*, et font ainsi leurs adresses :

Monsieur Dugenet, propriétaire,

30, rue des Trois-Bras,

à Avignon.

AFFRANCHISSEMENT.

On doit affranchir les lettres quand on écrit :

1° Dans des pays étrangers, à moins qu'il n'en soit autrement ordonné par la direction des postes.

2° Aux personnes qu'on emploie pour ses propres affaires, à moins qu'elles n'occupent des places éminentes.

3° Aux rédacteurs des feuilles publiques.

Hors de là, il est impoli d'affranchir. Cette précaution pourrait paraître un reproche de peu de fortune ou d'avarice.

DIFFÉRENTES ESPÉCES DE LETTRES.

L'amitié, l'honnêteté, le devoir, l'intérêt, qui sont les liens du commerce social, sont aussi les divers objets qu'embrasse le genre épistolaire. De-là des lettres d'exhortation, consultation, de consolation, de sollicitation, de remercîment, de conseils, de réconciliation, de souhaits, de recommandation, de félicitation, de reproches, d'excuses, de nouvelles, de dissuasion, de douleur, de plaisir, et d'affaires.

CHAPITRE PREMIER.

DES LETTRES D'EXHORTATION.

VEUT-ON porter quelqu'un à faire une action louable, à former et à exécuter un projet glorieux ? il faut s'efforcer de l'émouvoir, et l'aiguillonner. Or, pour exciter efficacement son zèle, enflammer son émulation ; 1° on fera l'éloge de l'action qu'on lui conseille, de l'entreprise qu'on lui propose ; on donnera à celui à qui l'on écrit quelques louanges délicates.

2° On lui présentera la gloire, la célébrité, qui lui sont réservées, s'il réussit ; la honte et l'ignominie qu'il essuiera, s'il échoue.

3° On lui dira que ses amis attendent ses succès pour s'en applaudir, et que ses ennemis désirent qu'il se rebute, pour s'en féliciter.

4° On lui indiquera les modèles ; on lui citera surtout les exemples de ceux de ces ancêtres qui se sont distingués, de ses amis qui sont devenus fameux, de ses concitoyens qui se sont rendus recommandables.

5° On mettra en usage la figure que les rhéteurs appellent obsécrations appliquées en bonne part, elle peut utilement conduire au but qu'on se propose.

6° Comme il est des caractères que l'exhortation révolte, si l'on soupçonne que celui à qui l'on écrit pourra voir avec peine qu'on veut faire auprès de lui les fonctions d'un pédagogue, on lui fera sentir que c'est l'amitié qui nous inspire le zèle pour sa réputation, qui guide notre plume, qu'on sait que son cœur renferme le germe des vertus, et un penchant naturel pour le bien, qu'il a moins besoin d'aiguillon que de frein.

Ces lettres demandent un style grave, noble et véhément.

EXEMPLES :

Lettre de Cicéron à Plancus.

La joie que j'ai eue de revoir Furnius m'a été d'autant plus sensible, qu'en l'entendant parler, je croyais vous entendre. Il m'a fait le récit de votre habileté et de votre courage dans les exercices militaires, de votre équité dans l'administration de votre Province, et de votre prudence dans toutes les occasions. Il m'a fait de grands éloges de la douceur de votre commerce avec vos amis familiers ; enfin, il s'est extrêmement loué de vos bontés pour lui. J'ai trouvé ce détail fort agréable, et la fin a même excité ma reconnaissance. Mes liaisons avec votre famille, mon cher Plancus, ont précédé de quelque temps votre naissance. J'ai pris de l'amitié pour vous dès votre première jeunesse : ensuite mes inclinations et

votre propre goût, l'on fait tourner en liaison familière, lorsque vous avez acquis des années. C'est par
toutes ces raisons que je prends un intérêt si vif à
votre dignité, et que je ne la distingue pas de la
mienne. Guidé par la vertu et secondé par la fortune,
vous êtes parvenu dès votre jeunesse au plus haut
degré de l'honneur. Votre esprit et votre habileté vous
ont fait surmonter tous les obstacles de l'envie. Aujourd'hui, si vous en croyez un homme qui vous aime
tendrement, et qui vous est attaché plus ancienne-
ment que personne, vous ferez dépendre votre dignité,
pour le reste de votre vie, du rétablissement de la
république. Vous savez, car il est impossible que
vous ayez rien ignoré, qu'on vous a reproché pendant quelque temps de vous être trop asservi aux
conjectures ; et, j'aurais de vous la même opinion,
si je croyais que vous eussiez approuvé ce que vous
étiez obligé de souffrir : mais je comprenais fort bien
ce que vous pensiez alors : et j'étais persuadé que vous
examiniez de quoi vous étiez capable. A présent, les
choses vont changer de face ; c'est à vous de vous dé-
terminer, et vous en avez la liberté. Vous êtes nommé
Consul à la fleur de votre âge, et dans un temps où
la république compte bien peu de citoyens tels que
vous. Attachez-vous, je vous en conjure, par les
dieux immortels, à former des vues et des entreprises
qui puissent vous conduire au faîte de la dignité et de
la gloire. Je ne connais, surtout dans le temps présent, après les maux que la patrie a soufferts depuis
tant d'années, qu'une seule route qui mène à la gloire ;
c'est une bonne administration. N'attribuez qu'à mon
amitié la liberté que je prends de vous écrire en ces
termes. Je suis bien éloigné de croire que vous ayez
besoin de mes avis et de mes préceptes. Vos principes,
je le sais, viennent de la même source où j'ai puisé
les miens. Finissons, puisque j'ai bien moins pensé à
faire parade de ma prudence ; qu'à vous prouver mon
affection. Comptez toujours que je ne relâcherai rien
de mon zèle et de mes soins, dans tout ce qui me
paraîtra toucher votre dignité.

Adieu.

Lettre de Sénèque à Lucilius.

Je m'informe de vous. Il ne vient personne de votre province, que je n'interroge sur votre conduite, sur les lieux, les gens que vous fréquentez. N'espérez pas m'en faire accroire : je suis sans cesse à vos côtés. Toutes vos démarches me sont connues ; je les vois : réglez-les en conséquence. Savez-vous ce que j'aime le mieux de tous les rapports qu'on me fait ? C'est qu'on ne m'en fait aucun : c'est que les gens que je questionne, ignorent presque tous à quoi vous employez votre temps. Rien de plus sage : fuyez un monde dont les principes et les inclinations diffèrent tant des vôtres. Sans doute, ils ne vous détourneront pas de la route : le nombre des séducteurs, quel qu'il soit, n'ébranlera pas la fermeté de vos résolutions. Je ne crains pas qu'on vous fasse reculer, mais qu'on ne vous empêche d'avancer. C'est déjà trop pour vous d'être arrêté. La vie est si courte ! et notre inconstance l'abrège encore : on la recommence tous les jours ; on la morcelle, on la hache, pour ainsi dire. Hâtez-vous donc, mon cher Lucilius ; songez à quel point vous doubleriez le pas, si l'ennemi vous poursuivait, si le vainqueur s'avançait au galop sur vos traces. Eh bien ! on vous poursuit ; courez, sauvez-vous. Parvenu dans un lieu sûr, pensez de temps en temps au bonheur du sage qui, avant de mourir, a consommé sa vie : il laisse alors venir en paix le reste de ses jours. Assuré d'une vie heureuse, peu lui en importe la durée ; oh ! quand viendra le jour, où vous saurez que la longueur du temps ne fait rien au bonheur ; ou tranquille et paisible, indifférent sur le lendemain, vous vivrez pleinement rassasié de votre existence ! Savez-vous ce qui rend les hommes si affamés de la vie ? c'est que nul d'entre eux n'a su jouir de lui-même. Que mon amitié ressemble mal à celle de vos parents ! les biens dont ils vous ont souhaité l'abondance ; je vous en désire le mépris. Leurs vœux insensés ruinaient les autres pour vous enrichir ; ils ne vous revêtissaient que de la dépouille d'autrui : la seule possession que je vous souhaite est celle de vous-même. Puisse votre âme, après sa longue agitation, revenir enfin au centre du repos, s'y fixer, se complaire en elle-même ; et par la connaissance du vrai bonheur dont on jouit dès qu'on se connaît, n'avoir plus besoin de surcroît d'années. On est vraiment au-dessus des besoins, vraiment libre et affranchi, quand on a su fournir sa carrière avant sa mort.

Adieu.

Lettre de Madame de Maintenon à M. d'Aubigné, son frère.

On n'est malheureux que par sa faute ; ce sera toujours mon texte, et ma réponse à vos lamentations. Songez, mon frère, au voyage d'Amérique, aux malheurs de votre enfance, à ceux de votre jeunesse, et vous bénirez la providence, au lieu de murmurer contre la fortune. Il y a dix ans que nous étions bien éloignés l'un et l'autre du point où nous sommes aujourd'hui. Nos espérances étaient si peu de chose, que nous bornions nos vœux à trois milles livres de rente ; nous en avons à présent quatre fois plus, et nos souhaits ne seraient pas remplis ! Nous jouissons de cette heureuse médiocrité, que vous vantiez si fort : soyons contens. Si les biens nous viennent, recevons-les de la main de Dieu, mais n'ayons point de vues trop vastes. Nous avons le nécessaire et le commode ; tout le reste n'est que cupidité. Tous ces désirs de grandeur partent du vide d'un cœur inquiet. Toutes vos dettes sont payées, vous pouvez vivre délicieusement, sans en faire de nouvelles. Que désirez-vous de plus ? faut-il que ces projets de richesses et d'ambition vous coûtent la perte de votre repos et de votre santé ? Lisez la vie de Saint Louis, vous verrez combien les grandeurs de ce monde sont au-dessous des désirs du cœur de l'homme. Il n'y a que Dieu qui puisse le rassasier. Je vous le répète, vous n'êtes malheureux que par votre faute. Vos inquiétudes détruisent votre santé que vous devriez conserver, quand ce ne serait que parce que je vous aime. Travaillez sur votre humeur ; si vous pouvez la rendre moins bileuse, et moins sombre, ce sera un grand point de gagné. Ce n'est point l'ouvrage des réflexions seules ; il y faut de l'exercice, de la disposition, une vie unie et réglée. Vous ne penserez pas bien tant que vous vous porterez mal ; dès que le corps est dans l'abattement, l'âme est sans vigueur. Adieu, écrivez-moi plus souvent, et sur un ton moins lugubre.

CHAPITRE II.

DES LETTRES DE DISSUASION.

Avez-vous à détourner quelqu'un d'un projet injuste ou nuisible ? Il faut lui en peindre avec les plus vives couleurs les inconvéniens et les suites funestes, lui montrer d'avance l'ignominie dont il va se couvrir, le mépris, la haine des gens de bien qu'il va s'attirer, les malheurs auxquels il s'expose, etc.

Les lettres de dissuasion ne doivent avoir d'autre but que le bien ; celles qui portent atteinte au crédit et à l'honneur d'une personne sont dignes d'une plume méprisable et méchante. Elles sont trop viles et trop criminelles pour daigner nous en occuper plus long-temps.

EXEMPLES :

L'Electeur de Brandebourg désirant détourner Louis XIV du
projet que ce Monarque avait formé de le forcer à accepter
la paix à des conditions contraires à ses intérêts, lui
écrivit en ces termes :

Monseigneur ,

Il est impossible que votre Majesté, par les grandes
lumières de son esprit, ne comprenne aisément la
justice et la modération de mes prétentions ; et cela
étant, elle ferait violence à cette générosité et grandeur d'âme qui est née avec elle, si elle me forçait
d'accepter des conditions de paix injustes et honteuses.
Dieu persuadé de la justice de ma cause, avait déjà
décidé en ma faveur de toute la Poméranie par le
sort des armes. Votre Majesté m'en fait rendre la
meilleure partie, et j'y consens, pour conserver le
reste qui est fort peu de chose, eu égard à tout ce
que j'avais gagné au prix de mon sang et par
la ruine de tous mes sujets. N'est-il donc pas juste,
Monseigneur, que puisque Votre Majesté seule
m'oblige à rendre à mes ennemis de grandes et de
si belles villes, elle veuille bien aussi me laisser le
reste ; et qu'après que Votre Majesté s'est si fort
intéressée pour le parti qui n'avait rien à demander,
elle s'intéresse aussi pour celui qui avait droit de
tout garder ? Je ne doute pas, Monseigneur, que
les ministres de Votre Majesté n'opposent à mes raisons l'intérêt de sa gloire, et que cela seul ne soit
un puissant motif pour une aussi grande âme ; mais
elle me permettra de lui dire que c'est la justice
qui fait naître et règle cette gloire, et qu'étant toute
de mon côté, il y va de son intérêt d'appuyer mes
prétentions, en modérant les demandes de mes ennemis. Je souhaiterais que Votre Majesté pût entendre
sur cela les raisonnements de toute l'Europe, je
suis assuré qu'elle déciderait aussitôt en ma faveur,
et préviendrait par-là le jugement de la postérité

2

désintéressée. Après tout, Monseigneur, je comprends
bien que la partie n'est pas égale des forces de Votre
Majesté aux miennes, et que je serais bientôt accablé par un roi qui a porté seul le fardeau de la
guerre contre les plus grandes puissances de l'Europe,
et qui s'en est tiré avec autant de gloire que de
succès. Mais quel avantage, Votre Majesté, trouvera-
t-elle dans la ruine d'un prince qui a un désir extrême de le servir, et qui étant conservé, pourrait
dans la suite apporter à son service quelque chose
de plus essentiel que sa seule volonté. Certes, Votre
Majesté, Monseigneur, dans ses vues pourrait se repentir un jour d'avoir accablé un prince qui l'admire,
et qui est plus véritablement et avec plus de zèle
qu'aucun autre, de Votre Majesté, etc.

**Madame de Maintenon à Madame de la Viefville, abbesse de
Gomer-Fontaine.**

Ce 23 *novembre* 1706.

Je ne puis approuver qu'on méprise les bourgeois,
quand il y a de la vertu : nous ne nous conduisons
pas ici selon ces maximes-là, et nous nous en trouvons fort bien.

Travaillez, ma chère fille, à mettre chez vous le
bon esprit, l'esprit de Dieu, l'esprit de désintéresse-
ment, l'esprit droit, l'esprit solide, l'esprit d'obéissance, l'esprit de pénitence, l'esprit de solitude.
Que les couvens qui n'ont pas cet esprit, sont à plaindre de ce que l'Evangile y est si peu connu. On y
aime le monde, on l'admire, on le croit heureux,
on en convoite les richesses, on y estime la grandeur,
on y méprise les pauvres. Convient-il à des religieuses
d'être honteuses quand leurs parens sont mal vêtus, de
tirer de la gloire quand ils viennent les voir dans
des parures, d'être affamées d'entendre parler des
modes, d'être extasiées si on leur raconte quelque
chose des princes; et de ne jamais parler de Dieu
aux séculiers qui entrent chez elles, ou qui les viennent voir ? Le personnage d'abbesse ne fournirait pas

moins de sujet de déplorer leur ignorance ; mais, grâces à Dieu, vous connaissez vos obligations.

Dites bien doucement à vos riches bourgeoises ; que si les choses étaient dans l'ordre, elles seraient femmes de chambre de ces pauvres demoiselles ; mais dites fortement à vos demoiselles qu'elles doivent baiser avec joie les pieds de ces bourgeoises, et que tout est égal devant Dieu.

CHAPITRE III.

DES LETTRES DE CONSOLATION OU DE CONDOLEANCE.

IL est peu d'hommes qui, dans une foule de circonstances, n'éprouvent des malheurs et des revers. Tantôt c'est la mort d'une personne chérie que nous avons à pleurer, tantôt c'est la perte d'une partie de notre fortune, d'une place honorable, d'un poste lucratif, etc., qui nous fait verser des larmes. Dans de si tristes instants, nous avons besoin de consolation ; et de qui avons-nous droit d'en attendre si ce n'est de l'amitié ? Si donc quelqu'un de nos amis est dans l'affliction, empressons-nous de le consoler.

Les lettres de consolation demandent une grande habileté. On doit surtout prendre garde de ne pas envenimer la plaie au lieu de la guérir.

Si nous avons à consoler un homme sage, dont la raison forte, et le cœur affermi par la religion et la philosophie se laisse peut abattre par les revers, que notre lettre simple et sans art lui rappelle qu'il ne peut arriver à un vrai sage rien de véritablement fâcheux ; que le crime et la honte qui le suit sont les seuls malheurs réels ; qu'un bonheur sans nuage est incompatible avec l'humanité, etc.

Écrivons-nous à un ami d'un caractère sensible, et dont le cœur est cruellement déchiré par une douleur vive et récente, pleurons avec lui : avouons la légitimité de ses larmes : exagérons même quelquefois les raisons qu'il a d'en verser. Nous nous insinuerons ainsi dans sa bienveillance ; ensuite nous pourrons lui présenter utilement les motifs qu'il a de ne pas trop se livrer à l'abattement, et de réfléchir moins sur son malheur.

Écrit-on à quelqu'un de ces hommes, d'un esprit trop élevé pour vouloir paraître avoir besoin de consolation, et qui quoique profondément affligé, prend sur lui de dissimuler sa douleur ? On pourra lui dire qu'on ne lui écrit pas pour le consoler ; qu'on connaît sa fermeté, sa grandeur d'âme, qui le mettent au-dessus des revers ; que tout autre à sa place se livrerait à tous les excès de la plus amère douleur ; mais qu'instruit par l'expérience, fortifié par la religion, affermi par les principes d'une saine philosophie, il supporte avec courage les événements fâcheux inséparables de la vie ; qu'on lui écrit plus pour le féliciter de la force de son âme que pour adoucir l'amertume de ses regrets, etc.

EXEMPLES :

Lettre de Cicéron à son ami Titius.

Personne n'est moins propre que moi à vous consoler ; car je suis si touché de vos peines, que j'ai besoin moi-même de consolation. Cependant, comme ma douleur est plus éloignée de l'excès que la vôtre, je crois que l'amitié m'oblige de rompre le silence que j'ai gardé long-temps, et si je ne puis vous guérir tout-à-fait, de travailler du moins à soulager un peu vos peines. Vous rappellerai-je les motifs communs de consolation, qui ne devraient jamais sortir de notre esprit, et de notre bouche ? Que nous sommes hommes, et nés pour servir de but, dans le cours de notre vie, à tous les traits de la fortune ? Qu'étant au monde à cette condition, nous ne devons pas refuser ce qui est attaché à notre sort, et paraître trop sensibles à des accidens que toute la sagesse ne peut nous faire éviter ? Enfin, qu'en cherchant dans notre mémoire quel a été le sort des autres, nous verrons qu'il ne nous est rien arrivé de nouveau ? Ces motifs, et tous les autres, dont la sagesse a toujours fait usage, et que nous trouvons dans nos livres, me paraissent bien moins puissans que la considération de l'état où nous sommes, et que cette continuité de malheureuses conjonctures, où l'on doit se croire heureux, si l'on n'a jamais eu d'enfans et regarder comme un moindre mal de les perdre à-présent, que dans un temps où la République serait mieux ordonnée, ou plutôt où nous aurions quelque ombre de République. Si vous ne pleurez que vos propres pertes, et si c'est votre intérêt même qui excite vos regrets, je ne crois pas qu'il soit aisé d'épuiser entièrement cette source de douleurs. Mais par un sentiment plus digne d'un cœur tendre, vous êtes affligé du malheur de ceux que vous avez perdus, je ne vous répéterai pas ce que j'ai lu, ce que j'ai entendu mille fois, que la mort n'a rien qui doive la faire regarder comme un mal, puisque si elle nous laisse quelque sentiment, elle mérite moins le nom de mort que celui d'immortalité.

Mais je puis vous assurer sans aucun doute, qu'il se forme des nuages, qu'il se prépare des tempêtes, en un mot, que la République est menacée de mille malheurs, qui doivent faire penser à ceux qui en sont délivrés par la mort, que leur condition n'est pas la plus fâcheuse. Voyez vous déjà la moindre ressource, je ne dis pas seulement pour la pudeur, la probité, la vertu, le goût des bonnes études et des arts utiles, mais pour la liberté même, et le salut public? Je vous assure qu'autant de fois que j'ai appris la mort de quelque jeune homme, ou de quelque enfant, dans le cours de cette dangereuse année, je l'ai regardée comme une faveur des Dieux immortels, qui les délivraient des misères d'une très-malheureuse vie. Si l'on peut donc vous effacer de l'esprit que la mort soit un mal pour les personnes chéries que vous regrettez, ce sera d'abord une diminution considérable pour votre douleur; il ne vous restera du moins que le simple sentiment de votre propre peine, qui n'a rien de commun avec leur situation, et qui ne regarde proprement que vous. Or, je vous demande s'il est digne de la sagesse et de la gravité qu'on vous a reconnues dès votre enfance, de manquer de modération dans vos peines, lorsqu'elles ne s'étendent point aux personnes que vous aimez? Le caractère que vous vous êtes établi dans les affaires privées et publiques, ne demande-t-il pas d'être soutenu avec constance? D'ailleurs si le temps seul est capable de diminuer les plus grandes douleurs à mesure qu'elles vieillissent, la prudence et les réflexions ne devraient-elles pas le prévenir? Il n'y a jamais eu de femme si faible, et si touchée de la mort de ses enfans, qui n'ait enfin cessé de pleurer. Pourquoi la réflexion ne produirait-elle pas ce que le temps ne manque point d'apporter? Et faut-il attendre du temps un remède qu'on peut trouver dans les seules forces de la raison? Si ma lettre fait quelque impression sur vous, elle répondra fort heureusement à mes désirs, mais s'il arrive qu'elle soit sans force, je remplis du moins le devoir de la tendre amitié. Telle a été toujours la mienne, et vous devez compter qu'elle ne changera jamais.

Adieu.

Cicéron à Brutus.

Je vous consolerais, pour vous rendre le même service que j'ai reçu autrefois de vous dans mes malheurs, si je ne savais que les remèdes que vous m'offrîtes alors, vous sont familiers. Je souhaite seulement que l'application en soit plus facile pour vous qu'elle ne le fut pour moi; car il serait étrange qu'un homme tel que vous ne fut point capable de pratiquer ce qu'il a prescrit aux autres. Pour moi je trouvai, non-seulement dans les raisons que vous m'apportiez, mais encore dans le poids de votre autorité, un motif assez puissant pour modérer l'excès de ma douleur. Vous crûtes que mon abattement ne convenait point à un homme de courage, accoutumé surtout à consoler les autres; et vous me fîtes ce reproche dans vos lettres avec plus de sévérité que je ne vous en avais jamais reconnu. La déférence que j'eus pour votre jugement, servit beaucoup à me réveiller de cette léthargie. Je redoutai votre censure, et votre autorité, encore une fois, me fit trouver plus de force à tout ce que j'avais appris, ou lu, ou entendu sur cette matière. Cependant, Brutus, en payant un tribut que je devais à la nature, je n'avais qu'elle et la bienséance ordinaire à respecter, au lieu que le personnage que vous avez à soutenir aujourd'hui est un rôle de théâtre, qui vous expose aux regards du public. Non-seulement votre armée, mais la ville et tout l'univers, ont les yeux ouverts sur votre conduite. Ne serait-il pas indécent qu'un homme à qui nous attribuons l'augmentation de notre courage, laissât voir de la faiblesse et de l'abattement? Vous avez dû sentir votre perte; elle est extrême. L'univers n'a rien qui puisse la réparer; et si votre cœur n'était pas touché d'une si cruelle disgrâce, cette insensibilité paraîtrait pire que des excès de douleur. Mais vous devez vous affliger avec modération, et songer que si cette règle est utile pour les autres, elle est indispensable pour vous. Je donnerais plus d'étendue à cette lettre, si je ne la croyais déjà trop longue pour un homme tel que vous. . . . .

Monsieur de Voltaire à Monsieur le Comte d'Agental.

23 *décembre* 1774.

Mon cher Ange, vous passez bien rapidement par de tristes épreuves. Votre lettre, que la douleur a écrite, pénètre mon cœur Je savais bien que M. de Felino était un homme d'un rare mérite, mais j'ignorais que vous fussiez lié avec lui d'une amitié si tendre. La mort vous a donc tout enlevé: frère, femme, amis. Je vous vois presque seul; je ne suis pas fait assurément pour remplir ce vide effroyable. Je partirais sur-le-champ, si j'avais la force de me traîner. Que je volerais vite vers vous! que je partagerais tous vos sentiments! je ne voudrais exister dans un coin de Paris que pour être uniquement à vos ordres. Mon cher Ange, vous êtes malheureux par votre cœur. Votre douleur même porte avec elle les plus flatteuses des consolations; le secret témoignage de [n]e souffrir que parce que vous avez une belle âme. Pour moi, je souffre de la tête aux pieds dans mon pauvre corps, et mon esprit est à la torture par ma situation, par le combat continuel entre le désir de venir me jeter entre vos bras et l'impuissance actuelle de m'y rendre.

Occupez-vous beaucoup, mon cher Ange, je ne connais que ce remède dans l'état où vous êtes; je suis malade dans mon lit, à quatre vingts ans passés, au milieu des neiges, je m'occupe, et cela seul me fait vivre. . . . . . .

Lettre du duc de Berry au général Levavasseur, qui venait de perdre son fils.

J'apprends avec beaucoup de peine, mon cher Levavasseur, la perte que vous venez de faire; elle est du nombre de ces événemens pour lesquels on ne peut offrir de consolation. Si l'assurance du très-véritable intérêt que je prends à votre malheur en adoucissait l'amertume, vous pouvez y compter positivement. Votre pauvre fils annonçait des dispositions qui auraient fait votre bonheur : il vous en reste un ; toutes vos affections vont se tourner sur lui ; il faut espérer qu'il s'en rendra digne, et vous dédommagera autant qu'il sera en lui, du chagrin que vous éprouvez en ce moment ; je regrette que ce soit un si triste événement qui me donne l'occasion, mon cher Levavasseur, de vous donner l'assurance de mon attachement et de ma parfaite estime.

Charles-Ferdinand.

Madame de Maintenon à une Dame qui venait de perdre son fils.

Votre douleur n'a rien qui soit indigne d'une chrétienne. Il est si naturel de pleurer un fils sage et bien établi ! Dieu ne défend point ces sentimens, mais prenez garde que votre douleur ne soit trop forte et ne vous fasse murmurer contre la providence : on lui résiste en vain. Je vous envoie notre abbé, il vous dira combien je suis touchée de votre affliction. Il vous dira aussi combien les félicités de ce monde sont peu solides. Ma très-chère amie, vous étiez trop heureuse. Dieu vous veut toute entière pour lui, il est vrai que le coup est terrible ; mais il l'a frappé pour votre bien ; il sait mieux que nous ce qui nous est avantageux. Ces réflexions sont tristes ; mais elles sont vraies et convenables à une âme courageuse, telle que la vôtre ; à quoi vous serviraient les progrès que vous avez faits dans la piété, s'ils ne vous soutenaient aujourd'hui ? C'est dans l'adversité qu'il faut juger si l'on a une dévotion sincère, et la vertu est incertaine tant qu'elle n'est pas éprouvée par le malheur. Dieu n'exige pas seulement le sacrifice de nos inclinations vicieuses, il veut encore celui de nos sentimens et de nos plus chères affections.

Dans les lettres de consolation, il faut s'interdire toute espèce de plaisanterie, à moins que le malheur auquel on prend part ne soit peu considérable, ou que l'on ne connaisse que la personne à qui l'on écrit se prête par caractère à un enjouement léger et délicat.

2..

EXEMPLE :

Voiture au Marquis de Montausier, qui était prisonnier en Allemagne.

Vous ne seriez pas fâché d'être pris, si vous saviez combien vous êtes plaint. Il y a sans mentir moins de plaisir d'être à Paris que d'y être regretté comme vous êtes ; et les plaintes que font pour vous tant d'honnêtes gens, valent mieux que la plus belle liberté du monde. Si vous ne pouvez à cette heure demeurer d'accord de cela ; (car en l'état où vous êtes, vous avez bien la mine de ne pouvoir entendre raison,) je vous ferai comprendre ici quelque jour, et avouer que vous ne devez pas mettre entre vos malheurs un accident qui vous a fait recevoir des témoignages de l'affection de tout ce qu'il y a d'aimable en France. Dans ce sentiment général de tout le monde, il n'est pas, ce me semble, à propos, Monsieur, que je vous dise à cette heure les miens ; car quelle apparence y a-t-il que vous me dussiez considérer parmi des princesses, des princes, des ministres ?... Quand vous aurez songé assez à toutes ces personnes, je vous supplierai très-humblement de croire qu'il n'y a qui que ce soit au monde, qui prenne plus de part à toutes vos bonnes et mauvaises fortunes, ni qui soit avec plus de passion, votre, etc..

Il faut encore éviter dans les lettres de condoléance de prendre un ton d'autorité. Les sentiments de l'âme ne se commandent pas. On doit enfin prendre garde d'y parler de son bonheur, ou de celui des autres. Rien n'aigrit tant la douleur que les réflexions sur la félicité d'autrui.

RÉPONSES AUX LETTRES DE CONSOLATION.

Ces réponses consistent à témoigner combien nous sommes sensibles à la part qu'on veut bien prendre à notre affliction, à demander la continuation de cette amitié ou de cette bienveillance qui nous attire ces consolations. Quelques réflexions de piété sont encore ici bien placées.

Réponse de Fléchier au P. Vignes.

Je n'ai pas douté, mon révérend Père, que vous n'eussiez la bonté de prendre part à mon affliction quand elle vous serait connue. Vous connaissez le frère que j'ai perdu, et vous l'avez regretté; vous avez de l'amitié pour moi, et vous avez compâti à la douleur que j'ai eue de le perdre; je vous prie de lui accorder le secours de vos prières, et de me croire autant que je le suis, etc.

Le Maréchal de Noailles, au Comte de Bussi-Rabutin.

Je suis sensible, comme je le dois, Monsieur, au témoignage que vous me donnez de la continuation de votre amitié, sur la perte que j'ai faite de mon fils unique. En vérité, Monsieur, la nature ne peut seule résister à de pareilles épreuves, et l'on a grandement besoin de secours pour soutenir la pesanteur d'un semblable coup. Je vous supplie, Monsieur, d'être bien persuadé de la reconnaissance que j'ai de vos bontés, et que personne ne saurait être plus attaché que je le serai toujours à vos intérêts.

CHAPITRE IV.

DES LETTRES DE SOLLICITATION.

IL est des choses qu'on peut demander à tout le monde avec une espèce de confiance, par exemple des conseils, etc. Il en est d'autres qu'on ne demande qu'avec une certaine honte, comme de l'argent à emprunter, etc. Les sollicitations des grâces de la première espèce doivent être simples, naturelles et sans détour ; celles des objets du second genre doivent être un peu enveloppées. On commence par peindre vivement les embarras où l'on se trouve, les besoins que l'on éprouve. On insinue à la personne dont on sollicite les bienfaits que l'on compte sur son penchant à obliger, sur la bonté de son cœur, la sensibilité de son âme. A-t-on eu le bonheur de lui rendre quelques légers services ? on les rappelle modestement. Y a-t-il entre nous et celui dont nous réclamons les bons offices quelque liaison de parenté, d'intérêt, etc. ? Nous pourrons en parler. Nous ajouterons que ce que nous demandons est juste, honnête, etc. Si nous soupçonnons que notre protecteur pourra trouver quelque inconvénient à nous accorder ce que nous sollicitons, nous tâcherons de lui prouver combien cet inconvénient est peut considérable. Nous finirons toujours notre lettre en protestant qu'il peut être assuré que nous aurons pour lui la reconnaissance la plus vive et la plus invariable.

Il est des lettres qu'on écrit pour obliger des personnes en faveur desquelles on s'intéresse. Employons alors des expressions amicales. Si nous sommes liés avec celui dont nous implorons l'appui pour un autre, ou avec sagesse et précaution si nous nous adressons à des personnes d'un rang élevé.

Lorsque celui dont nous sollicitons les bons offices est notre égal, ou si même élevé au-dessus de nous il nous honore de sa familiarité, nous pourrons lui écrire sur un ton badin. La plaisanterie maniée avec délicatesse est une bonne recommandation.

EXEMPLES :

J.-J. Rousseau à M. de Gingens-de-Moiry,

Iverdun, 22 juin 1762.

Monsieur,

Vous verrez par la lettre ci-jointe que je viens d'être décrété à Genève de prise de corps. Celle que j'ai l'honneur de vous écrire n'a point pour objet ma sûreté personnelle ; au contraire, je sais que mon devoir est de me rendre dans les prisons de Genève, puisqu'on m'y a jugé coupable, et c'est certainement ce que je ferai, sitôt que je serai assuré que ma présence ne causera aucun trouble dans ma patrie. Je sais d'ailleurs que j'ai le bonheur de vivre sous les lois d'un Souverain équitable et éclairé, qui ne se gouverne point par les idées d'autrui, qui peut et qui veut protéger l'innocence opprimée. Mais, Monsieur, il ne me suffit pas dans mes malheurs de la protection même du Souverain, si je ne suis encore honoré de son estime, et s'il ne me voit de bon œil chercher un asile dans ses Etats ; c'est sur ce point, Monsieur, que j'ose implorer vos bontés, et vous supplier de vouloir bien faire au souverain Sénat un rapport de mes respectueux sentiments. Si ma démarche a le malheur de ne pas agréer à L. L. E. E. Je ne veux point abuser d'une protection qu'elles n'accorderaient qu'au malheureux ; et dont l'homme ne leur paraîtrait pas digne, et je suis prêt à sortir de leurs Etats, même sans ordre ; mais si le défenseur de la cause de Dieu, des lois, de la vertu, trouve grâce devant elles, alors, supposé que mon devoir ne m'appelle point à Genève, je passerai le reste de mes jours dans la confiance d'un cœur droit et sans reproches, soumis aux justes lois du plus sage des Souverains.

J'ai l'honneur, etc.

M. de Voltaire à M. le Maréchal Duc de Richelieu.

A Ferney, 20 de janvier 1777.

J'ai recours à vous, Monseigneur ; après soixante ans de bontés, vous ne m'abandonnerez certainement pas. Je suis ruiné, et ce n'est pas ma faute. J'ai entrepris, depuis cinq ou six ans, de bâtir une ville, et d'y établir plus d'une manufacture utile à l'Etat. J'avais été protégé sous le ministère de M. le Duc de Choiseul. Je n'ai pas aujourd'hui le même avantage. Il ne me reste que la satisfaction d'avoir tout fait à mes dépends, sans avoir le moindre intérêt dans l'entreprise ; mais je ne veux point mourir banqueroutier à l'âge de quatre-vingt-trois ans. Vous me devez plus de dix-sept mille francs d'arrérages. Je vous demande en grâce de m'en faire payer neuf mille, pour apaiser des créanciers auxquels il faut du pain. Toutes les autres ressources m'ont manqué tout-à-coup. Je vous conjure de ne me pas rebuter dans la détresse extrême où je me trouve. Pardonnez à une importunité qui coûte assez à mon cœur. Je suis, etc.

Lettre de Madame de Maintenon à M. le Cardinal de Noailles.

« C'est toujours dans les mauvaises affaires qu'on a recours à vous, Monseigneur ; et en voici une qui m'embarrasse. Vous savez l'amitié que j'ai pour le duc de Richelieu. Il a exigé de moi plusieurs sollicitations contre madame d'Acigné : je meurs de peur qu'il n'ait tort : j'aiderais donc à soutenir une injustice ? On me dit de tous côtés que c'en est une d'empêcher qu'elle ne soit tutrice de ses petits enfans. Donnez-moi votre avis. Je ne voudrais pas manquer à ce que je dois à mon ancien ami ; je voudrais encore moins manquer à ce que je dois à ma conscience. Votre conseil réglera ma conduite sans vous compromettre, dût madame d'Acigné m'accuser d'être injuste, ou M. de Richelieu m'accuser d'être ingrate. »

Lettre de Marmontel à M. le duc de Choiseul, pour lui demander une audience particulière.

« Monsieur,

» On me dit que vous prêtez l'oreille à la voix qui m'accuse et qui sollicite ma perte : vous êtes puissant ; mais vous êtes juste ; je suis malheureux ; mais je suis innocent. Je vous prie de m'entendre et de me juger. »

» Je suis avec un profond respect, etc. »

Lettre de M. de Villars à Madame de Maintenon.

« Madame,

» J'ai pris la liberté, en partant, de vous supplier d'être favorable à une sœur que j'ai, religieuse à Vienne depuis plus de trente ans. J'espère que M. le cardinal de Noailles et le P. de la Chaise auront importuné S. M. des témoignages qui leur avaient été rendus de sa conduite par M. l'archevêque de Vienne.

Je regarderais comme un très-sensible bonheur pour moi de voir cette sœur, que j'aime fort, abbesse de Chelles.

» Le roi récompense le gain des batailles ; ne pourrait-il pas récompenser le succès des prières ? Personne n'a plus d'envie de vaincre que moi, et personne ne prie avec plus de zèle que ma sœur pour la prospérité des armes de Sa Majesté. »

Lettre de Voiture à un de ses amis.

Sachant combien vous aimez les procès, et combien vous m'aimez aussi, je crois que je vous ferai une prière qui ne vous sera pas désagréable, en vous suppléant de tout mon cœur, de vouloir prendre la peine de vous instruire de l'affaire de ma sœur, de l'aider de votre conseil, et de l'assister de votre crédit. Je vous l'adresse comme à un des hommes du monde à qui je me confie le plus, et qui peut la conseiller le mieux en cette occasion. Je crois que Madame de Rambouillet ne vous refusera pas de solliciter pour vous et pour elle. (Car je fais déjà votre affaire de la sienne), et si vous la prenez à cœur, comme je l'espère, je ne doute pas qu'elle n'en ait toute l'issue qu'elle peut désirer. En récompense, je vous promets.... que je vous donnerai la première Chapelle qui sera à ma nomination. Car vous dire que cette obligation augmentera la passion que j'ai de vous servir, ce serait vous tromper ; puisqu'il est vrai qu'il y a déjà long-temps que je suis, autant qu'il se peut,

Monsieur,

Votre, etc., etc.

RÉPONSES A DES LETTRES DE SOLLICITATION.

Madame de Maintenon à Mademoiselle de Launay.

Dès que j'eus reçu votre mémoire, je l'envoyai et recommandai à M. de Tarci. Il parla au Roi, et m'écrivit un refus fondé sur beaucoup de raisons. Vous voyez qu'on ne fait pas tout ce qu'on voudrait... Je suis votre très-humble servante, et bien affligée d'ajouter votre servante très-inutile.

Lettre de M. d'Argenson à M. de Fontenelle.

« Je n'ai point perdu de vue, Monsieur, la demande que vous avez *faite* de *faire* passer sur la tête de M. de Saint-Gervais, votre parent, une partie de la pension de douze cents livres que vous avez sur la cassette; j'ai attendu le moment favorable d'en parler au Roi, et Sa Majesté a bien voulu distraire six cents livres de votre pension en faveur de M. de Saint-Gervais, pour le mettre en état de se soustraire à son service.

Je serai fort aise si, dans cette affaire, j'ai réussi à vous satisfaire comme je le souhaiterais ; mais soyez persuadé qu'il me restera toujours l'envie de trouver de nouvelles occasions de vous faire connaître les sentiments avec lesquels je suis, Monsieur, votre, etc.

CHAPITRE V.

DES LETTRES DE REMERCIMENT.

La reconnaissance doit être la vertu favorite des âmes bien nées. Avez-vous reçu quelque bienfait ?

Vous a-t-on rendu quelque service, empressez-vous d'en témoigner votre juste gratitude. Déployez toute votre sensibilité, dites à votre bienfaiteur combien vous êtes vivement touché de ce qu'il vous a rendu service si promptement et de si bonne grâce. Faites valoir tout le prix de son bienfait, et l'avantage que vous retirerez de ses bons offices. Protestez-lui que vous avez pour sa personne l'attachement le plus vrai, le plus invariable, que vous êtes et que vous serez constamment dans la sincère disposition de lui prouver par des effets que vous savez être reconnaissant.

EXEMPLES :

Marie, reine d'Angleterre, épouse de Jacques II, à Louis XIV.

Une reine fugitive, et baignée dans ses larmes, n'a pas eu de peine à s'exposer aux plus grands périls de la mer, pour venir chercher de la consolation, et un asile chez le plus grand et le plus généreux Monarque du monde. Sa mauvaise fortune lui procurera un honneur que les nations les plus éloignées ont recherché avec avidité ; la nécessité n'en diminue pas le prix, puisqu'elle fait choix de cet asile préférablement à celui qu'elle pouvait chercher ailleurs. Elle croit lui marquer assez l'estime singulière qu'elle fait de toutes ses grandes qualités, en lui confiant le prince de Galles ; qui est tout ce qu'elle a de plus cher au monde ; il est encore trop jeune pour partager avec elle la reconnaissance qu'elle a de la protection qu'elle espère. Cette reconnaissance est tout entière dans le cœur de sa mère, qui, au milieu de tous ses chagrins, se fait un plaisir de vivre à l'abri des lauriers d'un prince qui surpasse tout ce qu'il y a jamais eu de plus grand et de plus relevé sur la terre.

J.-J. Rousseau à Monseigneur le Duc de Grafton.

Wootton, le 7 février 1767.

Monseigneur,

Je vous dois des remerciments que je vous prie d'agréer. Quoique les droits qu'on avait exigés pour nos livres à la douane, me parussent forts pour la chose et pour ma bourse, j'étais bien éloigné d'en demander et d'en désirer le remboursement. Vos bontés très-gratuites sur ce point, en sont d'autant plus obligeantes ; et puisque vous voulez que j'y reconnaisse même celles du Roi, je me tiens aussi flatté qu'honoré d'une grâce d'un prix inestimable, par la source dont elle vient, et je les reçois avec la reconnaissance et la vénération que je dois aux faveurs de Sa Majesté, passant par des mains aussi dignes de les répandre.

Daignez, Monseigneur, recevoir avec bonté les assurances de mon profond respect.

J.-J. Rousseau à Monsieur Hume.

Wootton, le 22 mars 1766.

Vous voyez déjà, mon cher Patron, par la date de ma lettre, que je suis arrivé au lieu de ma destination. Mais vous ne pouvez voir tous les charmes que j'y trouve ; il faudrait connaître le lieu et lire dans mon cœur. Vous y devez lire au moins les sentiments qui vous regardent et que vous avez si bien mérités. Si je vis dans cet agréable asile aussi heureux que je l'espère, une des douceurs de ma vie sera de penser que je vous les dois. Faire un homme heureux, c'est mériter de l'être ; puissiez-vous trouver en vous-même le prix de tout ce que vous avez fait pour moi ! seul, j'aurais pu trouver de l'hospitalité, peut-être, mais je ne l'aurais jamais aussi bien goûtée qu'en la tenant de votre amitié. Conservez-la moi, mon cher

Patron, aimez-moi pour moi qui vous dois tout ; pour vous-même ; aimez-moi pour le bien que vous m'avez fait. Je sens tout le prix de votre sincère amitié ; je la désire ardemment ; j'y veux répondre par toute la mienne, et je sens dans mon cœur de quoi vous convaincre un jour qu'elle n'est pas non plus sans quelque prix. . . . . .

Lettre de J.-B. Rousseau à M. Boulet, qui, ayant appris sa maladie, venait de lui envoyer de l'argent. 1738.

« Avec un ami comme vous, Monsieur, on serait toujours tranquille si la reconnaissance excluait la confusion. La mienne augmente à la vue de vos bontés. Il est vrai qu'ayant actuellement pour me servir trois ou quatre personnes qu'il faut nourrir et payer, j'avais besoin de secours ; mais je n'avais besoin que du quart de ce que vous m'envoyez. Il n'est pas possible que vous soyez si généreux sans vous incommoder, et moins vous y pensez, plus j'y songe et je dois y songer. Les témoignages réitérés de votre infatigable bonté suffiraient seuls pour remettre mon sang et mes humeurs dans le plus parfait équilibre. Je suis beaucoup mieux ; mais j'ai vu ma vie ne tenir qu'à un filet aussi mince que l'attachement aux billevesées de ce monde. Il y a un moment, Monsieur, où toute chimère disparaît, et au bonheur duquel on doit se contenter de travailler. »

Lettre de M. Bouchant à M. Bellanger, pour le remercier des soins qu'il prenait de son fils.

« Il me doit être bien honteux de vous avoir tant d'obligations, et d'avoir attendu si long-temps à vous témoigner combien j'y suis sensible. Les affaires, les maladies, et je ne sais combien de conjectures, qui succèdent l'une à l'autre, me laissent si peu de loisir, que je suis obligé de quitter un devoir pour un autre, et souvent même je suis contraint de manquer à celui qui me serait le plus cher et le plus agréable. Jugez-en s'il vous plaît, Monsieur, par le plaisir que je me suis fait de m'en acquitter auprès de vous, et de vous marquer combien je vous suis redevable des bontés que vous avez pour mon fils, et des soins que vous prenez pour en faire un honnête homme. Pour peu qu'il ait de l'inclination à le devenir, il est impossible qu'il ne réussisse pas, par l'avantage qu'il a, non-seulement de recevoir vos exemples. Je souhaite de tout mon cœur qu'il réponde aux grâces que vous lui faites et qu'il travaille à se rendre d'autant plus habile qu'il n'y aura point d'excuses pour lui quand on saura qu'il a eu le bonheur d'étudier sous vous.

« J'ai l'honneur, etc. »

REPONSES AUX LETTRES DE REMERCIMENT.

Réponse de M. P. au comte de Bussi. 1673.

« Monsieur ,

» Le faible service que j'ai tâché de vous rendre ne méritait pas la manière dont vous me témoignez que vous l'avez reçu, et vous deviez me laisser la satisfaction d'avoir fait une action que vous désiriez, sans y mêler un compliment que je n'avais pas attendu. Soyez assuré, Monsieur, du plaisir que je trouverai toujours à vous témoigner, par mes services, la vérité avec laquelle je suis, etc. »

Lettre de Madame de Sévigné à M. de Bussi. 1678.

« Je vous avoue, mon cher cousin, que je ne savais nullement l'intérêt que vous preniez aux gens à qui j'ai trouvé occasion de faire plaisir. Je me suis tenue trop heureuse qu'un honnête homme ait voulu une si petite chose qui dépendait de moi; j'étais sur le point de le remercier de l'avoir acceptée, lorsque j'ai vu qu'il ne tenait qu'à moi d'en recevoir un remerciment de vous; mais je ne veux point vous tromper, mon cher cousin, ni vous faire valoir ce qui n'en vaut pas la peine, et ce que je n'ai point fait pour l'amour de vous. »

Réponse de Madame de Sévigné à M. de Pomponne.

« Si vous continuez à vous plaindre de la peine que
je prends à vous écrire, à me prier de ne point continuer; je croirai que c'est vous qui vous ennuyez de
lire mes lettres et que vous vous trouvez fatigué d'y
faire réponse ; mais sur cela je vous promets encore de
faire mes lettres plus courtes, si je puis, et je vous
acquitte de la peine de me répondre, quoique j'aime
encore vos lettres. Après ces déclarations, je ne pense
pas que vous espériez empêcher le cours de mes gazet-
tes. Quand je songe que je vous fais un peu de plaisir,
j'en ai beaucoup. Il se présente si peu d'occasions de
témoigner son estime et son amitié, qu'il ne faut pas
les perdre quand elles viennent s'offrir. »

CHAPITRE VI.

DES LETTRES DE CONSEILS.

C'est une noble et utile mission que celle de donner
des conseils, quand l'amitié, la probité, toutes les
vertus enfin qui font le charme de la vie intime, en
sont les guides fidèles. Mais avant de conseiller, il faut
savoir à qui l'on s'adresse, aussi ces lettres exigent-
elles sous ce rapport un tact et des soins particuliers.

Pour qu'un conseil soit utile, il faut surtout qu'il soit donné avec discernement. On ne saurait donc jamais prendre de trop grandes précautions; rien n'est plus utile qu'un bon avis, mais rien n'est plus funeste qu'un mauvais conseil.

Un style coulant et persuasif, dégagé des formes sentencieuses et pédantesques; des expressions vraies et non des phrases vuides ou à double sens, tel est le genre qui convient à ces sortes de lettres.

EXEMPLES :

Jean Racine à son fils.

Je voulais presque me donner la peine de corriger votre version, et vous la renvoyer en l'état où il faudrait qu'elle fût, mais j'ai trouvé que cela me prendrait trop de temps à cause de la quantité d'endroits où vous n'avez pas saisi le sens. Je vois bien que les Épîtres de Cicéron sont encore trop difficiles pour vous, parce que, pour les bien entendre, il faut posséder parfaitement l'histoire de ce temps-là, et que vous ne la savez point. Ainsi je trouverais plus à propos que vous me fissiez à votre loisir une version de cette bataille de Trasymène, dont vous avez été si charmé, à commencer par la description de l'endroit où elle se donna : ne vous pressez point, et tournez la chose le plus naturellement que vous pourrez. J'approuve fort vos promenades à Auteuil; mais faites bien concevoir à M. Despréaux combien vous êtes reconnaissant de la bonté qu'il a de s'abaisser à s'entretenir avec vous. Vous pouvez prendre Voiture parmi mes livres, si cela vous fait plaisir; mais il faut un grand choix pour lire ses lettres. J'aimerais autant, si vous vouliez lire quelque livre français, que vous prissiez la traduction d'Hérodote, qui est fort divertissant et qui vous apprendrait la plus ancienne histoire qui soit parmi les hommes après l'Écriture sainte. Il me semble qu'à votre âge il ne faut pas voltiger de lecture en lecture, ce qui ne servirait qu'à vous dissiper l'esprit et à vous embarrasser la mémoire. Nous verrons cela plus à fond quand je serai de retour à Paris.

Adieu.

Sénéque à Lucilius.

Vous êtes convaincu, Lucilius, que sans philosophie, il n'est point de vie heureuse, pas même de vie supportable; que la vie heureuse est le fruit d'une sagesse consommée; la vie supportable, d'une sagesse commencée : vous en êtes convaincu, je le sais; mais cette conviction, vous devez la fortifier. Vous devez, à force de méditations, la graver chaque jour plus avant dans votre âme. Il en coûte moins pour former un projet honnête que pour l'exécuter. Ne vous lassez pas d'étudier, d'accroître vos forces; et vous changerez en habitude, ce qui n'est encore que disposition en vous. Pourquoi tant de paroles, tant de protestations? vous avez fait des progrès, je m'en aperçois; vos lettres me le prouvent, je sais d'où elles partent : point de fard, point d'apprêt; c'est le langage de la nature : et, cependant, pour parler à cœur ouvert, j'ai de l'espérance, mais je n'ai pas encore de confiance en vous. Faites comme moi : point trop de promptitude et de facilité à compter sur vous-même. Éprouvez, sondez, épiez votre cœur. Est-ce dans la philosophie, est-ce dans l'art de vivre que vous êtes avancé? Commencez par cet examen. La philosophie n'est pas un art populaire, une science de parade. Elle consiste dans les choses, et non pas dans les mots : sa fonction n'est pas d'aider à passer agréablement les jours, de corriger la fadeur de l'oisiveté : c'est de forger et de façonner les âmes, de diriger la la conduite, de régler les actions, d'enseigner à l'homme ce qu'il doit faire ou omettre, d'être son propre pilote, de se guider au milieu des écueils de sa navigation. Sans philosophie, point de sûreté. Combien à chaque heure, d'incidents qui exigent des conseils? C'est d'elle qu'il en faut recevoir.

Mais, dit-on, que sert la philosophie, s'il y a une destinée fatale? Que sert-elle, si Dieu est le maître? Que sert-elle, si le hasard nous gouverne? Je ne puis changer des événements nécessaires, quand Dieu, par ses décrets, prévient mes déterminations : je ne puis m'armer contre des événements fortuits, quand le hasard se joue de la prudence humaine. De ces opinions, quelque soit la vraie, le fussent-elles toutes, il n'en faut pas moins philosopher. Soit que le destin nous plie sous son joug inflexible, soit qu'un Dieu commande en maître à l'univers, soit que le hasard en sème les événements à l'aventure, couvrez-vous du bouclier de la philosophie. Elle vous dira d'obéir à Dieu, de résister à la fortune, de vous résigner aux décrets de la Divinité, de supporter les coups du sort. . . . .

CHAPITRE VII.

DES LETTRES DE RECONCILIATION.

Il n'est rien de plus beau et de plus utile que de se pardonner, et de rétablir les liens de l'amitié partout où ils se sont brisés. Cette mission est délicate et difficile, etc.

Il faut employer tous les détours pour atténuer la faute du coupable, pour convaincre l'offensé des

3

bonnes intentions de son vieil ami. On doit surtout s'attacher à confondre les torts ; à ne les faire peser trop directement sur personne, c'est le moyen le plus sûr de cimenter pour long-temps de bonnes relations ; car si chacun convient qu'il s'est trompé ; soyez sûr de ne laisser ni rancune, ni petite passion cachée.

EXEMPLES :

J.-J. Rousseau à M. d'Ivernois.

A Wootton, le 6 avril 1767.

J'ai reçu, mon bon ami, votre dernière lettre, et lu le mémoire que vous y avez joint. Ce mémoire est fait de main de maître, et fondé sur d'excellents principes, il m'inspire une grande estime pour son auteur quel qu'il soit. Mais n'étant plus capable d'attention sérieuse et de raisonnements suivis, je n'ose prononcer sur la balance des avantages respectifs, et sur la solidité de l'ouvrage qui en résultera. Ce que je crois voir bien clairement, c'est qu'il vous offre, dans votre position, l'accommodement le meilleur et le plus honorable que vous puissiez espérer. Je voudrais, tant ma passion de vous voir pacifiés est vive, donner la moitié de mon sang pour apprendre que cet accord a reçu sa sanction. Peut-être ne serait-il pas à désirer que j'en fusse l'arbitre, je craindrais que l'amour de la paix ne fût plus fort dans mon cœur que celui de la liberté. Mes bons amis, sentez-vous bien quelle gloire ce serait pour vous de part et d'autre, que ce saint et sincère accord fût votre propre ouvrage, sans aucun concours étranger ! Au reste, n'attendez rien de l'Angleterre ni de personne que de vous seuls ; vos ressources sont toutes dans votre prudence et dans votre courage ; elles sont grandes, grâces au ciel.

Je suis, etc.

Madame de Maintenon au Cardinal de Noailles.

A Versailles, ce 23 décembre 1705.

J'ai appris avec une grande joie, Monseigneur, qu'il y a lieu d'espérer que M. l'Evêque de Chartres rentrera dans vos bonnes grâces. Il n'est rien qui pût me faire plus de plaisir, comme il n'est rien qui m'ait donné plus de peine que l'éloignement que vous aviez pour lui. Il me paraît résolu de regagner votre amitié ou de quitter sa place. J'espère beaucoup de votre bonté et du négociateur qui traite cet accommodement. Il sait que je n'ai jamais aimé la guerre entre nos amis, et que jeune, j'aimais autant la paix que je la désire dans ma vieillesse.

CHAPITRE VIII.

DES LETTRES DE RECOMMANDATION.

Ces lettres sont des espèces de sollicitations. Celui qui les écrit doit y développer la légitimité, la force, la multiplicité des raisons qui l'obligent d'écrire en faveur de son protégé. Il dira, ou qu'il en a reçu des services nombreux; ou qu'il est son ami, son parent, son compatriote, etc., qu'il est modeste, honnête, instruit, homme de bien, fort recommandable par les qualités de l'esprit et du cœur, etc. ; qu'il est plein d'estime, de vénération pour la personne à qui l'o / écrit, qu'il désire son amitié, etc. On ajoutera que c] qu'on demande pour lui est juste, de nature à êtr / aisément accordé, qu'en lui rendant le service qu'on réclame, on acquéra sur deux cœurs le plus grand droit à une reconnaissance vive, éternelle, etc.

Lorsqu'on confie ces lettres à la personne même en faveur de qui l'on écrit, l'usage exige que vous les lui remettiez non-cachetées, afin qu'elle puisse prendre connaissance de leur contenu.

EXEMPLES :

Cicéron à Sulpicius.

Plusieurs raisons importantes me font aimer M. Curius, qui exerce le négoce à Patras. Il y a si longtemps que je suis lié avec lui, que notre amitié remonte jusqu'à ma première entrée au *forum*. Sa maison m'a été plus d'une fois ouverte, mais surtout en dernier lieu dans cette malheureuse guerre ; et si parfaitement, que si j'en avais eu besoin, j'aurais eu la liberté d'en user comme de la mienne. Mais ce que je regarde encore comme un lien plus sacré, c'est qu'il est intime ami de notre cher Atticus, et qu'il n'y a personne au monde à qui il soit plus attaché. Si par hasard vous le connaissez déjà, je m'imagine que ma recommandation arrive trop tard ; car il a tant de douceur et de politesse, qu'il se sera déjà recommandé lui-même. Quoiqu'il en soit, je souhaite ardemment que si vous êtes déjà porté à l'obliger avant que de recevoir ma lettre, ce que je vous écris en sa faveur y puisse mettre le comble. Mais si sa modestie l'a peut-être empêché de se présenter à vous, ou si vous ne la connaissez point encore assez, ou s'il se trouve enfin qu'il ait besoin d'une recommandation plus forte, je vous le recommande avec toute l'ardeur dont je suis capable, et par les plus justes motifs qui puissent me faire agir. Je ferai même ce qu'on ne doit pas négliger quand on veut recommander religieusement et simplement les personnes qu'on aime ; c'est-à-dire, que je vous répondrais, ou plutôt que je vous réponds et que je vous suis garant, que par ses mœurs, par sa probité, et même par sa politesse, vous trouverez Curius, lorsque vous le connaîtrez bien digne de votre amitié et d'une recommandation aussi pressante que la mienne. Je vous serai du moins fort obligé, si vous me faites connaître que ma lettre a produit sur vous l'effet que je m'en suis promis.

Adieu.

Pline à Maxime.

Je crois être en droit de vous demander pour mes amis ce que je vous offrirais pour les vôtres, si j'étais à votre place. Arrianus-Maturius tient le premier rang parmi les Altinates. Quand je parle de rang, je ne les règle pas sur les biens de la fortune dont il est comblé, mais sur la pureté des mœurs, sur la justice, sur l'intégrité, sur la prudence. Ses conseils dirigent mes affaires, et son goût préside à mes études ; il a toute la droiture, toute la sincérité, toute l'intelligence qui se peut désirer. Il m'aime autant que vous m'aimez vous-même, et je ne puis rien dire de plus. Il ne connaît point l'ambition ; il s'est tenu dans l'ordre des chevaliers, quoiqu'aisément il eut pu monter aux plus grandes dignités. Je voudrais de toute mon âme le tirer de l'obscurité où le laisse sa modestie, ayant la plus forte passion de l'élever à quelque poste éminent, sans qu'il y pense, sans qu'il le sache, et peut-être même sans qu'il y consente : mais je veux un poste qui lui fasse beaucoup d'honneur et lui donne peu d'embarras. C'est une faveur que je vous demande avec vivacité, à la première occasion qui s'en présentera, lui et moi nous en aurons une parfaite reconnaissance ; car quoiqu'il ne cherche point ces sortes de grâces, il les recevra comme s'il les avait ambitionnées.

Adieu.

Lettre de M. Boursault à M. de la Bruchère, premier président du parlement de Grenoble.

Vous m'avez jusqu'ici donné d'assez grands témoignages de vos bontés, pour m'autoriser à vous en demander de nouvelles marques. Un ami, de qui les intérêts me sont chers, a un procès en votre parlement pour raison d'un décret où l'on m'assure que la justice parlera en sa faveur; et, comme il y a peu d'hommes qui la rendent avec tant de plaisir que vous, Monsieur, vous voulez bien que je m'en fasse un d'offrir de la matière à votre équité, étant très-persuadé que l'ami pour qui je prends la liberté de vous écrire, a trop d'honneur et de probité pour chercher à gagner un procès qui lui semblerait injuste; la confiance qu'il a en son bon droit, dont je sais, Monsieur, que vous vous déclarez l'appui, est tout ce qui le porte à souhaiter la recommandation que je lui donne : et pour lui faire avoir un heureux présage de la justice qu'il attend de vous, je lui assure que vous ne m'avez jamais refusé celle de me croire, avec beaucoup de passion, etc.

Lettre de M. d'Alembert à Voltaire.

Mon cher et illustre frère, voilà M. le comte de Valbelle, que vous connaissez déjà par ses lettres, et que vous serez charmé de connaître par sa personne. Une heure de conversation avec lui vous en dira plus en sa faveur que je ne pourrais vous en écrire. Il a voulu absolument que je lui donnasse une lettre pour vous, quoiqu'assurément il n'en ait pas besoin.

Je vous embrasse de tout mon cœur, et j'envie bien à M. de Valbelle le plaisir qu'il aura de vous voir.

Pour recommander un fils à un ami intime.

Monsieur,

L'amitié constante qui subsiste depuis si long-temps entre nous, m'engage à vous recommander le porteur de la présente, qui est mon fils ; je suis persuadé que, pour l'amour de son père, vous le servirez de toutes vos facultés.

Je suis votre, etc.

REPONSE AUX LETTRES DE RECOMMANDATION.

Témoignez votre désir de remplir les intentions de celui qui s'est adressé à vous avec confiance ; promettez-lui de ne rien négliger pour parvenir au but qu'il s'est proposé, et rappelez-lui, qu'en toute occasion, vous serez toujours disposé à lui être utile.

EXEMPLES :

Lettre d'un ami, à son ami, qui lui avait recommandé son fils.

C'est bien à toi, mon cher Félix, de m'avoir fourni l'occasion de te prouver ma fidèle amitié. Il y a long-temps que je désirais cette bonne fortune, je la saisirai avec plaisir. Je serai pour ton fils tout ce qui dépendra de moi pour le pousser dans ses études, j'aurai pour lui tous les soins d'un père. Puisse-t-il répondre aux bonnes intentions qui m'animent, et plus tard nous nous féliciterons de lui.

Je suis tout à toi,

Delabaconnie.

Autre Réponse.

J'ai reçu votre protégé, mon cher docteur, avec tous les égards qu'il méritait. Je l'ai introduit dans tous les salons de notre petite ville, c'est à lui maintenant de faire le reste. Je ne doute pas qu'il ne réussisse, appuyé de votre amitié, et de son talent.

Recevez mes amitiés dévouées.

Réponse de M. le Cardinal de Bernis à Voltaire.

Votre jeune Huguenot (M. Labat) m'a remis, mon cher confrère, la lettre dont vous m'avez honoré le 27 juin de l'année dernière. Je ne doute pas que ce jeune homme ne soit homme d'esprit, puisque vous nous y intéressez. Il dîna hier chez moi. Je ferai toujours honneur à vos recommandations.

Je ne vous ai pas cru mort : vous donnez assez souvent de bons signes de vie ; mais j'ai cru que vous m'aimiez moins, puisque vous m'aviez retranché ces petites lettres qui de temps en temps me font voir que le goût et les grâces ne sont pas totalement perdus pour nous, et que vous luttez avec avantage contre la décadence qui nous menace depuis long-temps. Je m'intéresse à votre conservation plus que personne, parce que je suis plus sincèrement de votre gloire. Vivez encore long-temps pour l'amour de la France et pour la satisfaction de vos serviteurs et de vos amis.

CHAPITRE IX.

DES LETTRES DE FELICITATION.

Lorsqu'il arrive quelque chose d'heureux à ceux avec qui nous avons une liaison intime, et une correspondance établie, l'amitié et l'honnêteté exigent que nous leur en fassions notre compliment. Dans ces lettres, le cœur doit parler plus que l'esprit. Une finesse pénible et affectée dans les expressions et les tours de phrase, ferait soupçonner la vérité des sentiments. Ce n'est pas qu'on doive bannir des félicitations les ornements du style, mais il faut qu'ils ne paraissent pas avoir été recherchés. Prenons garde surtout que les louanges que nous voulons donner à celui à qui nous écrivons soient amenées avec délicatesse, et ne fassent pas rougir sa modestie.

Le compliment qu'on fait à un ami doit être dans le style familier et enjoué. Dans celui qu'on adresse à un Supérieur, il faut se servir d'expressions plus relevées qui marquent et le respect, et l'attachement qu'on a pour sa personne.

La brièveté est le caractère de ces sortes de lettres. Cependant elles peuvent être un peu longues, lorsque l'objet qui nous fait prendre la plume est grand, et que nos félicitations sont mêlées d'avis et de conseils.

EXEMPLES :

Lettre du duc de Montausier, à Monseigneur le Dauphin, après la prise de Philisbourg.

Je ne vous fais pas compliment sur la prise de Philisbourg, vous aviez une bonne armée, des bombes, des canons, etc., et Vauban. Je ne vous en fais pas aussi sur ce que vous êtes brave ; c'est une vertu héréditaire dans votre maison ; mais je me réjouis avec vous de ce que vous êtes libéral, généreux, humain, et de ce que vous faites valoir les services de ceux qui font bien. Voilà sur quoi je vous fais mon compliment.

3..

Cicéron à Marcellus.

Ma joie est extrême d'apprendre que votre cher Marcellus est fait Consul, et que vous jouissez enfin de la satisfaction que vous avez le plus désirée ; je m'en réjouis, et pour lui, et pour vous-même que je crois digne de toutes sortes de bonheur. J'ai eu l'occasion, dans mes prospérités comme dans mes disgraces, de reconnaître l'affection singulière que vous me portez, et j'ai eu bien des preuves que toute votre maison s'intéresse vivement à mon salut et à ma dignité. Chargez-vous donc de féliciter pour moi Junia, votre épouse, dont je respecte beaucoup le caractère et la bonté ; et ne cessez pas de m'aimer et de me défendre dans mon absence.

Adieu.

Sénèque à Lucilius.

Je tressaille de joie ; je me trouve plus grand, mes rides s'effacent, mon sang se réchauffe, toutes les fois que vos actions ou vos écrits m'apprennent à quel point vous êtes au-dessus de vous-même ; pour les autres, depuis long-temps vous les avez surpassés. Si la vue d'un arbre en fruit réjouit le cultivateur ; si le berger regarde avec plaisir les petits de son troupeau ; si aux yeux d'une nourrice, l'accroissement de son élève ne diffère pas du sien propre ; quelle doit être la jouissance d'un instituteur, quand il voit mûrir tout-à-coup une âme dont il a long-temps cultivé l'enfance ! Je vous réclame, Lucilius, vous êtes mon ouvrage. A peine avais-je remarqué vos dispositions, que je mis la main sur vous, je vous exhortai, je vous aiguillonnai. Votre ardeur se ralentissait-elle ? je la ranimais de temps en temps, et je le fais encore ; mais aujourd'hui, vous courez, et m'excitez à votre tour : que me faut-il de plus ? Mon ami, c'est déjà beaucoup ! l'ouvrage est à moitié fait, quand il est commencé ; cette maxime est vrai, même en morale. Vouloir devenir bon, c'est l'être en grande partie. Je parle de cette bonté parfaite et acccomplie, que la violence ni la contrainte ne peuvent corrompre ; de cette bonté dont je vois en vous la perspective. Mais il faut persister, redoubler d'efforts, et tâcher surtout que vos paroles et vos actions s'accordent, se répondent, forment un même tissu. L'âme est mal gouvernée, quand ses actions sont discordantes.

Adieu.

Lettre de Madame la Marquise de Lambert à Madame de *,
sur le mariage de celle-ci.**

N'ayant pu, madame, avoir l'honneur de vous voir, et ma mauvaise santé me retenant à la campagne, permettez-moi de vous faire ici mes complimens sur une alliance aussi illustre et aussi digne de vous. Vous portez un nom, madame, qui était autrefois brouillé avec la pudeur ; mais vous allez le raccommoder avec la modestie, vous qui savez si bien en soutenir les droits ! Que n'espère-t-on pas d'une personne comme vous, élevée dans des principes si purs, et endoctrinée par la vertu même ! Puissent vos jours heureux couler dans l'innocence et dans la paix ! Si je faisais des vers, vous auriez, madame, un bel épithalame ; mais je n'ai que des souhaits à vous offrir, et le très-respectueux attachement avec lequel je suis, etc.

Lettre de Madame de Sévigné à M. de Bussi-Rabutin, 1673.

Je pense que je suis folle de ne vous avoir pas encore écrit sur le mariage de ma nièce ; mais je suis en vérité comme folle. Mon fils s'en va dans trois jours à l'armée ; ma fille, dans peu d'autres, en Provence, il ne faut pas croire qu'avec de telles séparations je puisse conserver ce que j'ai de bon sens.

J'approuve extrêmement l'alliance de M. de Coligny : c'est un établissement, pour ma nièce, qui me paraît solide ; et pour la peinture du cavalier, j'en suis contente sur votre parole. Je vous fais donc mes complimens à tous deux , et quasi à tous trois , car je m'imagine qu'à présent vous n'êtes pas loin les uns des autres. Adieu , mon cher cousin ; adieu ma chère nièce.

Lettre de madame de Maintenon à madame d'Osmond , 1701.

Je suis ravie de votre établissement , mademoiselle. Celui qui vous épouse est bien estimable , il préfère votre vertu aux richesses qu'il aurait pu trouver ; et vous , vous préférez la sienne aux biens que vous allez partager avec lui. Avec de tels sentiments , un mariage ne peut être qu'heureux : Dieu bénira deux époux dont la piété est le lien. Je ne cesserai jamais de vous aimer , et de me souvenir que je suis aimée de vous.

Lettre de M. Fléchier à M. Le Pelletier , nommé à la charge de premier président au parlement de Paris.

Nismes , ce 26 avril, 1707.

Agréez , Monsieur, que je prenne part à la joie publique sur le choix que le Roi a fait de vous pour être premier président du premier parlement de France. La réputation de votre sagesse , de votre droiture , de votre équité , avait déjà prévenu les esprits en votre faveur , et vous sembliez être fait pour cet auguste tribunal de la justice. Sa Majesté vous y a placé ; les peuples s'en réjouissent par l'estime qu'ils ont pour vous , et pour la protection qu'ils en espèrent , et moi par le respectueux attachement avec lequel je suis, etc.

Lettre de madame la duchesse du Maine à M. le duc de Vivonne sur la victoire de Villa-Viciosa.

S'il m'était aussi facile de vous faire une bonne lettre qu'il vous est aisé de rétablir les Rois , que d'heureuses pensées je vous enverrais sur la grande nouvelle que nous apprenons de Villa-Viciosa? Mais il s'en faut bien que j'aie une félicité si rare, et il vous est plus aisé de gagner une bataille qu'à moi d'écrire un trait d'esprit. Je me souviens d'ailleurs fort à propos du proverbe : *A grand Seigneur peu de paroles !* Les plus grands de tous les Seigneurs, selon moi, sont les vrais héros ; ainsi je dois vous dire, plus laconiquement qu'à personne, que vous êtes l'homme de l'univers le plus comblé de gloire, le plus aimable, le plus aimé de tous les honnêtes gens et de votre famille ; que, de tous ceux qui la composent, je suis celle qui vous aime le plus, et qu'en vous préférant à tous, je ne crois faire que mon devoir.

REPONSES AUX LETTRES DE FELICITATION.

Témoignez combien vous êtes flatté de la part qu'on daigne prendre à votre bonheur, faites des vœux pour que les mêmes avantages arrivent à celui qui s'intéresse si vivement à vous.

EXEMPLES :

Réponse de M. Mascaron au comte de Bussi.

Le Roi m'a donné plus qu'il ne pense, Monsieur : le compliment, que la grâce qu'il m'a faite m'a attiré de votre part, est pour moi un second bien presque aussi précieux que le premier ; toute la différence que j'y vois, c'est qu'il ne m'est pas permis de croire que je sois digne d'un grand évêché, et que mon cœur me dit que je mérite un peu de part à votre amitié par les sentiments avec lesquels j'ai l'honneur d'être, etc.

Réponse de M. de Harlay, nommé à l'intendance de Bourgogne, au comte de Bussi, 1686.

Je vous suis extrêmement obligé, Monsieur, de la part que vous voulez bien prendre à la grâce que le Roi vient de me faire. Je souhaiterais qu'elle pût me fournir de fréquentes occasions de vous témoigner combien je suis sensible à l'honneur de votre souvenir et à quel point je suis, etc.

CHAPITRE X.

DES LETTRES DE REPROCHES.

Ou les reproches que nous avons à faire sont graves, ou ils sont légers. Dans le premier cas, exposons avec force, mais toujours sans sortir des bornes de la modération, et sans jamais nous permettre ni injures, ni grossièretés, ni sarcasmes, exposons, dis-je, avec force combien est injuste, indécente et coupable la manière dont on en a agi envers nous. On pourra commencer sa lettre d'une manière brusque. On fait connaître par-là combien on est profondément blessé.

Si l'offense est légère, que nos plaintes le soient aussi; le meilleur ton à prendre dans ces circonstances est la plaisanterie.

Cicérou dans son *traité de l'amitié*, renferme à ce sujet un précepte qu'il faut ne jamais oublier; «rappelez-vous, dit-il, qu'il faut aimer comme pouvant haïr un jour : mais qu'il faut haïr comme pouvant un jour aimer.» Ces quelques mots renferment les véritables principes dont il ne faut jamais s'écarter; il faut autant de circonspection dans les reproches que d'abandon dans la confiance!

EXEMPLES :

Pline le Jeune à Septitius-Clarus.

Quoi ? vous me promettez de venir souper chez moi , et vous me manquez de parole ? On rend sans doute ici la justice ; en conséquence vous payerez jusqu'au dernier sou la dépense que vous m'avez causée. J'avais fait préparer à chacun des convives sa laitue , trois escargots , deux œufs , un gâteau , du vin miellé et de la neige que je vous compterai d'autant plus cher , qu'on ne la sert qu'une fois à table. Nous avions encore des olives , des betteraves , des citrouilles , des oignons et mille autres mets exquis. Vous eussiez été libre de faire le choix ou d'un comédien , ou d'un lecteur , ou d'un musicien , ou même par ma libéralité , vous les eussiez eus tous ensemble. Mais je ne sais chez qui vous avez préféré des huîtres , des viandes exquises , des hérissons de mer et des danses espagnoles. Vous m'avez fait beaucoup de peine ; je ne sais si vous vous êtes fait plus de tort que vous ne pensez ; mais cependant je crois , sans en douter , que vous en avez fait à vous et à moi. Que nous eussions badiné , plaisanté et moralisé ! Vous pouvez assister d'ailleurs à des repas plus magnifiques ; mais ne vous donnez point la peine d'en chercher où règnent davantage la joie , la simplicité et la liberté. En un mot , faites-en l'épreuve , et s'il arrive que vous ne vous justifiez pas auprès des autres , justifiez-vous toujours auprès de moi.

Adieu.

Lettre du comte de Bussy à Madame de M***, 1632.

Pourquoi ne me faites-vous point de réponse , Madame ? car vous avez reçu la lettre que je vous écrivis en arrivant ici. Je ne m'étendrai point en longs reproches ; peut-être n'en méritez-vous point,

Si vous en méritiez, j'aime mieux vous abandonner à vos remords que de me plaindre. Sérieusement, Madame, mandez moi ce qui vous a empêchée de m'écrire : j'aimerais mieux que vous eussiez été un peu malade, que de croire que vous m'eussiez moins aimé.

Lettre de Voltaire à M. de Lamarre, 1736.

Je me flatte, mon cher Monsieur, que quand vous ferez imprimer quelqu'un de vos ouvrages, vous le ferez avec plus d'exactitude que vous n'en avez eu dans l'édition de *Jules-César*. Permettez que mon amitié se plaigne que vous avez hasardé dans votre préface des choses sur lesquelles vous deviez auparavant me consulter.... Si vous me l'aviez envoyée, je vous aurais prié de corriger ces bagatelles. Mais vos fautes sont si peu de chose en comparaison des miennes, que je ne songe qu'à ces dernières. J'en ferais une fort grande de ne vous point aimer, et vous pouvez toujours compter sur moi.

De P.-L. Courier à M. le général Dedon, commandant de l'artillerie.

Naples, le 26 juin 1807.

Monsieur,

La supériorité du grade ne dispense pas des procédés ; de ceux-là surtout qui tiennent à l'équité naturelle ; les vôtres à mon égard ne sont plus d'un chef, mais d'un ennemi. Je vous croyais prévenu contre moi, et vous ai donné des éclaircissemens qui devaient vous satisfaire. Maintenant je vois votre haine, et j'en devine les motifs : je vois le piége que vous m'avez tendu en me chargeant d'une commission où je ne pouvais presque éviter de me compromettre. Vous commencez par me punir ; vous m'ôtez la liberté,

pour que rien ne vous empêche de me dénoncer au
Roi, et de prévenir contre moi le public. Ensuite
vous me citez à votre propre tribunal, où vous voulez être à la fois mon accusateur et mon juge, et me
condamner sans m'entendre, sans me nommer mes
dénonciateurs, ni produire aucune preuve de ce qu'on
avance contre moi. Vous savez trop combien il me
serait facile de confondre les impostures de vos vils
espions. Vous pourrez réussir à me perdre, mais
peut-être trouverai-je qui m'écoutera malgré vous.
Quoi qu'il arrive, n'espérez pas trouver en moi une
victime muette. Je saurai rendre la lâcheté de votre
conduite aussi publique dans cette affaire qu'elle l'a été
déjà ailleurs.

Madame de Maintenon au comte d'Aubigné, 1672.

On m'a porté sur votre compte des plaintes qui ne
vous font pas honneur : vous maltraitez les huguenots,
vous en cherchez les moyens, vous en faites naître
les occasions ; cela n'est pas d'un homme de qualité.
Ayez pitié de gens plus malheureux que coupables :
ils sont dans des erreurs où nous avons été nous-
mêmes, et d'où la violence ne nous aurait jamais
tirés. Henri IV a professé la même religion, et plusieurs grands princes. Ne les inquiétez donc point :
il faut attirer les hommes par la douceur et la charité. Jésus-Christ nous en a donné l'exemple ; et telle
est l'intention du Roi. C'est à vous à contenir tout
le monde dans l'obéissance : c'est aux évêques et aux
curés à faire des conversions par la doctrine et par
l'exemple. Ni Dieu, ni le Roi ne vous ont donné
charge d'âmes. Sanctifiez la vôtre, et soyez sévère
pour vous seul. J'aurais bien du plaisir à vous voir
ici, mais cela viendra avec le temps. J'ai de bonnes
espérances : M. de Louvois nous sert bien. Nous
lui avons de grandes obligations. Je vous le répète,
mon cher frère, que M. de Ruvigny ne se plaigne
plus de vous.

Lettre de madame de Scudéri au comte de Bussy.

Ne vous vantez plus de connaître l'amitié, monsieur ; il y a six mois que je ne vous ai écrit, parce que je n'ai bougé du lit tout l'hiver, et je n'ai eu la moindre marque de votre souvenir. Je vois bien que je pourrais être morte deux ou trois ans sans vous en inquiéter, si mon ombre ne vous allait reprocher votre oubli. Prenez-y garde, au moins, cela pourrait bien vous arriver ; car je crois que je saurai aimer au-delà du tombeau.

Autre.

Non, non, Monsieur, ne vous y attendez pas, je ne veux point faire quitte à quitte avec vous sans que j'ai cherché noise ; vous m'en avez fourni une ample matière. Mais ce sera au voyage que vous me promettez, que vous saurez ce que j'ai sur le cœur. Qu'il vous suffise à présent de savoir que vous avez tort, et que j'en suis au désespoir. Au reste, Monsieur, je crains bien que la délicatesse ait eu moins de part à tout ce que vous avez pensé contre mon amitié, que la mauvaise opinion que vous avez de mon âme ; ceci soit toujours dit par avance. Mon Dieu, que j'ai d'impatience de vous voir, pour vous faire honte des erreurs où vous êtes ! On les pardonnerait à l'impertinente pénétration de Monsieur de T***, car à tout propos il se vante d'en avoir ; mais on ne le peut pardonner à Monsieur de Bussi. Le Comte de L*** est témoin de mille choses qui vous regardent ; mais dans le dépit où je suis contre vous, j'aimerais mieux mourir que de vous faire le moindre petit plaisir.

CHAPITRE XI.

—◆—

DES LETTRES D'EXCUSES.

Est-on coupable ? il faut avouer sa faute avec franchise. Rien n'est si propre à désarmer un homme irrité, que l'humble et sincère aveu qu'on fait de la faute commise à son égard. On peint ensuite avec les plus vives couleurs, la profonde douleur dont on est déchiré pour avoir par imprudence ou par légèreté mérité sa colère. On implore sa clémence ; on tache d'émouvoir sa sensibilité ; on proteste qu'on lui sera désormais invariablement dévoué, que par l'attachement le plus inébranlable, on tâchera de se rendre digne de sa confiance et de son amitié.

Pline veut-il fléchir Sabinien justement irrité contre un de ses Affranchis, lui écrit en ces termes :

Votre Affranchi, contre qui vous m'aviez dit que vous étiez en colère, est venu chez moi, et prosterné à mes pieds, il s'y est tenu, comme si c'eut été aux vôtres. Il a pleuré, beaucoup prié, et s'est tû long-temps, en un mot il m'a convaincu de la vérité de son repentir. Je le crois corrigé, parcequ'il sent qu'il s'est rendu coupable. Vous êtes irrité, je le sais; vous êtes justement irrité, je le sais encore. Mais la modération est d'autant plus louable que l'indignation est mieux fondée. Vous avez aimé cet homme, vous l'aimerez bientôt, je l'espère. En attendant il suffit que vous vous laissiez fléchir. Vous pourrez vous remettre en colère, s'il le mérite une autre fois. Le pardon que vous aurez accordé vous rendra plus excusable. Donnez quelque chose à sa jeunesse, à ses larmes, à votre indulgence. Ne l'affligez pas, ne vous affligez pas vous-même, car doux comme vous l'êtes c'est vous affliger que de vous mettre en colère. Je crains de ne paraître pas supplier, mais exiger si je joins mes sollicitations aux siennes. Je les joindrai pourtant avec d'autant plus d'instance et d'intérêt, que mes réprimandes ont été plus fortes et plus sévères. Je l'ai très-expressément menacé que je ne solliciterais plus pour lui. Je lui ai dit cela pour l'intimider, je ne vous en dis pas autant. Car peut-être vous demanderai-je une seconde fois sa grâce, et une seconde fois je l'obtiendrai, si toutefois sa faute est telle, qu'il soit décent à moi d'intercéder, et à vous de pardonner.

Adieu.

Si nous ne sommes pas coupables des torts qu'on nous reproche, il serait déplacé que nous eussions recours aux supplications; tâchons seulement de nous justifier. Commençons notre lettre en faisant éclater notre ressentiment pour avoir été si légèrement, si injustement soupçonné. Alléguons ensuite les preuves de notre innocence. Nous pourrons dire que nous avons trop d'élévation dans l'âme, trop de délicatesse dans les sentimens, trop d'affection pour la personne à qui nous écrivons pour jamais nous permettre à son égard des procédés repréhensibles

EXEMPLE :

Ni vos plaintes, ni ma conscience ne me reprochent rien, Madame ; je suis si sûr de la droiture de mes intentions sur votre sujet, que je ne crains nullement les éclaircissemens avec vous. Pour ce que vous dites que vous craignez bien que la délicatesse n'ait eu moins de part à ce que j'ai pensé contre votre amitié, que la mauvaise opinion que j'ai de votre cœur ; je vous dirai que j'ai une extrême délicatesse sur la conduite de mes amis : avec cela je connais les faiblesses humaines, et je n'en crois pas tout-à-fait exempts mes amis les plus parfaits. Ne vous fâchez pas, Madame, personne n'a meilleure opinion de vous que moi. Du reste, je ne pénètre point : si je le voulais faire, je voudrais être sur les lieux, et voir les choses de plus près. Le ressentiment de l'offense que vous prétendez que je vous ai faite, vous fait assez bien cacher l'amitié que vous avez pour moi ; mais le Comte de L*** qui en est témoin, n'a pas bien gardé le secret. Il a tellement cru que c'était moi qui avais sujet de me plaindre de vous, qu'il n'y a point de douceurs qu'il ne m'ait dites de votre part pour vous justifier.

Dans ces lettres il faut un style grave et serré. La plaisanterie serait ridicule, à moins que les reproches qu'on nous fait ne fussent extrêmement légers.

C'est ainsi que Madame de la Fayette, qui dans le siècle de Louis XIV se rendit si justement célèbre par la grâce, la finesse, la légèreté de son esprit, s'excusait auprès de Madame de Sévigné qui lui reprochait son silence.

Hé bien, ma belle, eh bien, qu'avez-vous à crier comme une aigle. Je vous demande que vous attendiez à juger de moi, quand vous serez ici : qu'y a-t-il de si terrible à ces paroles : *mes journées sont remplies ?* Il est vrai que Bayard est ici, et qu'il fait mes affaires ; mais quand il a couru tout le jour pour mon service, écrirai-je ? Encore faut-il lui parler. Quand j'ai couru, moi, et que je reviens, je trouve M. de la Rochefoucauld, que je n'ai point vu de tout le jour : écrirai-je ? — Mais quand ils sont sortis ? — Ah ! quand ils sont sortis : il est onze heures, et je sors, moi : je couche chez nos voisins, à cause qu'on bâtit devant mes fenêtres. — Mais l'après-dînée ? — J'ai mal à la tête. — Mais le matin. — J'y ai mal encore, et je prends des bouillons d'herbes qui m'énivrent. Vous êtes en Provence ma belle : vos heures sont libres, et votre tête encore plus ; le goût d'écrire vous dure encore pour tout le monde : il n'est passé pour tout le monde. Ne mesurez donc point notre amitié sur l'écriture ; je vous aimerais autant, en ne vous écrivant qu'une page en un mois, que vous, en m'en écrivant dix en huit jours. Quand je suis à Saint-Maur, je puis écrire ; parce que j'ai plus de tête, et plus de loisir ; mais je n'ai pas celui d'y être. Je n'y ai passé que huit jours de cette année. Paris me tue. Adieu, ma très-chère, vos défiances seules composent votre unique défaut, et sont la seule chose, qui puisse me déplaire en vous.

Cicéron à Plancus.

Je n'aurais pas manqué de soutenir vos intérêts, comme l'amitié m'y oblige, s'il y avait eu pour moi de l'honneur ou de la sûreté à me trouver au Sénat ; mais pour quiconque pense librement sur les affaires publiques, il n'y a plus moyen de vivre sans péril au milieu d'une troupe de gladiateurs, dont l'impunité fait monter l'insolence à l'excès ; et ma dignité ne me permet pas d'expliquer mes sentiments sur l'état de la République, dans un lieu où je suis écouté plus attentivement et de plus près par des gens armés que par des Sénateurs. Ainsi, tous mes services et tout mon zèle vous sont assurés dans les affaires particulières, et même dans les affaires publiques, lorsque ma présence y sera nécessaire ; je ne me laisserais effrayer de rien s'il était question de votre dignité : mais pour les occasions où mon absence n'empêche point que les affaires ne s'expédient , je vous prie de trouver bon que je garde quelques ménagements pour ma sûreté et mon honneur.

Adieu.

J.-J. Rousseau à Milord Maréchal.

C'en est donc fait , Milord , j'ai perdu pour jamais vos grâces et votre amitié , sans qu'il me soit même possible de savoir et d'imaginer d'où me vient cette perte, n'ayant pas un sentiment dans mon cœur, pas une action dans ma conduite qui n'ait dû , j'ose le dire , confirmer cette précieuse bienveillance que, selon vos promesses tant de fois réitérées , jamais rien ne pouvait m'ôter. Je conçois aisément tout ce qu'on a pu faire auprès de vous pour me nuire ; je l'ai prévu, je vous en ai prévenu ; vous m'avez assuré qu'on ne réussirait jamais , j'ai dû le croire. A-t-on réussi malgré tout cela? voilà ce qui me passe ; et comment a-t-on réussi au point que vous n'ayez pas même daigné me dire de quoi je suis coupable , ou du moins de de quoi je suis accusé ? si je suis coupable , pourquoi me taire mon crime ; si je ne le suis pas , pourquoi me traiter en criminel ? En m'annonçant que vous cesserez de m'écrire , vous me faites entendre que vous n'écrirez plus à personne. Cependant , j'apprends que vous écrivez à tout le monde , et que je suis le seul excepté , quoique vous sachiez dans quel tourment m'a jeté votre silence. Milord , dans quelque erreur que vous puissiez être , si vous connaissiez , je ne dis pas mes sentiments , vous devez les connaître, mais ma situation, dont vous n'avez pas l'idée , votre humanité du moins parlerait pour moi.

Vous êtes dans l'erreur , Milord , et c'est ce qui me console. Je vous connais trop bien pour vous croire capable d'un aussi incompréhensible légèreté, surtout dans un temps où venu par vos conseils dans le pays que j'habite , j'y vis accablé de tous les malheurs les plus sensibles à un homme d'honneur. Vous êtes dans l'erreur, je le répète, l'homme que vous n'aimez plus mérite sans doute votre disgrâce; mais cet homme que vous prenez pour moi n'est pas moi. Je n'ai point perdu votre bienveillance, parce que je n'ai point mérité de la perdre, et que vous n'êtes ni injuste, ni inconstant. On vous aura figuré sous mon nom un fantôme, je vous l'abandonne et j'attends que votre illusion cesse, bien sûr qu'aussitôt que vous me verrez tel que je suis, vous m'aimerez comme auparavant.

Lettre pour s'excuser de n'avoir pas écrit à quelqu'un.

J'ai trop d'estime pour vous, Monsieur, et j'ai trop d'intérêt à ménager l'honneur de votre connaissance pour vous mettre en oubli. Il est très-vrai que depuis long-temps, j'ai dû vous paraître bien négligent et bien peu soucieux de remplir mes devoirs à votre égard. Mais une réunion de circonstances a mis obstacle à ma volonté, et dix fois j'ai voulu vous écrire sans pouvoir mettre mon projet en exécution.

Veuillez donc agréer mes excuses et croire que si ma plume vous a négligé, ma pensée ne vous a pas manqué un instant. Croyez que c'est mon cœur qui parle quand je vous tiens ce langage, et soyez persuadé que je vous suis entièrement dévoué. Votre, etc.

Lettre pour s'excuser auprès d'un supérieur auquel on a répondu un peu vivement.

Je viens faire un appel à votre indulgence et avouer un tort. Emporté par un sentiment que je blâme vivement, j'ai répondu d'une manière peu convenable aux observations que vous m'avez faites, et j'ai manqué aux égards que je vous dois. Je ne chercherai pas à justifier ce tort en l'attribuant à un sentiment de fierté, que j'aurais dû étouffer; et je viens vous prier d'oublier les paroles déplacées qui ont dû vous offenser.

J'espère donc, Monsieur, que vous serez indulgent pour celui qui met tant d'empressement à reconnaître ses torts, et j'ose croire que cette circonstance réunie à la promesse de ne plus céder à une vivacité répréhensible, me vaudra votre pardon. Je suis, etc.

CHAPITRE XII.

—◆—

DES LETTRES DE NOUVELLES.

Ces lettres sont des espèces de récit dont le style doit être clair, simple et précis. Les événements publics, les affaires domestiques ; enfin, tout ce que le hasard peut enfanter d'heureux ou de malheureux est de leur domaine.

On doit, dans ces lettres, tâcher d'être vrai, avant tout ; éviter les figures de rhétorique, et les épithètes obscures ; abandonner tous les détails fastidieux qui au lieu de donner de l'importance à ce que l'on voudrait dire, ne feraient que la diminuer.

Si l'événement qu'on raconte est malheureux, il faut prendre un ton grave.

EXEMPLES

Largius Macédo, ancien Préteur, a été inhumainement traité par ses Esclaves. Une simple lettre ne peut faire sentir toute l'atrocité de cet attentat. Macédo était, il faut l'avouer, un maître dédaigneux, sans humanité, qui se souvenait peu, ou plutôt point

du tout son Père avait été dans la servitude. Il prenait
le bain dans sa maison de campagne à Formies : tout
à coup ses Esclaves l'investissent , l'un le prend à la
gorge , l'autre le frappe au visage ; celui-ci lui écrase
l'estomac et la poitrine. Lorsqu'ils le crurent sans vie,
ils le jetèrent sur le plancher brûlant , pour connaître
s'il vivait encore. Lui , soit qu'il fut insensible , soit
qu'il feignit de l'être , immobile , étendu , les confirma
dans l'idée qu'il était mort. Alors on l'enlève , comme
s'il eût été étouffé par la chaleur. Ceux de ses Esclaves qui l'aimaient le plus reçoivent son corps , ses
Captives accourent en poussant des cris et de longs
gémissements. Réveillé par le bruit , ranimé par la
fraîcheur du lieu , Largius rouvre les yeux , agite ses
membres , donne des signes de vie. Il pouvait alors le
faire sans danger. Les coupables prennent la fuite , le
plus grand nombre est pris , on cherche les autres.
Le maître n'a survécu que peu de jours malgré tous les
soins. Il est mort avec la consolation de se voir vengé ,
comme on venge les morts. Voyez à combien de dan-
gers , combien d'outrages , combien d'insultes nous
sommes exposés. Personne ne peut se croire en sûreté,
parce qu'il est doux et humain. Ce n'est pas la raison ,
c'est la fureur qui égorge les maîtres. etc.

Madame de Sévigné à Monsieur de Grignan , son gendre , 1672.

C'est à vous que je m'adresse , mon cher Comte ,
pour vous écrire une des plus fâcheuses pertes qui pût
arriver en France ; c'est celle de Monsieur de Turenne,
dont je suis assurée que vous serez aussi touché et
aussi désolé que nous le sommes ici. Cette nouvelle
arriva lundi à Versailles ; le Roi en a été affligé ,
comme on doit l'être de la mort du plus grand Capitaine et du plus honnête homme du monde : toute la
Cour fut en larmes , et Monsieur de Condom pensa
s'évanouir. On était prêt d'aller se divertir à Fontainebleau , tout a été rompu ; jamais un homme n'a été
regretté si sincèrement ; tout ce quartier où il a logé ,
et tout Paris, et tout le peuple était dans le trouble et
dans l'émotion ; chacun parlait et s'attroupait pour

regretter ce Héros, Je vous envoie une très-bonne relation de ce qu'il a fait quelques jours avant sa mort : après trois mois d'une conduite toute miraculeuse , et que les gens du métier ne se lassent pas d'admirer , vous n'avez plus qu'à y ajouter le dernier jour de sa gloire et de sa vie. Il avait le plaisir de voir décamper l'armée des ennemis devant lui ; et le 27 , qui était samedi , il alla sur une petite hauteur pour observer leur marche : son dessein était de donner sur l'arrière-garde, et il mandait au Roi à midi que dans cette pensée, il avait envoyé dire à Brissac qu'on fit les prières de quarante heures. Il mande la mort du jeune d'Hocquincourt, et qu'il enverra un courrier pour apprendre au Roi la suite de cette entreprise : il cachette sa lettre , et l'envoie à deux heures. Il va sur cette petite colline avec huit ou dix personnes ; on tire de loin à l'aventure un malheureux coup de canon , qui le coupe par le milieu du corps , et vous pouvez penser les cris et les pleurs de cette armée : le courrier part à l'instant. Il arriva lundi , comme je vous ait dit , de sorte qu'à une heure l'une de l'autre le Roi eut une lettre de Monsieur de Turenne , et la nouvelle de sa mort. . . . .

Madame de Sévigné à Madame la Comtesse de Grignan , sa fille. 1672.

Enfin, ma fille, notre chère tante a fini sa malheureuse ; la pauvre femme nous a fait bien pleurer dans cette triste occasion ; et pour moi , qui suis tendre aux larmes , j'en ai beaucoup répandu. Elle mourut hier matin à quatre heures , sans que personne s'en aperçut ; on la trouva morte dans son lit : la veille elle était extraordinairement mal , et par inquiétud elle voulut se lever; elle était si faible , qu'elle ne pouvait se tenir dans sa chaise, et s'affaissait, et coulait jusqu'à terre ; on la relevait. Mademoiselle de la Trousse se flattait , et trouvait que c'était qu'elle avait besoin de nourriture ; elle avait des convulsions à la bouche ; ma cousine disait que c'était un embarras que le lait avait fait dans sa bouche et dans ses dents :

pour moi , je la trouvais très-mal. A onze heures ,
elle me fit signe de m'en aller , je lui baisai la main ,
elle me donna sa bénédiction , et je partis : ensuite
elle prit son lait par complaisance pour Mademoiselle
de la Trousse ; mais ne pouvant rien avaler , elle lui
dit qu'elle n'en pouvait plus ; on la recoucha ; elle
chassa tout le monde , et dit qu'elle s'en allait dormir :
à trois heures , elle eut besoin de quelque chose , et
fit encore signe qu'on la laissât en repos : à quatre
heures , on dit à Mademoiselle de la Trousse que
Madame dormait ; ma cousine dit qu'il ne fallait pas
l'éveiller pour prendre son lait : à cinq heures , elle
dit qu'il fallait voir si elle dormait ; on approche de
son lit , on la trouve morte : on crie , on ouvre les
rideaux , sa fille se jette sur cette pauvre femme , la
veut réchauffer , ressusciter ; elle l'appelle , elle crie ,
elle se désespère , enfin on l'arrache , et on la met
par force dans une autre chambre ; on me vient avertir , je cours toute émue ; je trouve cette pauvre tante
toute froide et couchée si à son aise que je ne crois pas
que depuis six mois elle ait eu un moment si doux que
celui de sa mort ; elle n'était quasi point changée , à
force de l'avoir été auparavant : je me mis à genoux ,
et vous pouvez penser si je pleurai abondamment à la
vue de ce triste spectacle.

Si l'événement est heureux ou plaisant on doit
prendre un ton enjoué.

EXEMPLES :

Lettre de Pline.

Vous rirez , riez tant qu'il vous plaira. Moi , ce
Pline que vous connaissez , j'ai pris trois sangliers , et
en vérité des plus beaux. Quoi , lui-même dites-vous !
Oui , lui-même. Il en a pourtant peu coûté à ma pa-
resse et à mon repos. J'étais assis près des toiles , je
n'avais près de moi ni épieu , ni dard , mais des tablettes et un stilet. Je réfléchissais , j'écrivais , pour

remporter mes feuilles pleines, si je m'en retournais les mains vides. Ne dédaignez pas cette manière d'étudier. Il est étonnant combien l'agitation, le mouvement du corps donnent d'activité à l'esprit. Car les forêts qui nous environnent de toutes parts, la solitude, le silence même qu'exige la chasse sont très-propres à inspirer une foule d'heureuses pensées. Ainsi, croyez-moi, lorsque vous irez chasser portez votre pannetière, et votre flacon, mais n'oubliez pas vos tablettes. Vous éprouverez que Minerve tout aussi bien que Diane erre sur les montagnes.

Adieu.

Autre exemple.

La guerre est déclarée ; on ne parle que de partir. Canaples a demandé permission au Roi d'aller servir dans l'armée du roi d'Angleterre ; et en effet il est parti mal content de n'avoir point eu d'emploi en France. Le Maréchal du Plessis ne quittera point Paris ; il est bourgeois et chanoine : il met à couvert tous ses lauriers, et jugera des coups : je ne trouve pas qu'avec une si belle et si grande réputation, son personnage soit mauvais. Il dit au Roi qu'il portait envie à ses enfans, qui avaient l'honneur de servir Sa Majesté ; que pour lui, il souhaitait la mort, puisqu'il n'était plus bon à rien. Le Roi l'embrassa tendrement, et lui dit : « Monsieur le Maréchal, on ne travaille que pour » approcher de la réputation que vous avez acquise ; » il est agréable de se reposer après tant de victoires. » En effet, je le trouve heureux de ne point remettre au caprice de la fortune ce qu'il a acquis pendant toute sa vie. Le Maréchal de Bellefond est à la Trappe pour la Semaine sainte, mais avant que de partir, il parla fort fièrement à Monsieur de Louvois, qui voulait faire quelque retranchement sur sa charge de Général sous Monsieur le Prince : il fit juger l'affaire par Sa Majesté, et l'emporta comme un galant homme.

La Reine m'attaque toujours sur vos enfans et sur

mon voyage de Provence, et trouve mauvais que votre fils vous ressemble, et votre fille à son Père; je lui réponds toujours la même chose. Madame Colbert me parle souvent de votre beauté; mais qui ne m'en parle point? Ma fille, savez-vous bien qu'il faut un peu revenir voir tout ceci? Je vous en faciliterai les moyens d'une manière qui vous ôtera de toutes sortes d'embarras. J'ai parlé d'un premier Président à Monsieur de Pomponne, il n'y voit encore goutte; il croit pourtant que ce sera un étranger, j'y ai consenti.

Ma tante est si mal, que je ne crois pas qu'elle retarde mon voyage; elle étouffe, elle enfle; il n'y a pas moyen de la voir sans être fortement touchée; je le suis, et le serai beaucoup de la perdre; vous savez comme je l'ai toujours aimée: ce m'eût été une grande joie de la laisser dans l'espérance d'une guérison, qui nous l'aurait rendue encore pour quelque temps. Je vous manderai la suite de cette triste et doulouëreuse maladie.

Monsieur et Madame de Chaulnes, s'en vont en Bretagne: les Gouverneurs n'ont point d'autre place présentement que leur Gouvernement. Nous allons voir une rude guerre: j'en suis dans une inquiétude épouvantable. Votre frère me tient au cœur; nous sommes très-bien ensemble; il m'aime, et ne songe qu'à me plaire; je suis aussi une vraie marâtre pour lui, et ne suis occupée que de ses affaires. J'aurais grand tort si je me plaignais de vous deux: vous êtes en vérité, trop jolis, chacun en votre espèce. Voilà, ma très-belle, tout ce que vous aurez de moi aujourd'hui. J'avais ce matin un Provençal, un Breton, et un Bourguignon à ma toilette.

CHAPITRE XIII.

DES LETTRES D'ADIEU.

Ces lettres doivent être dictées par le cœur; l'esprit n'y doit être appelé que pour écarter les locutions de mauvais goût.

Si c'est un vieil ami que des affaires vous obligent à quitter, exprimez-lui vos regrets; votre désir et votre espoir de vous retrouver bientôt près de lui. Ne craignez pas de présenter le passé sous des formes riantes, et surtout dites-lui que le souvenir de sa constante amitié vous suivra partout.

Si votre lettre n'est due qu'aux convenances sociales, soyez grave et mesuré, et demandez à l'art des tournures qui puissent plaire à la personne à laquelle vous devez cette dernière preuve d'estime et de reconnaissance.

Il faut, autant que possible, prendre toujours la vérité pour guide, et concilier le respect qu'elle impose avec les réserves que la politesse prescrit.

EXEMPLES

Lettre d'un ami qui va se fixer à Paris.

Je vous annonce avec peine, mon très-cher ami, que je pars lundi pour la capitale. Mais je n'oublierai point, aux bords de la Seine, l'amitié que je vous ai jurée sur les bords de la Saône. Vous savez que mon cœur n'a jamais été inconstant, et, quoique éloigné de votre séjour, ce cœur sera toujours auprès de vous. En quelque endroit que je sois, je regretterai votre société : je la cultivais avec empressement ; je m'en rappellerai avec délices le souvenir. Je mettrai toujours au nombre de mes plus beaux jours, ceux que j'ai passés auprès de vous. C'est dans ces sentimens que je vous embrasse avec autant de sensibilité que de douleur.

Lettre de Madame de Sévigné à Madame de Grignan.

Voici un terrible jour, ma chère enfant, je vous avoue que je n'en puis plus. Je vous ai quittée dans un état qui augmente ma douleur. Je songe à tous les pas que vous faites et à tous ceux je fais, et combien il s'en faut qu'en marchant toujours de cette sorte nous puissions jamais nous rencontrer ! Mon cœur est en repos quand il est auprès de vous : c'est son état naturel, et le seul qui peut lui plaire. Ce qui s'est passé ce matin me donne une douleur sensible, et me fait un déchirement dont votre philosophie sait les raisons. Je les ai senties, et les sentirai long-temps. J'ai le cœur et l'imagination tout remplis de vous, je n'y puis penser sans pleurer, et j'y pense toujours ; de sorte que l'état où je suis n'est pas une chose soutenable : comme il est extrême, j'espère qu'il ne durera pas dans cette violence. Je vous cherche toujours, et je trouve que tout me manque, parce que vous me manquez. Mes yeux, qui vous ont tant rencontrée depuis quatorze mois, ne vous trouvent plus. Le temps agréable qui est passé rend celui-ci douloureux, jusqu'à ce que je sois un peu accoutumée : mais ce ne sera jamais assez pour ne pas souhaiter ardemment de vous revoir et de vous embrasser. Je ne dois pas espérer mieux de l'avenir que du passé, je sais ce que votre absence m'a fait souffrir, et je serai encore plus à plaindre, parce que je me suis fait imprudemment une habitude nécessaire de vous voir. Il me semble que je ne vous ai pas assez assez embrassée en partant. Qu'avais-je à ménager ? Je ne vous ai point assez dit combien je suis contente de votre tendresse ; je ne vous ai point assez recommandée à M. de Grignan ; je ne l'ai point assez remercié de toutes ses politesses et de toute l'amitié qu'il a pour moi ; j'en attendrai les effets sur tous les chapitres. Je suis dévorée de curiosité ; je n'espère de consolation que de vos lettres, qui me feront encore bien soupirer. En un mot, ma fille, je ne vis que pour vous. Dieu me fasse la grâce de l'aimer quelque jour comme je vous aime. Jamais un départ n'a été si triste que le nôtre ; nous ne disions pas un mot. Adieu, ma chère enfant, plaignez-moi de vous avoir quittée. Hélas, vous voilà dans les lettres.

Lettre de Madame de Sévigné à sa fille, 1689.

Il y aura demain un an que je ne vous ai vue, que je ne vous ai embrassée, que je ne vous ai entendue parler, et que je vous quittai à Charenton. Mon Dieu, que ce jour est présent à ma mémoire ! et que je souhaite en retrouver un autre qui soit marqué pour vous revoir, par vous embrasser, pour m'attacher à vous pour jamais ! Que ne puis-je ainsi finir ma vie avec la personne qui l'a occupée tout entière. Voilà ce que je sens et ce que je vous dis, ma chère enfant, sans le vouloir, et en solennissant ce bout de l'an de notre séparation.

4..

CHAPITRE XIV.

DES LETTRES DE DOULEUR.

IL est difficile de modérer les sentiments de l'âme, et de ne pas s'abandonner par fois à une exagération violente.

Il n'appartient à personne de blâmer cette fâcheuse impression, toutefois l'on doit se tenir en garde contre cet écueil, où viennent surtout se briser les jeunes imaginations, et toujours remettre au lendemain d'exprimer la douleur qu'on éprouve.

Il faut dans ces lettres la plus grande réserve, et ne jamais murmurer contre l'Etre Suprême, qui doit nous apparaître comme l'ange consolateur, et non comme l'auteur volontaire de nos maux.

L'exclamation et l'interrogation sont deux figures qui font le principal ornement de ces sortes d'écrits et qui en expriment toute la force.

EXEMPLES:

Cicéron à Térentia.

Aristocrite m'a remis trois lettres, que j'ai presque effacées de mes larmes : car le chagrin me consume, ma chère Térentia, et mes propres maux ne me tourmentent pas plus que les vôtres et ceux de nos enfants. Je suis bien plus misérable que vous, qui l'êtes néanmoins infiniment ; notre disgrâce est commune entre nous, mais la faute en tombe sur moi seul. Mon devoir était de me soustraire au danger par une légation, ou de résister par la diligence et la force, ou de périr glorieusement. Aussi n'y a-t-il rien de si misérable, de si vil et de si indigne que moi. La honte me fera mourir autant que la douleur. Je rougis de n'avoir pas eu plus de courage et de promptitude à secourir ma chère femme et ses aimables enfants. Nuit et jour j'ai devant les yeux votre abattement, votre affliction et le mauvais état de votre santé. Mes espérances de salut se réduisent presque à rien. J'ai beaucoup d'ennemis, et presque tout le monde pour envieux. S'il n'a pas été facile de me chasser, il est aisé d'empêcher mon retour. Cependant, aussi long-temps que vous ne perdrez point tout espoir, je n'y renoncerai pas non plus, afin qu'on ne m'accuse d'avoir tout perdu par ma faute. Ne soyez point inquiète pour ma sûreté ; elle n'est pas difficile à présent, puisque le désir de mes ennemis est que je vive dans cet excès de misères. Je ferai néanmoins ce que vous m'ordonnez. J'ai fait mes remercîments aux amis que vous m'avez nommés, et je leur ai marqué que vous m'aviez informé de leurs bons offices. C'est Désippus que j'ai chargé de ces lettres. Tout le monde publie, et je m'aperçois moi-même que notre cher Pison est d'un zèle admirable à me rendre service. Fasse le ciel que je puisse vivre quelque jour librement avec vous et nos enfants en la compagnie d'un tel gendre ! Toute mon espérance est à présent dans les nouveaux tribuns du peuple : car si la chose vieillit,

j'en désespère. Je me suis hâté de vous envoyer Aristocrite, afin que vous puissiez m'écrire aussitôt les
commencements et tout le plan de l'affaire. Désippus
avait ordre aussi de revenir promptement ; et j'ai fait
prier d'un autre côté mon frère Quintus de m'envoyer
souvent des courriers. Je ne suis actuellement à Dyr-
rachium que pour apprendre avec plus de diligence ce
qui se passe en ma faveur, et j'y suis en sûreté, car
cette ville a toujours été sous ma protection. Lorsque
j'apprendrai que nos ennemis l'approchent, je passerai
dans l'Empire. Vous m'offrez de me venir joindre, si
je le désire ; mais n'ignorant point que c'est vous qui
êtes chargée du principal fardeau de mes affaires, je
souhaite que vous demeuriez à Rome. Si vos soins
réussissent, c'est moi qui dois vous rejoindre. Si le
contraire arrive..... Mais il n'est pas besoin que j'a-
chève. Je jugerai par votre première lettre, ou du
moins par la seconde, du partis que je dois prendre.
Ayez soin seulement de m'écrire tout ce qui se passe ;
quoique ce soit moins des lettres que la chose même,
que je dois attendre à présent. Conservez votre santé,
et soyez persuadée que je n'ai rien et n'ai jamais rien
eu de plus cher que vous. Adieu, chère Térentia. Je
m'imagine vous voir, et dans cette idée je m'affaiblis
par mes larmes.

    Adieu.

Pline à Marcellin.

Je vous écris accablé de tristesse. La plus jeune fille
de notre ami Fundanus vient de mourir. Je n'ai jamais
vu une personne plus jolie, plus aimable, plus digne
non-seulement de vivre long-temps, mais de vivre
toujours. Elle n'avait pas encore quatorze ans accom-
plis, et déjà elle montrait toute la prudence de la
vieillesse. On remarquait déjà dans son air toute la
majesté d'une femme de condition, et tout cela ne lui
ôtait rien de cette innocente pudeur, de ces grâces
naïves, qui plaisent si fort dans le premier âge. Avec
quelle simplicité ne demeurait-elle pas attachée au cou
de son père ! Avec quelle douceur et quelle modestie
ne recevait-elle pas ceux qu'il aimait ! Avec quelle

l'équité ne partageait-elle pas sa tendresse entre ses nourrices et les maîtres qui avaient cultivé ou ses mœurs ou son esprit ! Pouvait-on étudier avec plus d'application et avec des dispositions plus heureuses ? Pouvait-elle mettre moins de temps, et plus de circonspection dans ses divertissemens ? Vous ne sauriez vous imaginer sa retenue, sa patience, sa fermeté, même dans sa dernière maladie. Docile aux médecins, attentive à consoler son père et sa sœur, après que toutes ses forces l'eurent abandonnée, elle se soutenait encore par son seul courage. Il l'a accompagnée jusqu'à la dernière extrêmité, sans que ni la longueur de la maladie, ni la crainte de la mort, l'aient pu abattre ; et c'est ce qui ne sert qu'à augmenter notre douleur et nos regrets. Mort vraiment funeste et prématurée ; mais conjoncture encore plus funeste et plus cruelle que la mort : elle était sur le point d'épouser un jeune homme très-aimable. Le jour pour les noces était pris ; nous y étions déjà invités. Hélas ! quel changement ! Quelle horreur succède à tant de joie ! Je ne puis vous exprimer de quelle tristesse je me suis senti pénétré quand j'ai entendu Fundanus, inspiré par la douleur, toujours féconde en tristes inventions, donner ordre lui-même que tout ce qu'il avait destiné en bijoux, en perles, en diamans, fut employé en baume, en essences, en parfums. C'est un homme savant et sage, et qui, dès sa plus tendre jeunesse s'est formé la raison par les meilleures sciences, et par les plus beaux-arts ; mais aujourd'hui il méprise tout ce qu'il a ouï dire, et ce qu'il a souvent dit lui-même. Enfin, toutes ses vertus disparaissent et l'abandonnent à sa seule tendresse. Vous n'aurez pas de peine à l'excuser ; vous le louerez même, quand vous songerez à ce qu'il a perdu. Il a perdu une fille qui n'avait pas seulement la manière, l'air, les traits de son père, mais que l'on pouvait appeler son portrait, tant elle lui ressemblait. Si donc vous lui écrivez sur un si juste chagrin, souvenez-vous de mettre moins de force et de raison que de compassion et de douceur dans vos consolations. Le temps ne contribuera pas peu à les lui faire goûter.

Adieu.

CHAPITRE XV.

DES LETTRES DE BONNE ANNÉE ET DE FETES.

Dans ces sortes de lettres, le mieux est de souhaiter tout simplement une heureuse année, et de demander aux personnes dont l'amitié nous est chère, la continuation de leurs bontés en les assurant d'une gratitude éternelle.

Lorsqu'on les adresse à des personnes avec qui l'on est sur le ton de la familiarité, de la liberté, du *tout-dire*, il est permis d'y mêler quelques-unes de ces réflexions morales que fait naître dans toutes les âmes la rapide succession du mois et des années. Souvent on les écrits en vers, et alors ces idées tant rebattues de Parques a qui l'on conjure de filer des jours de bonheur pour celui à qui l'on s'intéresse, du temps à qui l'on coupe les ailes, etc., etc., sont d'un merveilleux secours pour un homme qui veut remplir la page à quelque prix que ce soit.

Lorsque ces lettres vont d'un inférieur à un supérieur, d'un enfant à ses parents, le cœur doit y déployer ses meilleurs sentiments ; la tendresse et le respect doivent dominer d'un bout à l'autre. Si, cependant vous vous sentez permis d'user d'un langage enjoué, faites-le avec la plus grande réserve.

Evitez surtout les lieux communs qui ne produisent aucun effet qui frappent de stérilité les meilleures idées.

Employez quelques figures touchantes telles que l'exclamation, la concession et l'interrogation ; enfin, comme il y a autant de manières de s'exprimer dans ces genres d'écrits qu'il y a de personnes à qui nous les adressions, ce qui en fait la plus grande difficulté, que votre cœur plutôt que votre esprit dirigent votre plume.

EXEMPLES :

Lettre pour le premier jour de l'an à son Père.

Mon très-cher Père, je croirais manquer à mon devoir le plus essentiel, si j'oubliais, au commencement de cette année, de vous renouveler les assurances de mes plus profonds respects et de ma plus vive reconnaissance. Agréez donc, mon très-cher Père, les souhaits ardents que je prends la liberté de vous faire d'une santé parfaite, et de l'accomplissement de tous vos désirs. Puisse le Seigneur prolonger vos jours pour le bonheur de notre famille, et surtout pour moi ; et, qu'en s'écoulant, ils soient pleins de douceur et de tranquillité ! Permettez-moi aussi de vous consacrer tous les mouvements d'un cœur qui doit à vos bons exemples, et la bonne éducation que vous m'avez donnée, tous les sentiments dont il se trouve capable. Ce sont des bienfaits dont je ne saurais trop vous remercier. Je vous supplie de croire que je ferai de jour en jour de nouveaux efforts pour mériter la continuation de vos bontés, et pour vous prouver, par mon respect et ma tendresse, la parfaite soumission avec laquelle je suis, mon très-cher Père, votre etc.

Lettre de Madame de Sévigné au comte de Bussy.

Je commence par vous souhaiter une heureuse année, mon cher cousin : c'est comme si je vous souhaitais la continuation de votre philosophie chrétienne, car, c'est ce qui fait le véritable bonheur. Je ne comprends pas qu'on puisse avoir un moment de repos en ce monde, si l'on ne regarde Dieu et sa volonté, où par nécessité il faut se soumettre : avec cet appui, dont on ne saurait se passer, on trouve de la force et du courage pour soutenir les plus grands malheurs. Je vous souhaite donc, mon cousin, la continuation de cette grâce : c'en est une, ne vous y trompez pas ; ce n'est point dans nous que nous trouvons ces ressources.

Lettre de M. le duc du Maine à Madame de Maintenon   1713.

Il aurait été trop commun, Madame, d'aller ce matin à votre porte pour vous faire, sur la nouvelle année, un compliment d'une sincérité peu commune. Voyez tout ce que je vous dois depuis le moment où je suis né, jusqu'au moment où je respire ; rappelez-vous la connaissance que vous avez du cœur que vous avez formé, et puis dites-vous à vous-même tout ce que je voudrais vous dire, qui est fort au-dessous de tout ce que je pense.

Lettre de bonne année à une personne que l'on a long-temps négligée.

Monsieur,

Je rends grâces à ceux qui ont imaginé les devoirs mutuels que l'on se rend au commencement de l'année ; cette coutume me présente l'occasion naturelle de réparer mon coupable oubli. Je vous avouerai avec franchise que, quoique supportant péniblement ma situation à votre égard, je n'aurais cependant su comment et sous quel prétexte vous écrire. Je m'empresse de saisir l'occasion favorable, pour vous assurer que, malgré l'apparence, je n'ai jamais cessé de vous souhaiter tout le bien qui peut vous rendre heureux. Mon cœur est toujours ce que vous l'avez connu ; les circonstances seules ont pu vous le faire paraître différent. Comme je suis persuadé que le vôtre n'est pas non plus changé, j'aime à croire que je vous retrouverai aussi le même ; et si j'ai à former pour moi un vœu au renouvellement de cette année, c'est de vous voir me continuer l'amitié dont vous m'honoriez autrefois, de mon côté, Monsieur, j'aimerai toujours à me dire votre, etc.

Lettre de Rousseau à M. Boutet, 1739.

Toutes mes idées se ressemblent, mon cher Monsieur, et je n'en compte aucune qui ne soit marquée, ou par quelque contre-temps de la fortune, ou par quelque témoignage de votre amitié. Elle me tient lieu de tout ; ainsi vous ne sauriez douter de la sincérité des vœux que je forme pour votre santé et votre bonheur durant le cours de l'année où nous allons entrer. Mon intérêt cependant n'est pas le seul mobile de mes sentiments ; je sens que je sacrifierais à l'accomplissement des souhaits que je forme pour vous, celui de tous les vœux que je forme depuis si longues années inutilement pour moi. C'est la manière de penser qui rend les hommes heureux et je le serai, de la façon dont je pense, tant que je pourrai compter sur votre félicité. Permettez que mes amis trouvent ici les assurances de mon attachement, et des vœux que je fais pour eux à l'occasion du jour prochain consacré aux témoignages de l'amitié. La mienne, mon cher Monsieur, sera aussi vive et aussi durable que ma reconnaissance pour vous, c'est-à-dire les sentiments avec lesquels je veux vivre et mourir votre, etc.

Lettre d'un jeune Élève à ses Parents.

Cher Papa et chère Maman,

J'aime ces jours où je répète ce que je vous ai dit cent fois, et ce que je pense toute l'année : ce n'est pas un devoir que je remplis, c'est un plaisir que je goûte. Oui, mes chers et bons parents, je vous aime de tout mon cœur, et le vœu le plus ardent que je forme est pour votre bonheur. Je n'ose m'applaudir de ma conduite pendant toute l'année qui vient de s'écouler ; peut-être n'ai-je pas aussi bien fait que je le désirais : mais je vous prie de croire que les meilleures résolutions sont dans mon cœur pour l'avenir. Si vous pouviez m'écrire que vous n'êtes pas tout-à-fait mécontents de moi, ce serait là de belles étrennes ; je les attends avec impatience, et je tremble de n'en être pas digne à vos yeux.

Lettre d'un Enfant à ses Parents.

C'est moi-même qui vous écris cette année ; je vous présente de mon écriture pour vos étrennes, persuadé que le peu de progrès que j'ai fait, vous causera plus de joie que tous les beaux compliments que je pourrais vous répéter : j'ajouterai seulement que je fais au ciel les vœux les plus ardents pour la conservation de vos jours et de votre santé. Je serai bien sage ; aimez-moi toujours. Je vous embrasse de tout mon cœur, et suis votre tendre et respectueux fils, etc.

Lettre à un Protecteur.

Monsieur,

Le Créateur, en faisant fuir le temps et ramenant une nouvelle année, me rappelle naturellement à celui

qui est ici-bas pour moi un image visible de sa bienfaisance, et m'offre enfin l'occasion d'exprimer haute-
ment les vœux que j'ai formés chaque jour dans le
secret de mon cœur. Je n'ai en effet que mes vœux
pour m'acquitter de tous les bienfaits dont vous m'avez
comblé jusqu'à ce jour, et leur sincérité égale la générosité de votre âme : mais ce ne sont que des vœux,
et votre bienfaisance est sans cesse active ! Cette réflexion que je fais continuellement, m'apprend assez
combien je suis encore loin de mériter tout ce que vous
faites pour moi. Croyez au moins que si ma reconnaissance est toujours stérile pour vous, rien ne pourra
jamais l'affaiblir, et qu'elle n'aura d'autres bornes que
celles de ma vie. Je suis, etc.

Lettre d'une Fille à sa Mère.

Ma bonne et tendre Mère,

Qu'il m'est pénible d'être éloignée de vous à cette
époque de l'année où chacun va s'empresser de vous
adresser ses souhaits ; pourquoi suis-je obligé de confier
au froid papier des vœux que ma bouche vous expri-
merait avec tant de chaleur. O ! ma bonne mère, que
votre première pensée au jour du nouvel an soit pour
votre fille ; avant que personne ait pu vous parler de
son attachement, imaginez-vous que je suis auprès de
vous et que je vous serre contre mon cœur : c'est une
faveur que je réclame et qui n'appartient qu'à celle qui
a pu apprécier tout ce qu'il y a de bon dans ce cœur ma-
ternel. Je ne vous dirai pas quels sont mes souhaits :
vous savez combien je vous aime, et ce mot vous donnera l'étendue du bonheur dont je voudrais vous voir
comblée.

Adieu, ma chère maman ; pensez souvent à votre
fille, et croyez que toutes ses actions tendront constamment à vous satisfaire ; c'est tout ce qu'elle peut
vous donner en échange des soins et de la tendresse que
vous avez prodigués à sa jeunesse, et il lui tarde d'être
à même de vous prouver que vous n'avez pas donné
le jour à une ingrate. Je suis, etc.

Lettre à un Oncle, Tante et autres Parents.

M.....

Je me trouve heureux de l'occasion qui me permet de vous témoigner tout mon attachement par des vœux aussi sincères qu'empressés. Permettez-moi donc, au commencement de cette année, de joindre mes souhaits à tous ceux qui vous seront offerts pour votre bonheur et pour la conservation de votre santé.

Les liens de famille qui m'unissent à vous, sont bien faibles, en comparaison de ceux que vos bontés ont fait naître : jugez alors de la force et de la sincérité de mon attachement ; il ne finira qu'avec ma vie, et j'espère avoir fréquemment l'occasion de vous prouver que chez moi les paroles et les actions sont toujours en harmonie.

Veuillez donc continuer à m'honorer de l'amitié dont vous m'avez donné tant de preuves jusqu'à ce jour : j'en suis digne, et c'est un titre que je ferai en sorte de ne jamais perdre. Je suis, etc.

Lettre à un Maître ou Maîtresse de pension.

Je serais bien coupable si, au commencement de cette année, au moment où chacun se donne réciproquement des témoignages de sentiments affectueux, je ne m'empressais pas de vous exprimer toute ma reconnaissance. Après Dieu et mes parents, c'est vous qui êtes au premier rang de mes affections, et je n'oublierai jamais les soins que vous avez prodigués à mon enfance, les peines que vous avez prises pour me former le cœur et orner mon esprit. Si le bonheur dépend des souhaits, une grande félicité vous attend, car si tous mes anciens camarades ont conservé comme moi le souvenir des obligations que nous vous devons, l'époque où nous nous trouvons doit vous procurer de nombreux témoignages de reconnaissance.

Veuillez agréer mes vœux de bonne année, et me croire avec un profond respect, votre, etc.

REPONSE AUX LETTRES DE BONNE ANNÉE.

Réponse d'un Père à son Fils.

Je vous remercie, mon cher fils, des souhaits que vous m'adressez au commencement de cette année : je les préfère à tous ceux qu'on a faits pour moi, parce que je me flatte que je les dois plus à votre cœur qu'à la coutume. Je vous assure que votre reconnaissance me dédommage des soins et des dépenses que je suis obligé de faire pour vous, et j'espère que le plaisir qu'elle me cause vous engagera à continuer. Ayez sans cesse la crainte de Dieu devant les yeux ; obéissez à vos maîtres, et efforcez-vous d'acquérir, par votre application à l'étude, toutes les connaissances nécessaires pour remplir dans la suite, avec honneur, l'état que vous vous proposez d'embrasser. De mon côté, je n'épargnerai rien pour contribuer à votre bonheur ; et, tant que vous répondrez aux bonnes intentions que j'ai pour vous, vous me trouverez toujours votre affectionné père.

Réponse d'un Protecteur éloigné.

Monsieur,

Je vous remercie très-humblement des souhaits que vous faites pour moi, et de la bonté que vous me témoignez en cette occasion. Recevez aussi mes vœux pour votre santé et votre prospérité. Conservez-moi, je vous prie, votre bienveillance, et soyez persuadé que, quoique éloigné de vous, je n'en continuerai pas moins d'être, comme je l'ai toujours été, Monsieur, etc.

Autre Réponse.

Après vous avoir rendu vœux pour vœux, souhaits pour souhaits au commencement de cette année, permettez-moi de vous témoigner combien j'ai été sensible à votre aimable souvenir. Au surplus, vous n'avez pas affaire à un ingrat; car il n'est personne à qui je souhaite plus de bonheur et de prospérité qu'à vous. Je vous confirmerai, à notre plus prochaine entrevue, l'assurance des sentiments avec lesquels je demeure votre tout dévoué serviteur.

LETTRES DE FÊTES.

Un Enfant à son Père.

Il faut, mon cher Papa, que je vous fasse un petit aveu. J'avais appris un beau compliment qui ne signifiait pas grande chose, ou que je ne comprenais pas du tout; et tout en me tourmentant pour le mettre dans ma mémoire, je me disais : c'est bien la peine d'apprendre si difficilement ce que je sais déjà si bien ! Le compliment avait l'air de dire qu'un père est ce qu'il y a de plus respectable pour un enfant, et qu'on ne peut jamais l'aimer assez; et il y en avait une grande page là-dessus. Bah ! me suis-je dit, je pourrais exprimer tout cela en trois mots. Il faudra cependant le répéter tout entier, et prendre ensuite un beau baiser qui vaudra mieux que tout ce verbiage. Eh ! bien, voyez, mon papa, je n'ai joué seulement qu'un petit peu et j'ai oublié tout le compliment; mais en revanche, je me suis bien souvenu du baiser.

Lettre à un Père ou à une Mère.

Je n'ai pas besoin de consulter l'almanach pour me rappeler que nous sommes arrivés à l'époque de votre fête : quand c'est le cœur qui nous guide, la mémoire est toujours fidèle. Recevez donc mes souhaits et mes vœux, et puisse le ciel vous faire passer sans nuages les jours qui s'écouleront jusqu'à ce que le temps me ramène une occasion solennelle de vous exprimer mon amour.

Veuillez croire aux souhaits sincères de celui qui mettra toujours au premier rang de ses devoirs de faire ce qui vous est agréable, et qui est avec le plus profond respect, votre fils soumis.

A un Oncle.

Mon cher Oncle,

C'est toujours un plaisir pour moi que de vous exprimer les vœux que j'adresse au ciel pour votre félicité; je le prie de vous accorder de longues années ; et, si mes souhaits étaient exaucés, Dieu comblerait jusqu'à vos moindres désirs.

Je me rappelle sans cesse vos bienfaits, tout mon regret est de ne pouvoir vous en témoigner de vive voix ma profonde reconnaissance. Je tâcherai du moins de vous le prouver par le soin que je mettrai toujours à me comporter de manière à vous contenter, et par le zèle avec lequel je suivrai vos moindres avis.

Croyez, mon cher Oncle, que c'est à la simple et franche vérité que je rends hommage, quand je vous assure que je vous aime. Oui, ce sentiment fait tout mon bonheur, et je veux être toute ma vie,

Mon cher Oncle.

A un Parrain ou à une Marraine.

Mon cher Parrain ou ma chère Marraine,

L'amitié que vous m'avez toujours témoignée me fait espérer que vous recevrez favorablement cette lettre, où je vous exprime avec joie, en ce jour de votre fête, tous les vœux que je fais au ciel pour la conservation de votre santé, et pour qu'il remplisse tous les souhaits que vous-même pouvez former. Veuillez bien me la continuer, cette bienveillante amitié ; et vos précieux conseils. Je vous proteste avec vérité, mon cher parrain (ou ma chère marraine), que depuis que je suis éloigné de vous, je n'ai cessé un seul moment d'en sentir tout le prix.

C'est avec la même sincérité que je vous renouvellerai en ce jour les sentiments du profond respect et du tendre attachement que vous conservera toute sa vie,

Votre affectionné filleul,

A un Protecteur,

Monsieur

Je saisis avec joie toutes les occasions qui se présentent de vous marquer mes respects et ma reconnaissance. Je ne pouvais laisser passer le jour de votre fête sans renouveler l'expression de mon hommage sincère. Je vous prie donc de le recevoir avec la bonté qui vous caractérise. Aux vœux que je fais au Ciel pour qu'il vous comble de jours heureux, j'en ajoute un autre ; c'est qu'il me conserve votre bienveillance et l'honneur de cette protection qui m'a déjà été si utile.

Je suis, etc.

CHAPITRE XVI.

DES LETTRES DE MARIAGE ET D'AMOUR.

> La plume va, court d'elle-même
> Quand c'est l'amour qui la conduit.

Ces sortes de lettres ne connaissent d'autres règles que celles du cœur.

Ecrivez-les sans fard, sans prétention, sans esprit même, si j'ose le dire, car le naturel est leur plus bel ornement.

Evitez ces figures exagérées qui nuiraient aux intentions que vous voudriez exprimer et qui jetteraient du doute sur vos sentiments.

Que tout ce que vous direz soit surpris à votre plume ; que votre éloquence naisse de votre amour, et vous êtes sûr que votre lettre remplira le but que que vous vous proposez.

5

EXEMPLES :

Lettre d'un Jeune Homme à une Dame.

Madame,

L'ardente passion que je nourris pour vous étant fondée sur la sincérité, sera, j'espère, une suffisante excuse de ma présomption apparente. Comme mes vues sont justes et honorables, elles ne peuvent assurément offenser votre délicatesse qui m'inspire tant d'admiration. J'ai remarqué tant d'amabilité dans votre physionomie, que je suis porté à croire que la sensibilité qui y est peinte, est l'expression d'un cœur susceptible de tendresse, et incapable de se refuser à encourager des vœux qu'accompagneraient la vérité, l'honneur et la sincérité. Cette pensée m'a enhardi à vous faire l'aveu d'une passion honnête, et à concevoir au moins une légère espérance de succès. Permettez donc qu'au premier jour convenable, et en la présence de telle amie qu'il vous plaira choisir, j'aille vous assurer personnellement à quel point et combien respectueusement je suis votre ami sincère et très-tendre amant.

Lettre d'un Jeune Homme subitement épris au Spectacle.

Madame,

J'espère que la liberté que je prends sera jugée pardonnable, quand je vous aurai assurée, avec toute la soumission possible, que c'est l'impulsion irrésistible d'un honnête amour qui me porte à vous écrire. Les charmes de votre personne, qui brillaient avec tant d'avantage hier à l'opéra, ont totalement subjugué mon cœur. Je me flatte que mes regards ne vous ont pas été absolument désagréables, car je n'ai vu aucune marque de dédain dans les vôtres. Je me trouve encouragé par-là à faire, quoique je vous sois étranger, l'humble aveu de mon amour. Si vous voulez m'honorer d'une entrevue, en présence de vos parens, je satisferai et vous et ceux que cela doit intéresser, sur ma famille, mes alliances, ma profession, et autres objets qu'il faut faire connaître avant que d'obtenir un libre accès. J'ose présumer (à moins qu'un engagement fatal ne s'y oppose) que vous daignerez acquiescer à ma prière, puisque vous voyez que mes vues sont pures et honnêtes.

Je suis, etc.

Lettre d'un Jeune Homme à un Père sur son attachement pour sa fille.

Monsieur,

Persuadé que les procédés clandestins ne conviennent point à un homme d'honneur, et ne voulant pas agir d'une manière qui puisse attirer des reproches à moi ou à ma famille, je prends la liberté de vous avouer, avec candeur et transport, mon amour pour Mademoiselle Clara, votre fille cadette. Me flattant que ma famille et mes espérances vous paraîtront dignes d'attention, je vous prie humblement de me permettre de lui faire ma cour. J'ai quelques raisons de penser que je ne lui suis pas entièrement désagréable : je vous assure cependant que je ne me suis point encore efforcé d'engager son affection, dans la crainte que mes vœux ne se trouvassent en contradiction avec les volontés d'un père.

Je suis, etc.

Lettre d'un Jeune Homme à une Demoiselle.

Ma chère Caroline, je puis maintenant, sans blesser l'honneur ni la décence, vous offrir mon cœur et ma main. J'ai reçu aujourd'hui la généreuse approbation de votre père, sans laquelle il ne m'eût pas paru convenable de m'adresser à vous. Puisque ma famille et mes liaisons sont telles qu'elles n'ont rien à redouter des plus sévères recherches : mes espérances ainsi encouragées, j'ose me flatter que le cher objet de mon attachement voudra bien me procurer l'occasion de lui déclarer un amour que le temps ne fera qu'augmenter, et que mon vœu le plus sincère est de conserver toute ma vie.

Je suis, etc.

Lettre d'un Homme jaloux.

O Madame ! Madame, je ne suis ni sourd ni aveugle : je peux voir et entendre. Votre partialité pour M. P..... est sans cesse devant mes yeux ; votre tendresse pour lui est parvenue à mes oreilles. — Mais pourquoi m'avoir trompé ? Pourquoi me promettre amour et constance, et me pousser à la rage et au désespoir ? Quelle action de ma vie a pu mériter un si lâche retour ? N'aimais-je pas assez ? j'idolâtrais ! Oui, beauté cruelle, je vous aimais avec fureur. Et me traiter ainsi !... Ne pouvant soutenir l'idée d'être dupe encore, je désire connaître vos véritables sentiments. Si c'est votre volonté que nos vœux passionnés, nos tendres protestations soient révoqués, j'y consens ; car je dédaignerais d'accepter une main inanimée que le cœur refuserait d'accompagner : il était le premier objet de mon ambition. Répondez donc avec franchise ; votre sincérité obligera votre, etc.

Lettre d'un Jeune Homme à la Tante d'une Demoiselle.

Madame,

J'ai eu plusieurs fois, à votre connaissance, le bonheur de me trouver avec votre nièce. Je me suis souvent efforcé de profiter de ces occasions pour lui faire l'aveu d'un amour honnête et sincère ; mais prêt à parler, mes craintes l'ont toujours emporté sur mes espérances, et j'ai été obligé de différer. J'avoue que j'ai laissé échapper quelques mots qui semblaient tendre à mon but ; mais la jeune dame ne les a pas compris, ou n'a pas voulu les comprendre. Me flattant que ma famille doit être près de vous une recommandation en ma faveur, j'ose vous le supplier d'être mon avocat dans cette circonstance. Je désire ardemment de déclarer mon amour ; mais, ne sachant comment commencer, soyez assez bonne pour m'en procurer l'occasion. J'attends votre réponse avec impatience, et suis, etc.

Lettre d'un Jeune Homme timide à une Demoiselle.

Mademoiselle

J'ai combattu long-temps la plus honorable et la plus respectueuse passion qui jamais ait rempli le cœur d'un homme. Souvent j'ai voulu vous la déclarer de vive voix, plus souvent encore j'ai tenté de vous écrire ; mais je n'ai jamais pu trouver assez de courage pour accomplir mon dessein. J'ai eu beaucoup de peine à garder mon secret : mon embarras a redoublé pour le révéler ; mais aujourd'hui je ne puis plus le retenir. Je vole avec ravissement pour vous voir, et, quand je jouis de ce bonheur, au lieu de me trouver animé, comme cela devrait être, j'éprouve, au contraire, un embarras qui m'ôte tout pouvoir de m'exprimer. C'est la défiance de moi-même, la persuasion de mon peu de mérite, la haute opinion que j'ai du vôtre, qui me donnent cette timidité. L'amour, dit-on, inspire du courage aux hommes et les excite aux plus nobles actions : qu'il opère différemment sur moi, puisqu'il m'ôte jusqu'à l'assurance nécessaire ! Toute romanesque que ma passion puisse vous paraître, croyez, madame, à ma sincérité. Si l'excès du respect est un crime, il porte son châtiment avec lui. Il est inutile d'ajouter que mes desseins sont honnêtes ; qui oserait approcher d'un objet aussi parfait avec des vues coupables ? J'ose me flatter que ma famille, mon état, ma fortune, peuvent soutenir l'épreuve du plus sévère examen.

Daignez donc, Madame, encourager mon respectueux amour par une réponse favorable, et je serai à jamais votre, etc.

Lettre d'un Homme blessé à la guerre à une Demoiselle.

Ma chère Caroline, vous avez souvent déclaré, avant mon départ pour l'armée, que ce n'étaient point les avantages extérieurs que je pouvais avoir, mais les qualités de mon âme, qui avaient obtenu votre affection. Si cela est vrai, je suis bien heureux, car je ne peux plus me vanter des agréments dont mon miroir me flattait autrefois. Je suis privé d'un œil et d'une jambe : comme je les ai perdu pour une cause honorable, j'espère que ma chère Caroline ne m'en fera pas regretter la perte. Je n'ai pas osé vous aller voir avant que vous fussiez prévenue de mon état, dans la crainte que mon apparition inattendue vous inspirât non-seulement de l'effroi, mais du dégoût. Si vous avez autant d'impatience que moi pour une entrevue, témoignez-le par une prompte réponse ; et, si elle est conforme à mes vœux, je volerai sur les ailes de l'amour pour vous prouver que je suis votre, etc.

Modèle de déclaration.

Avant de me livrer, Mademoiselle, dirais-je au plaisir ou au besoin de vous écrire, je commence par vous supplier de m'entendre. Je sens que, pour oser vous déclarer mes sentiments, j'ai besoin d'indulgence ; si je ne voulais que les justifier, elle me serait inutile, que vais-je faire après tout, que vous montrer votre ouvrage ? Et qu'ai-je à vous dire, que mes regards, mes embarras, ma conduite, et même mon silence,

ne vous aient dit avant moi ? Et pourquoi vous fâche-
riez-vous d'un sentiment que vous avez fait naître ?
Émané de vous, sans doute, il est digne de vous être
offert ; s'il est brûlant comme mon âme, il est pur
comme la vôtre. Serait-ce un crime d'avoir su apprécier votre charmante figure ; vos talens séducteurs,
vos grâces enchanteresses, et cette touchante candeur
qui ajoûte un prix inestimable à des qualités déjà si
précieuses ? Non, sans doute ; mais sans être coupable, on peut être malheureux ; et c'est le sort qui
m'attend si vous refusez d'agréer mon hommage.
C'est le premier que mon cœur ait offert : sans vous
je serais encore, non pas heureux, mais tranquille.
Je vous ai vue, le repos a fui loin de moi, et mon
bonheur est incertain. Cependant vous vous étonnez
de ma tristesse ; vous m'en demandez la cause ; quelquefois même, j'ai cru voir qu'elle vous affligeait.
Ah ! dites un mot, et ma félicité sera votre ouvrage.
Mais avant de prononcer, songez qu'un mot peut
aussi combler mon malheur. Soyez donc l'arbitre de
ma destinée. Par vous je vais être heureux ou malheureux. En quelles mains plus chères puis-je remettre
un intérêt plus grand ?

Je finirai comme j'ai commencé, par implorer votre
indulgence, je vous ai demandé de m'entendre ; j'ose-
rai plus, je vous prierai de me répondre. Le refuser,
serait me laisser croire que vous vous trouvez offensée,
et mon cœur m'est garant que mon respect égale mon
amour.

Lettre à Julie.

Il faut vous fuir, Mademoiselle, je le sens bien ;
j'aurais dû beaucoup moins attendre, ou plutôt il
fallait ne vous voir jamais. Mais que faire aujour-
d'hui ? Comment m'y prendre ? Vous m'avez promis
de l'amitié ; voyez mes perplexités et conseillez-moi.
..... Si je souffre, j'ai du moins la consolation de
souffrir seul, et je ne voudrais pas d'un bonheur qui
pût coûter au vôtre.

Cependant, je vous vois tous les jours et je m'aperçois que, sans y songer, vous aggravez innocemment
des maux que vous ne pouvez plaindre, et que vous
devez ignorer. Je sais, il est vrai, le parti que dicte
en pareil cas le prudence au défaut de l'espoir; et je
me serais efforcé de la prendre, si je pouvais accorder
en cette occasion de la prudence avec l'honnêteté, mais
comment me retirer décemment d'une maison dont la
maîtresse elle-même m'a offert l'entrée, où elle m'ac-
cable de bontés, où elle me croit de quelque utilité à
ce qu'elle a de plus cher au monde? Comment frus-
trer cette tendre mère du plaisir de surprendre un jour
son époux par vos grands progrès dans des études
qu'elle lui cache à ce dessein? Faut-il le quitter impo-
liment sans lui rien dire? Faut-il lui déclarer le sujet
de ma retraite? et cet aveu même ne l'offensera-t-il
pas de la part d'un homme dont la naissance et la fortune ne peuvent lui permettre d'aspirer à vous?

Je ne vois, Mademoiselle, qu'un moyen de sortir
de l'embarras où je suis; que la main qui m'y plonge
m'en retire; que ma peine, ainsi que ma faute, me
viennent de vous; et qu'au moins, par pitié pour moi,
vous daigniez m'interdire votre présence. Montrez ma
lettre à vos parents, faites-moi refuser votre porte,
chassez-moi comme il vous plaira; je puis tout endurer de vous; je ne puis vous fuir de moi-même.

Vous, me chasser! moi, vous fuir! et pourquoi?
Pourquoi donc? est-ce un crime d'être sensible au mérite, et d'aimer ce qu'il faut qu'on honore? Non, belle
Julie, vos attraits avaient ébloui mes yeux, jamais ils
n'eussent égaré mon cœur sans l'attrait plus puissant
qui les anime. C'est cette union touchante d'une sensibilité si vive et d'une inaltérable douceur; c'est cette
pitié si tendre à tous les maux d'autrui; c'est cet esprit
juste, ce goût exquis qui tiennent leur pureté de celle
de l'âme; ce sont, en un mot, les charmes des sentiments, bien plus que ceux de la personne que j'adore
en vous. Je consens qu'on vous puisse imaginer plus
belle encore; mais plus aimable et plus digne du
cœur d'un honnête homme, non, Julie, il n'est pas
possible.

J'ose me flatter quelquefois que le ciel a mis une

conformité secrète entre nos affections, ainsi qu'entre nos goûts et nos âges. Si jeunes encore, rien n'altère en nous les penchans de la nature, et toutes nos inclinations semblent se rapporter. Avant que d'avoir pris les uniformes préjugés du monde, nous avons des manières uniformes de sentir et de voir; et pourquoi n'oserais-je imaginer dans nos cœurs ce même concert que j'aperçois dans nos jugements? Quelquefois nos yeux se rencontrent : quelques soupirs nous échappent en même temps, quelques larmes furtives..... O Julie ! si cet accord venait de plus loin..... si le ciel nous avait destinés.... toute la force humaine ! ah ! pardon ! je m'égare, j'ose prendre mes vœux pour de l'espoir ; l'ardeur de mes désirs prête à leur objet la possibilité qui lui manque.

Je vois avec effroi quel tourment mon cœur se prépare. Je ne cherche point à flatter mon mal; je voudrais le haïr, s'il était possible : jugez si mes sentiments sont purs par la sorte de grâce que je viens de vous demander. Tarissez, s'il se peut, la source du poison qui me nourrit et me tue : je ne veux que guérir ou mourir ; et j'implore vos rigueurs comme un amant implorerait vos bontés.

Oui, je promets, je jure de faire de mon côté tous mes efforts pour recouvrer ma raison, ou concentrer au fond de mon âme le trouble que j'y sens naître, mais, par pitié, détournez de moi ces yeux si doux qui me donnent la mort, dérobez aux miens vos traits, votre air, vos bras, vos mains, vos blonds cheveux, vos gestes ; trompez l'avide imprudence de mes regards ; retenez cette voix touchante qu'on n'entend pas sans émotion.

Soyez, hélas ! une autre que vous-même, pour que mon cœur puisse revenir à lui.

J.-J. Rousseau.

Lettre à Julie après avoir reçu un aveu.

Puissances du ciel ! j'avais une âme pour la douleur, donnez m'en une pour la félicité. Amour, vie

5..

de l'âme, viens soutenir la mienne prête à défaillir. Charme inexprimable de la vertu, force invincible de la voix de ce qu'on aime, bonheur, plaisirs, transports, que vos traits sont poignans! qui peut en soutenir l'atteinte? Oh! comment suffire au torrent de délices qui vient inonder mon cœur! Comment expier les alarmes d'une craintive amante? Julie...... non; ma Julie, à genoux! ma Julie verser des pleurs!..... celle à qui l'univers devrait des hommages, supplier un homme qui l'adore de ne pas l'outrager, de ne pas se déshonorer lui-même! Si je pouvais m'indigner contre toi, je le ferais, pour tes frayeurs qui nous avilissent. Juge mieux, beauté pure et céleste, de la nature de ton empire. Eh! si j'adore les charmes de ta personne, n'est-ce pas surtout pour l'empreinte de cette âme sans tache qui l'anime, et dont tous les traits portent la divine enseigne? Tu crains de céder à mes poursuites! Mais quelles poursuites peut redouter celle qui couvre de respect tous les sentimens qu'elle inspire? Est-il un homme assez vil sur la terre pour oser être assez téméraire avec toi?

Permets, permets que je savoure le bonheur inattendu d'être aimé..... aimé de celle..... Trône du monde, combien je te vois au-dessous de moi! Que je la relise mille fois, cette lettre adorable où ton amour et tes sentiments sont écrits en caractères de feu; où malgré tout l'emportement d'un cœur agité, je vois avec transport combien, dans une âme honnête, les passions les plus vives gardent encore le saint caractère de la vertu? Quel monstre, après avoir lu cette touchante lettre, pourrait abuser de ton état, et témoigner par l'acte le plus marqué son profond mépris pour lui-même, Non, chère amante, prends confiance en un ami fidèle qui n'est point fait pour te tromper. Bien que ma raison soit à jamais perdue, bien que le trouble de mes sens s'accroisse à chaque instant, ta personne est désormais pour moi le plus charmant, mais le plus sacré dépôt dont jamais mortel fut honoré. Ma flamme et son objet conserveront ensemble une inaltérable pureté. Je frémirais de porter la main sur tes chastes attraits plus que du vil inceste; et tu n'es pas dans une sûreté plus inviolable avec ton père qu'avec ton amant.

Oh ! si jamais cet amant heureux s'oublie un moment devant toi !..... L'amant de Julie aurait une âme abjecte ! Non, quand je cesserai d'aimer la vertu, je ne t'aimerai plus ; à ma première lâcheté, je ne veux plus que tu m'aime.

Rassure-toi donc, je t'en conjure au nom du tendre et pur amour qui nous unit, c'est à lui de t'être garant de ma retenue et de mon respect ; c'est à lui de te répondre de lui-même. Et pourquoi tes craintes iraient-elles plus loin que mes désirs ? à quel autre bonheur voudrais-je aspirer ; si tout mon cœur suffit à peine pour celui qu'il goûte ? Nous sommes jeunes tous deux, il est vrai, nous aimons pour la première et l'unique fois de la vie, et n'avons nulle expérience des passions ; mais l'honneur qui nous conduit est-il un guide trompeur ? a-t-il besoin d'une expérience suspecte qu'on acquiert qu'à force de vices ? J'ignore si je m'abuse, mais il me semble que les sentiments droits sont au fond de mon cœur. Je ne suis point un vil séducteur comme tu m'appelle dans ton désespoir, mais un homme simple et sensible qui montre aisément ce qu'il sent, et ne sent rien dont il doive rougir. Pour dire tout, en un seul mot, j'abhorre encore plus le crime que je n'aime Julie. Je ne sais, non, je ne sais pas même si l'amour que tu fais naître est compatible avec l'oubli de la vertu, et si tout autre qu'une âme honnête peut sentir assez tous tes charmes. Pour moi, plus j'en suis pénétré, plus mes sentiments s'élèvent. Quel bien, que je n'aurais fait pour lui-même, ne ferais-je pas maintenant pour me rendre digne de toi. Ah ! daigne te confier aux feux que tu m'inspire et que tu sais si bien purifier, crois qu'il suffit que je t'adore pour respecter à jamais le précieux dépôt dont tu m'as chargé. Oh ! quel cœur je vais posséder ! Vrai bonheur ! Gloire de ce qu'on aime, triomphe d'un amour qui s'honore ; combien tu vaux mieux que tous ses plaisirs !

J.-J. Rousseau.

Lettre d'un Jeune Homme à sa maitresse pour le jour de l'an.

Voilà le premier jour de l'an, ma chère Sophie ; c'est le moment où l'on s'empresse de rendre hommage aux personnes qui ont droit d'attendre cette soumission de notre part : certes, je vous dois bien l'hommage de mon cœur ; mais je n'ai pas attendu à ce jour pour vous l'offrir avec le respect qui accompagne toutes mes actions à votre sujet. Toute ma personne est dans votre dépendance ; que puis-je vous présenter de plus? Je prends la liberté de vous envoyer un léger présent, non parce qu'il en vaut la peine, mais parce qu'il vous forcera à penser un instant de plus à celui qui vous aime par la vie.

Je souhaite pour vous et pour moi cent ans de vie et cinquante d'amour, le reste sera de l'amitié.

Je suis, etc.

REPONSES AUX LETTRES DE MARIAGE ET D'AMOUR

Réponse d'une Jeune Dame.

Monsieur,

La lettre inattendue dont vous m'avez honorée, demandant beaucoup de réflexions, il m'a été absolument impossible d'y faire une réponse immédiate. Il m'a semblé qu'elle contenait en plusieurs endroits beaucoup de flatterie, et rien au monde ne m'offense davantage. J'ai craint aussi, dans certains moments, que le tout ne fût que galanterie ; mais j'espère, Monsieur, que ma conduite ni mes manières ne peuvent donner lieu à des plaisanteries déplacées, ni être l'objet d'un amusement cruel. J'avoue que dans la dernière partie de votre lettre il y a des choses qui annoncent la sincérité, l'honneur et la délicatesse ; cependant la décence et la raison me défendent d'approuver une passion aussi subite ; mais je serai très-aise d'avoir le plaisir de vous voir les soirs avec mes autres amies , pourvu que vous vouliez bien vous abstenir de traiter un sujet qui exige du temps et une extrême prudence , avant qu'il puisse être jugé convenable de vous présenter à mes parents. Je suis   etc.

Réponse d'un Père d'une Demoiselle à un Jeune Homme.

Monsieur ,

Ma fille ma montré aujourd'hui une lettre portant votre signature ; et par des motifs de prudence et de modestie , elle évite d'y répondre elle-même. Je n'ai l'intention ni de forcer son inclination , ni de m'opposer à une union convenable. D'après cela , si vous voulez me favoriser d'une visite , et me donner la preuve de vos assertions , vous aurez mon agrément pour voir ma fille aussi long-temps qu'elle le jugera convenable. Je suis, etc.

Réponse d'un Père.

Monsieur ,

Je ne doute nullement de la vérité de vos assertions relativement à vous , à votre famille , à votre réputation ; mais trouvant ma fille encore trop jeune pour former un engagement sérieux , je vous prie de ne me plus parler , quant à présent , de votre passion : sous tout autre rapport.

Je suis votre , etc.

Réponse.

Monsieur,

Votre lettre annonce tant de candeur et d'honnêteté, qu'il ne me semblerait ni juste, ni généreux de vous refuser mon consentement. Je ferai cependant d'abord, conformément au devoir d'un père, quelques informations nécessaires. Mais je puis vous assurer que je ne m'opposerai jamais au choix de ma fille, à moins que je n'aie de fortes raisons de craindre qu'il n'entraîne de fâcheuses conséquences ; car je suis convaincu que le bonheur du mariage consiste uniquement dans un amour réciproque. Vous pouvez compter que dans peu de jours je vous écrirai.

En attendant, je suis, etc.

Autre Réponse.

Monsieur,

Les informations que je me suis procurées étant très-satisfaisantes, et voyant que vous jouissez d'une réputation exempte de reproches, je vous annonce que je serai enchanté de vous recevoir chez moi toutes les fois que cela vous sera agréable. Si vous obtenez l'approbation de ma fille, si vos caractères paraissent sympathiser, si vos cœurs s'unissent, je m'empresserai de joindre vos mains, et de contribuer, autant qu'il me sera possible, à votre bonheur conjugal.

Je suis, etc.

Réponse à un Jeune Homme jaloux.

Monsieur,

J'ai reçu votre désobligeante épître, à laquelle je ne puis rien comprendre. J'espère que, dans aucune circonstance de ma vie, on ne m'a vue manquer aux lois de la sagesse et de la modestie. A la vérité, pensant que nous devions dissimuler nos sentimens en public, je me suis hier efforcée chez Mᵐᵉ...., pour éviter les sarcasmes de nos amis, de cacher un amour véritable sous une apparente indifférence. Suivant mon opinion, rien n'est plus imprudent pour des amans que de paraître amans en compagnie ; cela est à la fois ennuyeux et désagréable à la société. Je me flatte d'avoir suffisamment détruit des craintes mal fondées, et je vous assure que je suis toujours sincèrement votre, etc.

Réponse.

Monsieur,

La défiance de soi-même est ordinairement compagne du mérite, elle est d'ailleurs une preuve non équivoque de respect. Je ne me sens donc nulle répugnance pour ce que vous souhaitez de moi. Mais, ne pouvant vous dire comment ma nièce pense à votre égard, je profiterai selon votre désir, de la première occasion qui s'offrira pour lui déclarer vos sentiments, et je vous promets d'employer toute mon éloquence en votre faveur.

Je suis, etc.

Autre Réponse

Monsieur,

J'ai saisi hier l'occasion de parler à ma nièce relativement à l'affaire sur laquelle vous m'avez écrit. Je n'ai reçue nulle réponse positive ; mais, par la rougeur de son visage, et par le trouble dont j'ai été témoin, je présume qu'il y a lieu d'espérer. Ayant ainsi aplani le chemin de l'amour, je vous laisse le soin du reste, désirant sincèrement, Monsieur, que l'affaire se termine à votre satisfaction et à celle de ma nièce.

Je suis, etc.

Réponse à un Jeune Homme timide.

Monsieur,

Tout le monde convient que la modestie est le plus grand ornement de mon sexe, et je ne vois aucune raison pour que cette qualité soit blâmable dans le vôtre. Il me siérait mal d'en dire davantage sur ce sujet, on me taxerait peut-être de présomption ; si j'en disais moins, on pourrait m'accuser d'une réserve affectée, et je paraîtrais ne pas avoir pour le mérite modeste, ce que le mérite modeste seul me semble exiger d'estime et d'égards.

Je suis, etc.

Réponse à un Militaire blessé.

Cher S...., si je m'afflige, si je semble douloureusement affectée de votre infortune, croyez que mon chagrin est pur, et qu'il ne vient que d'une crainte extrême que votre santé ne soit altérée. J'ai supplié le ciel pour qu'il conservât votre vie. Vous vivez, je lui rends grâces. Que je vous voie ! ô venez, venez le plutôt possible, et soyez convaincu que je suis toujours votre chère Annette.

CHAPITRE XVII.

DES LETTRES DE COMMERCE ET D'AFFAIRES.

§ I". *Lettres de commerce, modèles de lettres de voiture, de
factures, de traites, de billets à ordre, etc.*

CES lettres doivent briller par la précision, la clarté,
et la brièveté, parce que ces trois conditions sont in-
dispensables dans les transactions commerciales.

Ne dire que ce qu'il faut, l'énoncer clairement, et
en peu de mots, c'est se rendre utile au Négociant
qui doit vous lire, c'est éviter des doutes sur vos intentions, c'est abréger un temps toujours précieux, et
qui serait perdu peut-être pour des affaires importantes.

Bannissez donc tout ce qui paraîtrait s'écarter de
votre sujet, et montrez-vous d'un bout à l'autre de
votre lettre, homme grave, qui a l'habitude des affaires, et qui surtout sait les traiter.

Qu'importent, dans ces lettres, les tournures plus
ou moins heureuses, les figures plus ou moins har-
dies, les transitions plus ou moins brusques? L'homme

d'affaires ne doit point paraître les rechercher , ni les éviter , parce que le véritable homme d'affaires ne lui en tiendra pas compte.

Toutefois, bien que le style des Négociants entr'eux n'exige que les formes dont nous avons parlé , ils ne sont pas moins soumis dans leurs autres relations sociales, aux règles que les hommes de goût, que les gens polis se font un devoir d'observer, et observeront toujours.

EXEMPLES :

Pour entrer en correspondance.

MM. L. et C.ie , à Birminghan.   Bourges , le....

Messieurs ,

« Dans l'espérance d'augmenter le nombre de nos correspondans en Allemagne , nous avons prié plusieurs de nos amis de nous donner les noms des maisons de ce pays-là , avec lesquels nous pourrions travailler en toute sûreté ; et, comme l'on nous assure de votre probité et des bonnes commissions que vous donnez pour la vente et achat de diverses marchandises , nous vous prions d'agréer nos services que nous offrons en toute occasion. Notre principal commerce consiste dans l'achat et vente de.... et d'autres marchandises. Nous nous flattons que , lorsque vous connaîtrez notre manière de commercer et de ménager les intérêts de nos amis , vous vous prêterez volontiers à établir une correspondance qui puisse nous être également utile et avantageuse. Vous pourrez, de votre côté, prendre information de notre maison, de qui il vous plaira ; nous sommes persuadés que personne ne pourra, sans injustice , vous en parler à notre désavantage. Nous espérons que vous nous donnerez de vos commissions.

Vous pouvez être persuadés de notre attention et de notre vigilance à vous bien servir ; ne désirant rien plus que de vous prouver la parfaite considération avec laquelle nous avons l'honneur de nous dire très-véritablement , Messieurs , vos très-humbles serviteurs. »

Réponse.

MM. M. F., à Bourges.   Birminghan , le...

Messieurs ,

« Répondant à votre lettre du 20 mars dernier , nous vous dirons que nous sommes infiniment flattés de l'opinion avantageuse que vous avez conçue de nous. C'est avec plaisir que nous saisissons l'occasion de faire une connaissance plus particulière avec vous, Messieurs, sans qu'il soit nécessaire de prendre d'autres informations ; et, dans les occasions, nous nous prévaudrons de vos offres obligeantes.

Nous vous assurons que , pour le présent, nos commissions sont très-peu considérables, car il y a si long-temps que le commerce languit, et surtout depuis le commencement de la guerre , que nous n'osons rien entreprendre. Cependant, pour ouvrir une correspondance qui , par la suite, peut devenir avantageuse, ayez la bonté de nous envoyer le prix courant des.... Pour peu que vous nous laissiez entre-voir d'espérance d'un heureux succès, nous vous expédierons deux ou trois ballots , afin de vous faire connaître le désir que nous avons d'être au nombre de vos amis. Nous vous prions de nous honorer de vos ordres dans toutes les occasions où nous pourrons vous rendre service , vous assurant que nous sommes très-parfaitement, Messieurs, vos très-humbles serviteurs. »

Avis de l'envoi de diverses marchandises.

M. B. à E.   Toulon, le...

Conformément au connaissement que nous joignons à la présente, nous avons fait charger, sur le vaisseau l'*Alcide*, capitaine Lafarge.

Dix caisses savon, N°¹ 1 à 10.
Deux barriques indigo, N° 11.

Le capitaine nous a promis que demain il mettrait à la voile, et que si le vent qui règne depuis quelques heures continuait, il pensait être chez vous dans un mois.

Pour me couvrir de la valeur de cet envoi, nous disposons, suivant vos désirs,

2,000 fr. à vue, ordre de Cibot.
1,500 fr. à vue, ordre de Debord.
5,300 fr. à 20 jours, ordre de Paraud.

Veuillez prendre bonne note de ces trois dispositions, et les accueillir à présentation.

Nous profitons de cette occasion pour vous transmettre le prix des denrées sur notre place ; profitez de l'abondance qui règne, c'est un bon moment pour acheter.

Daignez vous rappeler de notre Maison de commerce, vous la trouverez toujours disposée à vous être utile et agréable.

Nous sommes, etc., etc.

Espeisse et C.ie.

Autre avis d'envoi de marchandises.

Monsieur ,

J'ai l'honneur de vous avertir que , suivant votre demande , j'ai remis aux *Messageries Lafitte et Gaillard* , pour partir ce soir , à huit heures , les marchandises qui vous pressaient , et dont vous trouverez le détail avec les prix dans la facture ci-jointe.

J'espère que vous serez satisfait de la qualité des marchandises et de la célérité que j'ai mise à vous les faire parvenir.

Dans l'attente de nouveaux ordres ,

Recevez, etc, etc.

D'un jeune marchand à un marchand en gros.

Monsieur ,

Sur la recommandation d'un voisin , qui s'est beaucoup étendu sur votre réputation , je crois devoir , en débutant dans le commerce , m'adresser à vous pour vous prier de m'envoyer une certaine quantité de marchandises convenables à un jeune homme qui commence , de la première qualité et aux prix les plus raisonnables ; ce que je me crois d'autant plus fondé à espérer , que mon intention est , qu'à l'avenir , toutes les affaires que nous ferons , soient au comptant.

Je suis , Monsieur , etc.

Réponse d'un marchand en gros.

Monsieur ,

En réponse à votre lettre du 6 du courant, je vous enverrai par la diligence de demain une petite partie des articles que je tiens, que je vous soumets comme un échantillon de leur qualité et de la modération de leur prix. S'il vous plaisait de renouveler votre commande, je ferais tout ce qui dependrait de moi pour me montrer digne de votre confiance.

Je suis, en faisant des vœux sincères pour vos succès, votre reconnaissant serviteur.

D'un marchand à un autre, pour avoir de l'argent.

Monsieur,

Ayant à payer une traite inattendue, et manquant en ce moment de fonds, je prends la liberté de vous importuner au sujet de la petite balance de compte qui existe entre nous. S'il ne vous convenait pas de me remettre la totalité, vous m'obligeriez infiniment, dans les circonstances critiques où je me trouve, de m'en faire passer une partie.

Votre très-humble serviteur.

Réponse.

Monsieur,

Conformément à votre demande, j'ai envoyé un effet à vue, pour solde de ce que je reste vous devoir, à M. N.... qui vous le remettra ou vous en comptera le montant sur votre quittance. Je vous prie, à l'avenir, de me prévenir en temps convenable, quand vous souhaiterez recevoir quelque à-compte.

Votre, etc.

D'un marchand à un parent.

Monsieur,

Connaissant votre bon cœur et vos obligeantes dispositions à mon égard, je prends la liberté de vous faire part de mon pressant embarras, me flattant d'é? prouver les effets de votre bienveillance. Je me trouve pour le moment dans une position très-difficile, et si vous ne me procurez sur-le-champ la somme de 2,055 francs, il faudra nécessairement que je manque. Vous connaissez la valeur de mon fonds, et quelles sont mes espérances. Si donc vous pouvez m'obliger de ladite somme, remboursable à trois, six, neuf et douze mois, vous me conserverez non-seulement l'honneur, mais vous obligerez encore votre malheureux cousin.

Réponse du parent.

Mon cher ami, je pense qu'il serait trop cruel que l'honnêteté et l'industrie eussent à souffrir; venez dîner avec moi demain, et je vous remettrai ce que vous me demandez. J'ai une si bonne opinion de vos principes, que je suis résolu à ne pas prendre vos billets à une si courte échéance; mais, comme je connais votre manière d'agir, si vous voulez me donner des sûretés, je me contenterai d'un effet à volonté pour le tout; et comptez que je n'enverrai recevoir que quand je saurai que cela ne sera pas dans le cas de vous gêner Ne retardez pas mon dîner, qui sera prêt à deux heures.

Votre sincère ami.

D'un marchand à un autre.

Monsieur,

Je vois avec peine que votre billet de 800 fr. me soit revenu. Il m'a été fort désagréable de le rembourser;

et je suis surpris que vous ayez été assez indifférent sur votre réputation, pour ne pas m'avertir d'avance de l'impuissance où vous étiez d'y faire honneur. Vous pouvez vous rappeler, Monsieur, que je vous ai donné le temps que vous m'avez demandé; c'est en agir mal avec moi, et si votre billet n'est pas payé dans huit jours, je me verrai forcé de le remettre entre les mains d'un huissier.

Votre, etc.

Réponse à la précédente.

Monsieur,

Je vous assure qu'étant obligé de m'absenter pour des affaires pressantes, j'avais laissé des fonds pour payer mon billet. A mon retour, j'ai trouvé que mon employé m'avait volé, et s'était enfui avec mon argent. Comme j'aurai soin qu'il en soit fait mention dans les papiers publics, j'espère que ma réputation n'en sera pas altérée. Si votre homme d'affaire veut bien avoir la complaisance de passer chez moi ce soir, je lui en compterai le montant.

Je suis, etc.

Réplique à la précédente.

Monsieur,

Je suis très-affecté de votre malheur, et j'ai expliqué l'affaire à celui par qui votre billet m'est revenu; je vous l'ai, suivant votre demande, envoyé ci-inclus par mon homme d'affaires, espérant que vous voudrez bien excuser quelques expressions trop vives dont j'aurai pu me rendre coupable à votre égard dans ma précédente.

Je suis, avec sincérité, votre, etc.

Autre.

Messieurs,

Je suis très-surpris de ce que vous tardez si long-temps à répondre à notre lettre du 12 mars passé, attendu qu'elle contient des commissions dont nous avons besoin pour la fin du mois prochain; et si vous ne pouvez nous les faire tenir pour ce temps-là, il serait inutile de nous les expédier, parce que ce sont des articles que nous ne saurions débiter après le départ de la personne qui les attend. Faites-nous donc savoir, par une prompte réponse, si vous pouvez ou non nous servir en cette occasion. Nous comptons pourtant sur vous, et nous nous disons, avec toute la considération possible, Messieurs, vos, etc.

Autre.

Messieurs,

Nous venons de recevoir l'avis de l'arrivée de vos trois ballots envoyés en cette ville. Nous allons les retirer, et par le prochain courier, nous vous en dirons notre sentiment; et même, si la qualité de la marchandise est bonne, ainsi que nous l'espérons, nous pourrons vous en envoyer le compte de vente. Nous n'avons rien autre chose à vous dire pour le présent.

Nous sommes vos très-humbles serviteurs.

Autre.

Messieurs,

Votre ballot, numéro 2, est déjà vendu, et nous aurions placé l'autre qui nous reste plus avantageusement, si nous avions voulu accorder trois mois de

erme pour le paiement ; mais nous n'avons pas jugé
à propos de le faire sans votre ordre. Vous recevrez
ci-inclus le compte de vente, montant à.... francs,
dont vous nous avez crédités pour vous en faire la
remise par nos premières. Le prix que nous en avons
tiré est assez avantageux pour le temps ; il nous
donne lieu d'espérer que vous serez satisfaits de ce
premier essai, et que vous nous continuerez l'honneur
de vos ordres.

Nous sommes très-parfaitement, vos, etc.

A un parent avec lequel on a quelques difficultés.

Je vous écris, mon cher cousin, au sujet de notre
petite affaire. Je désirerais que cela fût terminé, afin
de n'y plus penser. Nos intérêts nous divisent en cet
instant, mais j'espère que cela ne durera pas plus
long-temps, et qu'une fois tout arrangé, il n'en sera
plus question. Je vous connais honnête homme, et je
n'ai rien fait qui pût vous donner de moi une opinion
différente. Ainsi, mon cousin, si vous m'en croyez,
nous nous mettrons ensemble, et de notre propre
mouvement, sans appeler les gens de loi, qui ont un
art particulier pour embrouiller les affaires du monde
les plus claires, et qui savent si bien gagner de grosses
sommes à propos de l'affaire la plus mince. Au
surplus, nous en dirons plus dans une conversation
d'un quart-d'heure, que dans la plus longue lettre.
J'aurai l'honneur de passer chez vous après-demain
dans la matinée. Je souhaite que vous me receviez
avec l'intention dans laquelle j'irai vous trouver,
c'est-à-dire, avec le désir d'en finir et de vivre en
bonne union.

Je vous embrasse, etc.

Pour demander de l'argent qui est dû.

Monsieur ,

L'époque à laquelle vous m'avez promis de me remettre la petite somme que je vous ai prêtée est passée
depuis six jours. Je conçois, surtout ne vous ayant
pas vu, qu'il vous a été impossible de faire honneur
à cette dette. Je voudrais ne point vous tourmenter,
Monsieur , mais je suis pressé moi-même, j'ai divers
paiements à faire , et je ne puis les effectuer qu'en
recouvrant ce qui m'est dû. Pardonnez-moi donc mon
importunité ; et si vous ne pouvez me donner cette
somme sur-le-champ , faites-moi connaître à quelle
époque je puis invariablement compter dessus , afin
que je m'arrange en conséquence.

J'ai l'honneur, etc.

Pour demander à emprunter de l'argent.

Monsieur ,

L'amitié que vous me témoignez, et les offres de
services que vous m'avez faites nombre de fois, m'engagent à en profiter aujourd'hui. Par l'effet de retards
de la part de mes débiteurs, je me trouve avoir besoin de 2,100 francs, en cet instant, pour acquitter
un paiement qui est de nature à ne se pas remettre.
Je suis persuadé que si vous pouvez disposer de cette
somme , vous l'enverrez aussitôt. Dans le cas contraire, je vous prie également de me le faire savoir
sans délai , afin que je puisse me retourner d'un autre
côté. Si vous m'envoyez cette somme, je m'engage à
vous la rendre dans un mois, et je pense que vous ne
doutez pas qu'en pareil cas, je trouverais autant de
plaisir à vous être utile qu'à recevoir le service que
j'attends de vous.

Je suis , etc.

Lettre de crédit.

Lyon, le 14 mai 1836.

Monsieur,

J'ai l'honneur de remettre la présente à M. Siseau, que j'accrédite auprès de vous pour la somme de 600 francs, que je vous prie de vouloir bien lui payer, sous déduction de tous vos frais, contre ses reçus, que vous me transmettrez, et dont vous vous rembourserez sur moi à courte échéance par net appoint.

Agréez, Monsieur, mes salutations sincères,

Monsieur Dutreix, à Toulouse.

Lettre de recommandation et de crédit.

(Circulaire.)

Caen, le 10 juin 1836.

Messieurs,

J'ai l'honneur de remettre la présente à M. Martin, qui va faire un voyage d'agrément en Italie, et je prends la liberté de vous le recommander particulièrement, vous priant de faire tout ce qui dépendra de vous pour contribuer à lui rendre agréable le séjour qu'il fera dans notre ville.

J'accrédite auprès de vous, Messieurs, M. Martin, sur la somme de 5,000 francs, que je vous prie de lui compter au fur et à mesure de ses besoins, contre ses quittances, que vous me transmettrez, et dont vous vous rembourserez sur moi à vue par net appoint.

Je vous remercie à l'avance des égards que vous aurez pour ma recommandation : je vous réitère l'assurance de mon entier dévouement.

MM. Bonnaud, à Paris.
     Sisos, à Londres.
     Cibot, à Berlin.
     Paraud, à Rome.
     Lafarge, à Limoges.
     Castel, à Madrid,

Lettre de recommandation.

Paris, le 5 mars 1836.

Messieurs

La présente vous sera remise par M. Gardet, qui se rend dans votre ville pour ses affaires.

Nous prenons la liberté de vous le recommander d'une manière particulière, vous priant de lui rendre les services et de lui faire les renseignemens pour lesquels il aurait recours à votre complaisance.

Nous verrions avec plaisir que cette introduction vous mit à même d'entrer en relations d'affaires avec la maison de M. Gardet, persuadés qu'elles ne seraient qu'à votre mutuelle satisfaction.

Nous vous remercions à l'avance des égards que vous aurez pour notre recommandation, et serons charmés de pouvoir vous être utiles en pareille ou toute autre occasion. Nous vous réitérons, Messieurs, les assurances de notre considération distinguée.

Monsieur de Mazières, à Sauviat.

D'un négociant de Province à un marchand de Paris.

Monsieur,

« Je vous prie de vouloir bien me faire savoir, par le premier courrier, le prix courant des articles dont je joins ici le détail. Si je trouve qu'ils offrent un bénéfice suffisant, vous recevrez dans peu des demandes considérables, tant pour moi que pour mes correspondans.

Je suis, etc. » (*Suit la liste.*)

Réponse.

Monsieur,

« Suivant votre demande, j'ai mis à chaque article les prix que vous désirez connaître. Ayant quelque sujet de craindre que ces marchandises ne renchérissent bientôt, je recommande à vous et à vos amis le moment présent comme le plus favorable à vos achats.

Je suis, etc. »

D'un négociant à un autre pour prendre des informations sur un commis.

Monsieur,

« M. Marchadier m'a fait demande d'une place qui se trouve vacante dans ma maison. Il me paraît honnête ; mais l'apparence n'étant pas une caution suffisante, je prends la liberté de vous demander franchement votre opinion sur sa probité et sur ses talens. Il m'a dit avoir été employé quelque temps dans votre maison, et je désirerais savoir particulièrement pourquoi vous vous êtes quittés. Comme il doit venir la semaine prochaine, si vous me faites réponse avant ce temps, vous obligerez beaucoup votre très-humble serviteur. »

Réponse.

Monsieur,

« La personne dont vous me parlez dans votre lettre est réellement digne de votre confiance et de votre bienveillance. Elle travaillait sous moi lorsque j'étais associé avec M. L., mais cette société dissoute, j'ai été obligé de réformer plusieurs commis pour diminuer

mes dépenses, et nous avons tous deux éprouvé
plus grand regret de nous séparer.

Je suis votre très-humble serviteur. »

D'un apprenti à son père.

Mon cher père, persuadé de la grande satisfactic
que vous éprouverez en apprenant combien je me pla
dans mon apprentissage, je saisis cette première occa
sion pour vous écrire. Mon maître est d'un caractèt
infiniment estimable ; il m'encourage et paraît conter
de mon travail ; en un mot, je ne fus jamais si het
reux. Mon cher père, si vous voulez bien me faire sa
voir fréquemment de vos nouvelles, vous mettrez l
comble à la félicité de votre dévoué fils. »

Réponse.

« Mon cher fils, le contentement où vous êtes d
votre maître et de votre profession m'a causé le plu
grand plaisir, et je pense qu'il est de mon devoir d
vous recommander l'application et la bonne conduite
comme les choses les plus essentielles à un homme qu
s'adonne aux affaires. Prenez bien garde à la compa
gnie que vous fréquenterez, car les mauvaises connais
sances corrompent les bonnes mœurs. Ayez soin auss
de mettre de l'économie dans vos dépenses, et ne dis-
sipez pas l'argent que je veux bien vous donner. J'espère que ces petits avis ne vous seront pas inutiles, c
si vous avez jamais besoin de mes conseils, ne manquez pas d'écrire à votre affectionné père. »
Monsieur Blanchard, à Bordeaux.

Lettre pour donner connaissance de la hausse où de la baisse des fonds publics et du cours des marchandises.

Paris, 17 mars 1833.

Monsieur,

Suivant vos instructions, je m'empresse de vous donner avis que les fonds ont éprouvé aujourd'hui une hausse marquante, causée par la nouvelle de la terminaison des affaires de la Belgique. Les 5 o/o ont monté à f. 96 50; les 3 o/o à f. 96 40; la rente de Naples à 81 50. La grande abondance d'argent sans emploi sur notre place devra maintenir ces prix.

Les affaires de marchandises sont bien calmes; les sucres sans variations: les cafés assez demandés, les indigos sont bien tenus. En général il ne se fait pas d'affaires: on attend que l'horizon politique s'éclaircisse.

J'ai l'honneur de vous saluer.

Plaintes d'un Négociant sur le silence de son Correspondant au sujet de marchandises qu'il lui a envoyées.

M. Justin à Liége   Lisbonne, le...

Monsieur,

Depuis bientôt cinq mois j'attends une réponse à ma lettre du 25 mai dernier qui vous annonçait l'envoi de 90 barils cigares. Jugez de mes craintes, j'ai reçu encore hier une lettre de votre Maison, et vous ne me parlez pas de cet envoi. Où peut-il être? l'avez-vous reçu ou ne vous est-il pas parvenu? Est-ce un oubli de votre part, une négligence de vos commis? Telles sont les questions que je m'adresse.

Veuillez me répondre par le retour du courrier, et mettre un terme à mon inquiétude. Chaque jour l'article est en plus grande baisse, et chaque jour peut me porter un grave préjudice.

Si contre mon attente, par des circonstances imprévues, vous n'aviez pu à l'heure qu'il est, opérer la vente de cette consignation, ne mettez aucun retard, ne négligez aucuns soins pour parvenir.

J'aurais une foule de choses à vous dire relativement aux opérations de notre place, mais l'inquiétude me domine pour l'instant, je vous écrirai plus longuement sous quelques jours.

Recevez, Monsieur, mes salutations empressées,

Dantreygas.

Réponse.

M. Dantreygas, à Lisbonne,   Liége, le...

Je ne puis concevoir comment ma lettre du 17 mars expiré a pu s'égarer. Il le faut bien cependant, puisque par votre honorée du 12 septembre vous me demandez des explications qu'elle aurait dû vous donner.

Je comprends votre inquiétude, et je me hâte d'y mettre un terme en vous annonçant de nouveau que vos cigares se sont vendus avantageusement.

Je suis d'autant plus satisfait que la baisse qui frappe cet article sur votre place, s'est vivement fait sentir ici où les demandes en ce genre sont à peu près nulles.

Vous trouverez sous ce pli

F. 6,000 à vue sur Brissaud, à Paris.

Veuillez me créditer pour solde de votre envoi.

Croyez, Monsieur, que vous trouverez toujours chez nous l'exactitude la plus sévère, et que nous apporterons tous nos soins à remplir vos intentions.

Veuillez penser à nous chaque fois que sur notre place vous aurez besoin d'un intermédiaire dévoué.

Recevez mes salutions sincères.

Justin.

6.

Information au sujet de la solidité d'un Négociant.

M. Mazières, à Fribourg.   Paris, le...

M. Lereclus, de Fribourg, m'a écrit en date du 22 janvier que peu satisfait des marchandises qu'il recevait de M. Gardet, mon confrère, il voulait désormais m'accorder la préférence de ses ordres. Je m'engage, dans le cas où j'éprouverais des craintes sur sa solvabilité, à m'adresser à votre respectable Maison, près de laquelle, dit-il, je trouverai les renseignements que je pourrais désirer.

Je viens donc avec confiance, Monsieur, vous demander quel est le crédit que mérite cette Maison. Je n'hésite pas à penser que vous me parlerez avec franchise, et vous prie de croire d'avance que je garderai la plus grande discrétion dans le cas où votre opinion ne serait point favorable à M. Lereclus.

Votre très-dévoué correspondant,

Catinaud.

Réponse.

M. Catinaud, à Paris.   Fribourg, le...

Vous pouvez en toute confiance entrer en relations avec M. Lereclus, et lui accorder le plus large crédit. C'est un homme probe, actif et riche, dont les affaires marchent à merveille.

C'est moi qui lui ai parlé de votre Maison, et qui l'ai engagé à s'adresser à elle, ce que je n'aurais jamais fait si j'eusse éprouvé la moindre crainte sur sa solvabilité.

Je pense que ces renseignements suffiront pour vous engager à donner toute votre confiance à ce respectable Négociant : je m'estimerai heureux si j'ai pu lui être utile ainsi qu'à vous.

Dans cette attente, veuillez me croire sans réserve,

Votre très-dévoué serviteur,

Mazières.

Modèle de demande.

M. Lagueny et C.ie, à Bordeaux,   Tulle, le.....

Veuillez, au reçu de la présente, m'expédier par roulage ordinaire de MM. Lousteau, Fournier et Achille, les articles dont la note suit :

Six barriques huile pour cardes.
Deux tonneaux sucre raffiné.
Une barrique mélasse.
Mille kilogr. morue.

Veuillez me traiter au plus bas du cours, et vous remplir à vue sur ma Maison, sous l'escompte d'usage.

Je suis persuadé qu'encouragé par la préférence de tous mes ordres, vous n'hésiterez pas à me faire joui des plus grands avantages.

Je suis, avec une parfaite considération.

Bonnaud.

Réponse. — Modèle de facture.

M. Bonnaud, à Tulle.   Bordeaux, le....

Monsieur,

Nous venons de remettre au roulage de MM. Lousteau, Fournier et Achille, les articles dont facture ci-bas, s'élevant à f. 6,0:0. Nous espérons que vous serez satisfait de la qualité des marchandises, et du bas prix auquel nous vous les avons cotées.

Nous sommes flattés, Monsieur, de la préférence que vous nous accordez : croyez que nous l'apprécions à sa juste valeur, et que votre confiance en nous, ne sera jamais trompée.

Suivant vos désirs, nous disposons sur vous;

F. 5,820 à vue, ordre Paraud.
3 % d'escompte. . . 0,180

Total. . . . 6,000 fr.

Veuillez prendre note de cette disposition pour solde de notre envoi, et lui réserver l'accueil accoutumé.

Nous sommes, avec la plus haute considération,

Vos très-dévoués,

Lagueny et C.ie.

Doit M. Bonnaud, nég.t à Tulle, à lui expédié ce jour:

Six barriques huile.	2,000 fr.
Deux tonneaux sucre.	2,000
Une barrique mélasse.	1,000
Mille kilogr. morue.	1,000
Total.	6,000 fr.

Modèle d'avis de traite.

M. Sisos, à Paris.   Libourne, le...

Nous avons l'honneur de vous donner avis que pour nous remplir de notre Facture du 24 mars dernier, nous venons de faire sur vous traite de 245 fr., payable au 15 mars prochain, nous vous prions d'en prendre note pour lui réserver bon accueil à présentation.

Nous saisissons avec plaisir cette occasion pour vous renouveler nos offres de service, et vous donner l'assurance des soins que nous emploierons pour l'exécution de vos ordres.

Agréez nos sincères salutations,

Duval et C.ie.

Réponse.

M. Duval et C.ie., à Libourne.   Paris, le...

Je ne puis accepter la traite que vous m'annoncez pour fin juin, parce que j'ai de nombreuses sommes à payer à cette époque. Je pense que vous ne voudrez point contrarier un vieux correspondant, et que vous me rendrez le service de me reculer le paiement de trois mois.

A cette époque je serai en mesure de l'acquitter sans difficulté.

Votre silence me suffira pour croire que vous avez accédé à ma demande.

Veuillez croire au regret que j'éprouve, mais les ventes sont aujourd'hui si difficiles, et les rentrées si rares, qu'on ne peut faire tout ce qu'on veut.

Recevez mes salutations respectueuses.

Sisos.

Autre avis de traite.

Monsieur,

J'ai cejourd'hui tiré sur vous une somme de cent vingt-trois francs, payables à vue à l'ordre de M. N., pour valeur reçue de lui; je vous prie d'y faire honneur et d'en débiter mon compte; ce qu'espérant de votre ponctualité.

Je suis, Monsieur, etc.

Autre modèle de traite.

Calais, le 8 octobre 1834. — Bon pour 456 liv.

Monsieur,

« A vue, il vous plaira payer par cette première de change, à M. D... ou à son ordre, la somme de cent vingt-quatre francs, pour valeur reçue comptant (ou en marchandises), que vous passerez en compte suivant l'avis de votre, etc. »

A M. N., marchand,   H. Cibot.
       à Laon.

Autre.

Clermont, le 5 mai 1836.

Monsieur,

« A vingt jours de vue, il vous plaira payer, par cette seule de change, à M. L..., ou à son ordre, la somme de cinq cents francs, pour valeur reçue de lui en marchandises, que vous passerez en compte, suivant l'avis de votre, etc. »

Bon pour 500 liv.

A Monsieur A..., négociant,   P. Raby.
       à Orléans.

Autre.

Bourges, le 8 mars 1836.

Monsieur,

« Au vingt mars prochain, il vous plaira payer à M. L..., ou à son ordre, la somme de six mille fr., valeur reçue de lui, que vous passerez en compte suivant l'avis de votre, etc. »

Bon pour 6,000 liv.

A. L. N...., marchand,   A. Isle.
       à Limoges.

Billet à ordre.

« Dans deux mois , je paierai à M. N.., ou à son ordre , la somme de cent francs , valeur reçue en marchandises dudit sieur. »

A Tours , ce 5 mars   ....

Bon pour 100 liv.   Signature.

Promesse.

« A volonté (ou dans trois mois), je promets payer à M. L...., la somme de deux cents francs, pour valeur reçue.

A. F. L...

NOTA BÉNÉ. M. L... doit, pour rendre cet effet négociable, l'endosser, ainsi que toutes les personnes par les mains desquelles il passe.

Autre.

Nous soussignés promettons payer solidairement, le 27 avril prochain , à M. V. la somme de cinq cents francs qu'il nous a prêtée pour nous faire plaisir.

A Bayonne , le 3 février   ....

Bon pour 500 liv.   P. et C.ie.

Modèle de lettre de change à vue.

Nantes, ce 4 mars 1835.

Bon pour 2,000 francs.

Monsieur ,

A vue , il vous plaira payer par cette seule de

change, à l'ordre de M. Debord ; la somme de deux mille francs, valeur reçue de M. Pierre, et que vous passerez au compte de votre serviteur.

LÉON.

A Monsieur
Castel, Md. d'épingles,
rue des Innocens,
A Lyon.

Billet à ordre payable au domicile d'un tiers.

Nantes, ce 5 juin 1836.

Bon pour fr. 300.

A six mois de date, je paierai au domicile de monsieur Rémond, rue des Trépassés, n° 22, à Cahors, à l'ordre de Messieurs Joubert et Baptiste, la somme de trois cents francs, valeur reçue en (marchandises, en espèces ou tout autre manière.)

AIMÉ.

Modèle de lettre de voiture.

Nantes, ce 8 septembre 1836.

Monsieur,

Sous la protection des lois, et l'entremise de M. Eli, commissionnaire, il vous plaira recevoir un colis librairie, le tout marqué et numéroté comme en marge, pesant brut trois cents livres, poids de demi-kil., qu'ayant reçu bien et dûment conditionné, dans dix jours, sous peine de perdre le tiers de sa voiture que vous lui paierez à raison de huit francs du cent, et lui rembourserez soixante et quinze centimes pour timbre, plus trois cents francs pour nos déboursés.

NOTA. On sera sans recours contre le Commissionnaire dans le cas d'avarie, ou manque de marchandises énoncées en la présente, si au préalable on n'a fait ses diligences contre le Voiturier.

§ II. *Modèles des lettres d'affaires.*

J.-J. Rousseau à Mme de Warens. 1753.

Ma très-chère Maman,

Je dois vous donner avis que, contre toute espérance, j'ai trouvé le moyen de faire recommander votre affaire à M. le comte de Castellane de la manière la plus avantageuse, c'est par le ministre même qu'il en séra chargé, de manière que ceci devenant une affaire de dépêches, vous pouvez vous assurer d'y avoir tous les avantages que la faveur peut prêter à l'équité. J'ai été contraint de dresser sur les pièces que vous m'avez envoyées un mémoire dont je joins ici la copie, afin que vous voyez si j'ai pris le sens qu'il fallait. J'aurai le temps, si vous vous hâtez de me répondre, d'y faire les corrections convenables, avant que de le faire donner; car la cour ne reviendra de Fontainebleau que dans quelques jours. Il faut d'ailleurs que vous vous hâtiez de prendre sur cette affaire les instructions qui vous manquent; et il est, par exemple, fort étrange de ne savoir pas même le nom de Baptême des personnes dont on répète la succession; vous savez aussi que rien ne peut être décidé dans des cas de cette nature, sans de bons extraits baptistaires et du testateur et de l'héritier, légalisés par les magistrats du lieu et par les ministres du Roi qui y résident. Je vous avertis de tout cela afin que vous vous munissiez de toutes ces pièces, dont l'envoi de temps à autre servira de mémoratif, qui ne sera pas inutile. Adieu, ma chère Maman, je me propose de vous écrire bien au long sur mes propres affaires, mais j'ai des choses si peu réjouissantes à vous apprendre, que ce n'est pas la peine de se hâter.

Monsieur,

Tous mes livres et tout mon avoir ne valent assurément pas les soins que vous voulez bien prendre,
et les détails dans lesquels vous voulez bien entrer avec
moi. J'apprends que M. Davenport a trouvé les caisses
dans une confusion horrible, et sachant ce que c'est
que la peine d'arranger les livres dépareillés, je voudrais pour tout au monde ne l'avoir pas exposé à cette
peine, quoique je sache qu'il la prend de très-bon
cœur. S'il se trouve dans tout cela quelque chose qui
vous convienne, et dont vous vouliez vous accommo-
der de quelque manière que ce soit, vous me ferez
plaisir, sans doute, pourvu que ce ne soit pas uniquement l'intention de me faire plaisir qui vous détermi-
ne. Si vous voulez en transformer le prix en une petite
rente viagère, de tout mon cœur, quoiqu'il ne me
semble pas que l'Encyclopédie et quelques autres livres
de choix ôtés, le reste en vaille la peine, et d'autant
moins que le produit de ces livres n'étant point nécessaire à ma subsistance, vous serez absolument le maître de prendre votre temps pour les payer tout à loisir, en une ou plusieurs fois, à moi ou à mes héritiers,
tout comme il vous conviendra le mieux. En un mot,
je vous laisse absolument décider à de toute chose, et
m'en rapporte à vous sur tous les points, hors un seul,
qui est celui des sûretés dont vous me parlez; j'en ai
une qui me suffit, et je ne veux entendre parler
d'aucune autre : c'est la probité de M. Dutens.

Je me suis fait envoyer ici le ballot qui contenait
mes livres de Botanique dont je ne veux pas me défai-
re, et quelques autres dont j'ai renvoyé à M. Davenport ce qui s'est trouvé sous sa main, c'est ce que contenait le ballot qui est rayé sur le catalogue. Les livres
dépareillés l'ont été dans les fréquents déménagements
que j'ai été forcé de faire; ainsi je n'ai pas de quoi les
compléter. Ces livres sont de nulle valeur, et je n'en
vois aucun autre usage à faire que de les jeter dans

la rivière, ne pouvant les anéantir d'un acte de ma volonté.

Vos lettres, Monsieur, et tout ce que je vois de vous m'inspirent non-seulement la plus grande estime, mais une confiance qui m'attire, et qui me donne un vrai regret de ne pas vous connaître personnellement. Je sens que cette connaissance m'eût été très-agréable dans tous les temps, et très-consolante dans mes malheurs.

Je vous salue, Monsieur, très-humblement et de tout mon cœur.

Lettre de P. L. Courier à Madame Courier.

Tours, 1816.

Mes marchands de bois m'ont promis de m'apporter aujourd'hui les cinq mille francs, mais je n'ai garde d'y compter; il faudra en venir aux coups, c'est-à-dire aux assignations. Ils seront bien étonnés, car jamais je n'ai rien fait de pareil. Mais je vais les étonner bien plus, en leur demandant en justice des dommages et intérêts pour l'exécrable massacre qu'ils ont fait de mon pauvre bois. Je comprends maintenant pourquoi mon père avait toujours quelques procès; c'était pour ne pas se laisser manger la laine sur le dos. Moi je suis tombé dans l'autre excès, et on me dévore depuis vingt-cinq ans. Croirais-tu bien que d'une pièce de quatorze arpens de bois, il ne m'en reste plus que six? Les huit autres seront passés du côté de mes voisins. Il y a des morceaux plus petits qui ont disparu entièrement; on sait seulement par tradition que je dois avoir là quelque chose. J'ai fait toutes ces découvertes dans l'énorme fatras de mon père. On ne me croyait pas homme à mettre le nez là-dedans. J'ai fait bien d'autres découvertes: par exemple, je croyais mes fermes au même prix que du temps de mon père; cela me donnait de l'humeur. Le fait est qu'elles sont beaucoup plus bas. Il en est résulté cependant une sorte de bien, en ce que les

fermiers, se regardant comme chez eux, ont beaucoup
amélioré le fond. Un seul m'a défriché, sans en être
prié, six arpens de terre qui autrefois étaient incultes
et inutiles; un autre a rebâti une grange. Aussi me
garderai-je bien de les dégoûter par des augmentations
trop fortes. Je veux seulement les engager à me faire
meilleure part de mon bien.

Du même à Madame Courier.

Tours, le 21 mars 1816.

Je cours toujours pour ma chienne de vente; j'ai eu
ce matin de bons renseignements : écouter tout le monde
est ma règle. Je ne vendrai pas aujourd'hui, je crois.
Il fait un temps affreux. Je vais être obligé de retourner demain à Luynes; c'est un rude métier que celui
de ton intendant.

A deux heures et demie.

On a porté les enchères à 11,500 fr.; c'était un
prix raisonnable, car le bois est diminué depuis l'an
passé. On prétend cependant que j'ai mal fait de remettre la vente. J'entends monter l'escalier, ce sont
mes gens qui sont sur mon dos. Ils me parlent pendant
que j'écris : je fais semblant de ne pas les écouter. Ils
m'offrent 11,600 fr., moitié comptant. Je ne sais qui
diable leur a dit que je voulais 12,000 fr. Les voilà qui
m'offrent 12,000 : je refuse · les voilà partis. Je vais
dîner chez Bidaut.

A dix heures du soir.

Ma foi, c'est fait pour 12,250 fr. à Beaujon ou Bou-
jean, dont tu dois te souvenir. Les paroles sont données, sans témoins à la vérité ; mais foi de paysan vaut
bien foi de gentilhomme : je ne crois pas avoir mal fait.
Le marché s'est fait chez Desmends (qui par parenthèse
est mort ; c'est le gendre qui tient la maison); j'étais là
à jouer aux échecs, mon homme entre et me prend à

part. Nos débats commencèrent à sept heures, et vers les dix heures nous conclûmes. J'ai écouté pendant trois heures, toujours la même antienne : « Je suis connu, ce n'est pas pour vous dire, je vous paierai bien, demandez si monsieur un tel. » Enfin nous avons frappé dans la main, si je suis attrapé, ma foi..., que veux-tu ? Les enchères n'ont été portées qu'à 11,500 fr. Tout le monde me conseillait d'adjuger à ce prix ; on prétendait que, l'assemblée une fois rompue, je ne retrouverais plus les mêmes offres. J'ai tenu bon, et j'ai gagné 750 fr. Ai-je bien fait, maître ?

Adieu, je vais mettre ceci à la poste, et partir pour Luynes.

Lettre de Racine à Boileau.

Madame de Maintenon m'a dit ce matin que le Roi avait réglé notre pension à 4,000 fr. pour moi, et à 2,000 pour vous. Cela s'entend sans y comprendre notre pension de gens de lettres. Je l'ai fort remerciée pour vous et pour moi. Je viens aussi tout à l'heure de remercier le Roi. Il m'a paru qu'il avait quelque peine qu'il y eût de la diminution ; mais je lui ai dit que nous étions trop contens. J'ai plus appuyé encore sur vous que sur moi, et je lui ai dit que vous prendriez la liberté de lui écrire pour le remercier, n'osant pas venir lui donner la peine d'élever sa voix (1) pour vous parler. « Sire, il a plus d'esprit que jamais, plus de zèle pour votre Majesté, et plus d'envie de travailler pour votre gloire, qu'il n'en a jamais eu, « ai-je dit en propres paroles. Vous voyez enfin que les choses ont été réglées comme vous l'avez souhaité vous-même. Je ne laisse pas que d'avoir une vraie peine de ce qu'il semble que je gagne en cela plus que vous ; mais outre les dépenses et les fatigues des voyages dont je suis aise que vous soyez délivré, je vous connais si noble

(1) Boileau commençait à devenir un peu sourd.

et si plein d'amité, que je suis assuré que vous sou-
haitiez de bon cœur que je fusse encore mieux traité.
Je serai très-content, si vous l'êtes en effet. J'espère
vous revoir bientôt ; je demeure ici pour voir de quelle
manière la chose doit tourner, car on ne m'a point
encore dit si c'est par brevet, ou si c'est à l'ordinaire sur la cassette. Je suis entièrement à vous. Il
n'y a rien de nouveau ici ; on ne parle que de voyage
et tout le monde n'est occupé que de ses équipages.
Je vous conseille d'écrire quatre lignes au Roi, et autant à Madame de Maintenon, qui assurément s'intéresse toujours avec beaucoup d'amitié à tout ce qui
vous touche. Envoyez-moi vos lettres par la poste,
ou par votre jardinier, comme vous le jugerez à
propos.

Lettre de M.me de Maintenon à M.me de Villette. 1708.

Je vous prie, Madame, de donner vingt louis par
extraordinaire, à madame de Scudéry, et dix à madame de Conflans. Si vous ne savez pas où prendre
celle-ci, madame de Caylus est en grand commerce
avec elle. De la manière dont on nous parla hier de
madame de Pontchartrain, je la crois morte présentement. Vous savez mes sentiments là-dessus pour la
personne qui la perd, et en particulier pour madame
la Chancelière ; acquittez-moi donc de tous mes devoirs. Tant que vous serez à Paris, vous devriez me
mander des nouvelles ; nous aurions besoin qu'elles
fussent divertissantes, car je vous assure que nous
mourrons d'ennui.

CHAPITRE XVIII.

DES LETTRES DE SCIENCES.

Ces lettres appelées communément scientifiques ou philosophiques fournissent une multitude de sujets propres à donner de l'essor à l'imagination, et sont, on ne peut plus nécessaires pour les jeunes gens qui se destinent aux emplois élevés; non-seulement elles leur développent le jugement d'une manière bien avantageuse, mais encore elles les mettent en état de traiter des matières sérieuses, et les rendent capables de parler en public. On peut exercer ceux qui s'y adonnent à des sujets de littérature et de morale. Sénèque est celui des auteurs anciens qui y a le mieux réussi; il écrit à son élève avec une abondance intarissable; il traite des matières sérieuses avec la plus grande simplicité, et la clarté la plus pure; il porte toujours des raisonnements décisifs, et embellit quelquefois ses écrits de circonstances propres à réveiller l'attention.

Cette étude soignée et faite avec goût et réflexion, fortifie, plus qu'on ne saurait croire, l'esprit de ceux qui cultivent les sciences ; elle prépare à la Rhétorique, et on peut dire avec vérité que la composition en est une des principales branches. Rien ne forme autant à l'aisance d'écrire que ces sortes de lettres. Toutes les figures de la Rhétorique peuvent y être employées avec succès, pourvu qu'elles conviennent à la matière que l'on traite.

EXEMPLES :

Sénèque à Lucilius

Que la Divinité réside en nous.

Vous continuez, dites-vous, à marcher vers la perfection. Mon ami, rien de mieux pour les autres, rien de plus salutaire pour vous... Ce Dieu que vous implorez est près de vous ; il est avec vous. Oui, Lucilius, un esprit saint réside dans nos âmes ; il observe nos vices, il surveille nos vertus, et il nous traite comme nous le traitons. Point d'homme de bien, qui n'ait au-dedans de lui un Dieu. Sans son assistance, quel mortel s'élèverait au-dessus de la fortune ? De lui nous viennent les résolutions grandes et fortes. S'il s'offre à vos regards une forêt peuplée d'arbres antiques, dont les cimes montent jusqu'aux nues, et dont les rameaux pressés vous cachent l'aspect du ciel, cette hauteur démesurée, ce silence profond, ces masses d'ombre qui de loin forment continuité, tant de signes ne vous annoncent-ils pas la présence d'un Dieu ? Sur un antre formé dans le roc, s'il s'élève une haute montagne, cette immense cavité, creusée par la nature, et non par la main des hommes, ne frappera-t-elle pas votre âme d'une terreur religieuse. On vénère les sources des grandes rivières ; l'éruption soudaine d'un fleuve souterrain fait dresser des autels ; les fontaines des eaux thermales ont un culte, et l'opacité, la profondeur de certains lacs les a rendus sacrés : et, si vous rencontrez un homme intrépide dans le péril, inaccessible aux désirs, heureux dans l'adversité, tranquille au sein des orages, qui voit les autres hommes sous ses pieds, et les Dieux sur sa tête, votre âme ne sera-t-elle pas pénétrée de vénération ? ne direz-vous pas qu'il se trouve en lui quelque chose de trop grand, de trop élevé, pour ressembler à ce corps chétif qui lui sert d'enveloppe? Ici le souffle divin se manifeste ; cette âme supérieure et si bien réglée, qui dédaigne les biens périssables comme au-dessous d'elle, qui se rit de nos désirs et de nos craintes ; sans doute, elle est mue par une impulsion divine : sans l'appui d'un Dieu, ce bel édifice ne pourrait se soutenir. Le sage ne quitte pas le ciel, pour en descendre. De même que les rayons du soleil touchent à la terre, et tiennent au globe lumineux d'où ils émanent, ainsi l'âme sacrée du grand homme, envoyée d'en haut, pour nous montrer la divinité de plus près, séjourne avec nous, mais sans abandonner le lieu de son origine ; elle y reste attachée, elle le regarde, elle y aspire, et ne vient un moment sur la terre que comme un être d'un ordre supérieur : en quoi ? en ce qu'elle ne brille que de son propre éclat. Quelle folie de louer dans l'homme ce qui lui est étranger, d'admirer en lui ce qui peut en un moment passer à un autre. Un coursier n'en vaut pas mieux, pour avoir un frein d'or. Le lion aux crins tressés, dompté par un maître, au point d'endurer les caresses et la parure, et le lion, dont la servitude n'a point énervé les esprits, ne se présentent pas du même air sur l'arène : l'un bouillant et impétueux, comme le veut sa nature, majestueusement hérissé, fier et beau dans la terreur qu'il inspire, le comparez-vous à ce quadrupède languissant que vous voyez orné de lames et de feuilles d'or? On ne doit se glorifier que de ses biens. Quand les sarments d'une vigne sont chargés de grappes, quand ses appuis mêmes succombent sous le faix ; on l'admire, on la préfère à une vigne dont les feuilles et les fruits seraient d'or. Pourquoi? c'est que, dans une vigne

7

le premier mérite est la fertilité. Louez donc aussi dans l'homme, ce qui lui appartient. Il a de beaux esclaves, un riche palais, des boissons abondantes, un ample revenu ; tout cela n'est pas en lui, mais autour de lui. Réservez vos éloges pour les biens qu'on ne peut ravir, ni donner, qui sont propres à l'homme, c'est-à-dire son âme, et dans son âme la sagesse.

Puisque l'homme est un animal doué de la raison, c'est-là son bien, il n'y parvient qu'en remplissant sa tâche. Quelle est-elle ? de se conformer à la nature. Rien de plus facile, et pourtant de plus rare, grâce à la folie universelle. Les hommes se poussent l'un l'autre dans le vice. Et comment revenir à la raison ? personne ne nous retient, et la foule nous entraîne.

Du même.

Qu'il ne faut point s'attacher aux biens extérieurs.

Ne regardez pas comme heureux un homme qui dépend de la fortune, qui n'a qu'un appui fragile, qu'une joie qui lui vient du dehors : son bonheur pourra sortir comme il a pu entrer. Mais celui qui germe dans l'âme même, est solide, inaltérable ; il s'accroît avec les années, il accompagne l'homme jusqu'à son dernier soupir. Les prétendus biens qui excitent l'admiration du vulgaire, ne sont que des biens du moment, ils peuvent nous être de quelque usage, nous procurer même quelque plaisir, mais dans le cas où ils dépendront de nous, et non pas lorsque nous dépendrons d'eux. Tous les biens qui ont rapport avec la fortune, ne sont utiles et agréables, qu'autant qu'en les possédant on se possède soi-même, sans se rendre l'esclave de ces biens.

On se trompe, mon cher Lucilius, en attribuant à la fortune le pouvoir de nous faire du bien ou du mal : elle ne nous fournit que la matière de l'un ou de l'autre ; des semences que la différence de la culture rendra favorables ou nuisibles pour nous. Notre âme a plus de force que la fortune quelle qu'elle soit ; c'est elle qui

décide de sa manière d'être en bien ou en mal ; elle est
l'unique cause de son propre bonheur ou de son malheur. Une âme corrompue fait servir à sa propre perte
ce qui s'était présenté avec les apparences les plus
riantes. Une âme droite et pure corrige les torts de la
fortune, adoucit ses rigueurs par le talent de les supporter ; elle reçoit la prospérité avec reconnaissance
et modération, l'adversité avec constance et fermeté.
Un homme a beau être doué de prudence, ne se conduire que par les règles du jugement le plus sain, ne
rien tenter qui soit au-dessus de ses forces ; il ne sera
possesseur de ce bien inaltérable, ne sera supérieur
aux menaces de la fortune, que quand il aura pu s'af-
fermir contre les incertitudes du sort....

Il n'y a plus de paix pour l'homme qui s'inquiète de
l'avenir, qui se rend malheureux même avant le malheur, qui prétend s'assurer jusqu'à la fin de sa vie la
possession des objets auxquels il attache son bonheur.
Le repos est perdu pour un tel homme, l'attente de
l'avenir lui enlèvera même le présent dont il pouvait
jouir. Le regret et la crainte des pertes sont deux états
également douloureux pour l'âme. Ce n'est pas que je
veuille vous recommander une indifférence totale :
mais il faut vous mettre en garde contre la crainte, et
prévoir tout ce que la sagesse humaine peut prévoir.
Sachez découvrir et détourner les évènements qui vous
seraient préjudiciables, long-temps avant qu'ils arrivent, vous trouverez pour cela même des ressources
dans votre fermeté et dans une soumission aveugle à
tout endurer. On peut se mettre en garde contre la
fortune ; quand on peut la supporter, elle ne peut exciter d'orages au sein du calme. Rien de plus malheureux ni de plus insensé que de craindre sans cesse.
Quelle démence d'aller au-devant de ses maux ? Enfin,
pour vous dire, en peu de mots, ce que je pense de
ces hommes inquiets, incommodes pour eux-mêmes,
qui ne savent pas plus se modérer dans le malheur,
qu'avant qu'il soit arrivé ; c'est s'affliger plus qu'il ne
le faut, que de s'affliger avant qu'il en soit besoin. La
même faiblesse qui les avait empêchés de prévoir leur
infortune, les empêche de l'évaluer. C'est le même
défaut de modération qui nous fait présumer que notre

bonheur doit être non-seulement durable , mais progressif, et oublier la fatalité qui gouverne les choses humaines, en nous promettant à nous seuls une fortune sans inconstance. Métrodore avait donc raison de dire à sa sœur, pour la consoler de la perte d'un fils vertueux : « Tous les biens des mortels sont mortels comme eux. » Il parlait de ces biens pour lesquels le vulgaire s'empresse, car pour la sagesse et la vertu, ces biens réels ne meurent pas ; ils sont solides, éternels : ce sont les seuls biens immortels auxquels des mortels puissent aspirer.

Les hommes sont si déraisonnables, qu'oubliant en quelque façon le terme où ils tendent, le but vers lequel chaque jour les pousse, ils sont surpris de faire quelques pertes successives, tandis qu'ils sont destinés à tout perdre en un jour. Ces prétendus biens dont vous vous dites le maître, sont chez vous, mais ils ne sont pas à vous. Il n'y a rien de solide pour un être privé de solidité ; rien d'éternel et d'indestructible pour un être périssable. Il est aussi nécessaire de périr, que de perdre : si nous en étions bien convaincus, cette réflexion consolante nous déterminerait à perdre, sans nous plaindre, ce qui doit infailliblement périr. De quel secours faut-il donc s'armer contre ces pertes? Il faut se bien persuader que ce sont des choses perdues, et ne pas laisser échapper avec elles les fruits que nous avons recueillis. On peut nous ôter la jouissance actuelle, mais jamais la jouissance passée. Il y a de l'ingratitude à croire, quand on l'a perdu, ne rien devoir pour ce qu'on a reçu. Le sort nous ôte le fonds, mais il nous laisse l'usufruit, et nous le perdons par l'injustice de nos regrets. Dites-vous, de tous les malheurs qui paraissent les plus redoutables, il n'y en a pas un qui soit insurmontable : ils ont été surmontés chacun en particulier par plusieurs héros ; le feu, par Mucius ; le supplice de la croix, par Régulus ; le poison, par Socrate ; l'exil, par Rutilius ; la mort volontaire et sanglante, par Caton : triomphons aussi de quelques ennemis.

D'un autre côté, ces prétendus biens qui attirent le vulgaire par l'image du bonheur, ont été souvent dédaignés par un grand nombre de sages. Fabricius rejeta les richesses pendant son consulat, et les flétrit pendant sa censure : Tubéron jugea la pauvreté digne de lui et du capitole, lorsque dans un repas public, il usa de vases d'argille, il enseigna que les hommes devaient s'en contenter, puisque les dieux eux-mêmes s'en servaient encore pour lors. Sextius le père refusa les honneurs, quoique sa naissance lui imposât le devoir d'entrer dans les charges de l'administration publique; il ne voulut point recevoir le Laticlave que lui offrait Jules-César, persuadé qu'on pouvait lui ôter ce qu'on pouvait lui donner. Faisons aussi quelques actions magnanimes de cette espèce : devenons modèles à notre tour. Pourquoi perdre courage? pourquoi désespérer? tout ce qui a pu se faire, peut encore être fait; ne songeons qu'à purifier nos âmes, qu'à suivre la nature dont on peut s'écarter, sans se rendre le jouet des désirs et des craintes, sans devenir l'esclave de la fortune. Nous pouvons encore rentrer dans la route, et reprendre les droits que nous avons laissé perdre. Alors nous serons en état de supporter la douleur, sous quelque forme qu'elle vienne attaquer le corps : nous pourrons dire à la fortune : « Tu te prends à un homme de cœur; cherche un autre ennemi à vaincre. . . . . . . »

Lettre de Madame de Maintenon à Mme de la Maison-Fort, religieuse à Saint-Cyr.

Il ne vous est pas mauvais de vous trouver dans des troubles d'esprit, vous en serez plus humble, et vous sentirez, par votre propre expérience, que nous ne trouvons nulle ressource en nous, quelqu'esprit que nous ayons. Vous ne serez jamais contente, ma chère fille, que lorsque vous aimerez Dieu de tout votre cœur; ce que je ne dis pas par rapport à la profession où vous êtes engagée. Salomon vous a dit, il y a long-temps, qu'après avoir cherché, trouvé et goûté tous les plaisirs, il confessait que tout n'est que vanité et affliction d'esprit, hors aimer Dieu et le servir.

Que ne puis-je vous donner toute mon expérience que ne puis-je vous faire voir l'ennui qui dévore les grands, et la peine qu'ils ont à remplir leurs journées ! Ne voyez-vous pas que je meurs de tristesse dans une fortune qu'on aurait eu peine à imaginer, et qu'il n'y a que le secours de Dieu qui m'empêche d'y succomber ? J'ai été jeune et jolie, j'ai goûté des plaisirs, j'ai été aimée partout ; dans un âge un peu avancé, j'ai passé des années dans le commerce de l'esprit, je suis venu à la faveur, et je vous proteste, ma chère fille, que tous les états laissent un vide affreux, une inquiétude, une lassitude, une envie de connaître autre chose, parce qu'en cela rien ne satisfait entièrement. On n'est en repos que lorsqu'on s'est donné à Dieu, mais avec cette volonté déterminée dont je vous parle quelquefois : alors on sent qu'il n'y a plus rien à chercher, qu'on est arrivé à ce qui seul est bon sur la terre. On a des chagrins, mais on a aussi des consolations, et la paix au fond du cœur au milieu des plus grandes peines.

CHAPITRE XIX.

LETTRES SUR DIVERS SUJETS.

Lettre à une jeune Demoiselle, sur l'histoire des premiers
siècles.

Chère Julie,

Le plaisir et l'assiduité avec lesquels j'apprends que
vous continuez vos études me donnent beaucoup de
satisfaction, et je ne saurais trop vous louer du désir
que vous témoignez de savoir en quel temps les monarchies ont commencé, et depuis quand les hommes
ont bien voulu se donner des maîtres. Cela est, en vérité, bien digne de votre curiosité; aussi vais-je, de
tout mon cœur, tâcher de la satisfaire.

Depuis Adam jusqu'au déluge, c'est-à-dire, pendant l'espace de plus de seize cents ans, les hommes
vécurent dans une parfaite liberté et une parfaite in-
dépendance. Chaque famille était comme un petit état,
dont le père était le chef, qui ne connaissait point
d'autre supérieur. Comme ces premiers hommes vi-
vaient sans ambition, leurs désirs étaient bornés par
les limites de leurs héritages. Ils n'avaient pour toutes

richesses que quelques troupeaux, qui servaient à les nourrir et à les vêtir. Ces premiers hommes commirent de tels crimes, que la justice de Dieu en fit un grand exemple, en les exterminant dans un déluge universel. Depuis ce temps-là, les trois enfants de Noé, que Dieu avait conservés avec leurs femmes pour repeupler le monde, partagèrent entre eux la terre, et furent les chefs des différents peuples qui se répandirent dans tout l'univers. Ce fut vers ce temps-là que les hommes perdirent leur liberté. Nemrod, homme remuant et ennemi du repos, ne se contentant pas de son patrimoine, voulut usurper les terres de ses voisins; et, après avoir envahi leurs héritages, il les soumit à sa domination, et se fit une espèce d'empire à Babylone. Ce n'est donc point par leur choix que les hommes se sont donné des maîtres; ils ont été mis sous le joug par la force et par la violence des premiers conquérans. Le mauvais exemple de Nemrod encouragea encore quelques autres, qui se firent rois aux dépens de la liberté publique. Les armes que les hommes avaient d'abord inventées pour se défendre contre les bêtes farouches furent tournées contre les hommes mêmes, et servirent à les assujettir. Ninus, fils de Bel, fonda le premier empire des Assyriens, dont le siège fut établi à Ninive, ville ancienne et déjà célèbre. Le fameux empire des premiers Assyriens dura, selon quelques historiens, treize cents ans. Il tomba enfin par la mollesse de Sardanapale, qui se plongea dans toutes sortes de débauches et de voluptés. Les Mèdes se révoltèrent les premiers contre ce roi efféminé, et le réduisirent à de si grandes extrémités, qu'il fut contraint de se brûler lui-même avec ses femmes, complices de ses débauches. Trois royaumes se formèrent des débris de cet grand empire. Le royaume des Mèdes fut très-florissant. Peu de temps après la mort de Sardanapale, commença le second empire Assyrien, dont Ninive fut la capitale. Le royaume de Babylone est très-célèbre dans l'histoire sainte, parce que Dieu se servit souvent des armes de ces rois idolâtres pour châtier l'idolâtrie et les autres crimes de son peuple Achaz, roi de Juda, pressé par ses ennemis implora le secours du premier roi d'Assyrie ou de

Ninive, et apprit par ce moyen aux Assyriens le chemin de la Judée, qu'ils ravagèrent plusieurs fois, et dont ils firent enfin la conquête. Ils pillèrent le fameux temple de Salomon, où ils trouvèrent des richesses immenses, et un amas prodigieux de vases d'or et d'argent destinés aux sacrés mystères. Ils emmenèrent à Ninive et à Babylone les Juifs. Salmanazar renversa de fond en comble le royaume d'Israël. Romulus et Rémus, sortis des rois d'Albe, fondèrent la ville de Rome, capitale de l'empire romain, environ 753 ans avant Jésus-Christ. Cyrus, général de l'armée de Cyaxare, que le prophète Daniel appelle Darius le Mède; Cyrus, dis-je, fils de Mandane et de Cambyse, roi de Perse, après plusieurs grandes victoires, réunit le royaume des Perses à celui des Mèdes, devint le maître de tout l'Orient, et fonda le plus fameux empire qui eût été jusqu'alors dans le monde. Quoique les Mèdes fussent déjà puissans avant que Cyrus eût réuni les deux monarchies, cependant leur puissance n'égalait pas, à beaucoup près, celle des rois de Babylone, que Cyrus vainquit par les forces réunies des Mèdes et des Perses. Ce grand prince ne se vit pas plutôt maître de ce vaste empire, qu'il permit aux Juifs, captifs depuis plusieurs années, de retourner en Judée, sous la conduite de Zorobabel, et de rebâtir le temple de Jérusalem. La famille de Cyrus s'éteignit au bout de quelque temps. Darius, fils d'Hystape, que quelques-uns croient avoir été l'Assuérus dont il est parlé au livre d'Esther, fut élevé à l'empire. Ce fut pendant le règne de Darius que Rome et Athènes devinrent des républiques, après avoir chassé leurs tyrans. La mort de Lucrèce, qui avait été violée par Sextus, fils de Tarquin le Superbe, anima les romains à la vengeance, et leur inspira le dessein de conquérir leur liberté. Les rois furent bannis pour toujours, et Rome devenue libre fut gouvernée par des consuls. Peu s'en fallut qu'Athènes ne fût accablée par la puissance des Perses dès le commencement de sa liberté. Darius envoya une armée formidable contre la Grèce; mais cette armée fut détruite dans la plaine de Marathon, par Miltiade, qui ne commandait que dix mille hommes. Xerxès, fils de Darius, fit de nouveaux efforts pour venger

l'affront que les Perses avaient reçu par une si grande
défaite ; mais il n'eut pas un meilleur succès que son
père. Son armée, composée de douze cent mille hommes, fut arrêtée au passage des Thermopyles, par trois
cents Lacédémoniens, que Léonidas, roi de Sparte,
conduisait. L'armée navale de Xerxès fut battue auprès de Salamine. Xerxès lui-même fut tué la même
année par Artaban, son capitaine des gardes. Cependant les Macédoniens, destinés à renverser l'empire
des Perses, commençaient à se signaler sous Philippe,
père d'Alexandre-le-Grand. Après vingt ans de victoires, Philippe se rendit enfin maître de toute la Grèce
par la bataille de Chéronnée, qu'il gagna sur les Athé-
niens et sur leurs alliés. Alexandre, qui n'avait alors
que dix-huit ans, fit des prodiges de valeur pendant
la bataille. Après tant de succès, Philippe forma le
dessein d'abattre la puissance des Perses, et se fit nommer capitaine général des troupes de la Grèce ; mais il
fut assassiné au milieu d'un festin par Pausanias. Alexandre, qui n'avait pas moins de courage et d'ambition que son père, se mit à la tête de ses Macédoniens
et des autres Grecs qui s'attachèrent à sa fortune. Il
attaqua Darius, roi de Perse, qu'il vainquit en trois
batailles rangées ; et, après avoir porté ses armes vic-
torieuses jusqu'aux Indes, il vint mourir à Babylone,
à la fleur de son âge, et au milieu de ses triomphes.
Vous voyez, mademoiselle, d'un coup d'œil, comment
les monarchies ont succédé les unes aux autres, et quels
ont été les empires qui se sont rendus les plus célè-
bres, en commençant peu de temps après le déluge ;
car, pendant seize cents ans, les hommes avaient
vécu sans rois. Les Assyriens, les Mèdes, les Perses,
les Grecs et les Romains se sont rendus tour-à-tour redoutables par la grandeur de leur puissance, et par
le nombre de leurs victoires.

Lettre à la même personne sur l'histoire romaine.

Après la mort d'Alexandre, on ne trouva personne
capable de lui succéder, et de réunir sous une même

autorité une puissance si étendue. Ce vaste empire fut partagé en plusieurs royaumes : ses plus fameux capitaines partagèrent sa dépouille et massacrèrent tous ses proches, son frère, sa mère, ses enfants, ses sœurs, pour se maintenir avec plus de sûreté dans leur usurpation. Les Romains, après avoir dompté toute l'Italie, songèrent à étendre leurs conquêtes au-dehors, et formèrent le dessein d'abattre la puissance de Carthage, qui leur paraissait formidable. Régulus la réduisit à de grandes extrémités; mais enfin il fut battu et pris par Xantipe, lacédémonien, que les Carthaginois avaient appelé à leur secours, et fait général de leur armée. Cependant Carthage fut obligée de céder, et de payer tribut à la république romaine. Annibal, fils d'Amilcar, mit tout en œuvre pour réparer les pertes de sa patrie, et pour lui faire reprendre l'ascendant qu'elle avait eu autrefois sur la république romaine. Il n'avait que vingt-cinq ans lorsqu'on lui donna le commandement des troupes carthaginoises. Après la mort d'Asdrubal, il abandonna l'Espagne, où il était gouverneur, et vint fondre comme un torrent sur l'Italie. Quatre grandes batailles, qu'il gagna, ne purent abattre entièrement la puissance romaine, dont les généraux, malgré tant de pertes, la soutinrent contre la puissance, le courage, l'adresse et le bonheur d'Annibal. Le jeune Scipion, à l'âge de vingt-quatre ans, pour diviser les troupes et les forces des Carthaginois, alla porter la guerre en Espagne, où son père et son oncle venaient de périr. En peu de temps, il chassa d'Espagne les Carthaginois, et les poursuivit jusque dans l'Afrique; de sorte que Carthage, au désespoir, fut contrainte de rappeler d'Italie Annibal, comme sa dernière ressource : Annibal ne put sauver sa patrie; ce vieux guerrier fut vaincu par un jeune conquérant : il tâcha de soulever tout l'Orient contre les Romains; mais ils défirent tous ceux qui osèrent se déclarer pour Annibal, qui s'empoisonna de désespoir, pour ne pas tomber vif entre les mains de ses ennemis, qui voulaient obliger Prusias, roi de Bithynie, à le leur livrer. Depuis que Carthage fut renversée, les Romains ne trouvèrent plus de puissance capable de leur résister. La plupart des royaumes

devinrent des provinces romaines : Paul-Emile s'em-
para de celui de Macédoine, qui avait duré 700 ans.
Attalus, roi de Pergame, fit, par son testament, le
peuple romain héritier de ses états. Tandis que l'empire s'agrandissait et florissait au-dehors, les divisions
intestines le mirent souvent à deux doigts de sa perte.
Les Gracques, tribuns du peuple, qu'ils corrompaient
par des largesses excessives, firent tous leurs efforts
pour renverser la république; mais ce dessein les fit
périr. Marius et Sylla, si fameux par leurs victoires,
conçurent le même dessein que les Gracques, et firent
couler, pour contenter leur ambition, des ruisseaux de
sang romain. Sylla eut l'avantage sur Marius, et devint le tyran de sa patrie; mais enfin il renonça volontairement à la dictature qu'il avait usurpée par la
force, et se remit dans les rangs des simples citoyens :
mais son ambition volontaire ne fit pas cesser le mal.
Sertorius en Espagne, Catilina dans l'Italie, prirent
les armes contre Rome, dans le dessein de l'asservir.
Sertorius fut battu par le grand Pompée; l'éloquence
du consul Cicéron, plutôt que son courage, ruina les
forces et le parti de Catilina dans l'Italie. L'ambition
ou la jalousie de Pompée et de César renouvela toutes
les factions; le premier avait assujetti l'Orient; l'autre
avait réuni les Gaules à l'empire romain : ces deux
rivaux ne pouvaient se souffrir; ils décidèrent de
l'empire du monde, par la bataille de Pharsale : ce jour
fut le dernier de la république romaine, qui perdit sa
liberté, et qui fut éteinte sans ressource. Tout l'empire
fut contraint de plier sous l'autorité de César, que les
Romains massacrèrent dans le sénat même, pour s'affranchir de sa tyrannie; mais la mort de ce grand capitaine, bien loin de leur rendre la liberté, les plongea
dans un labyrinthe de malheurs dont ils ne purent jamais sortir. Marc-Antoine, Lépide, César-Octavien,
qui fut dans la suite surnommé Auguste, partagèrent
entre eux toute l'autorité, et remplirent Rome et l'empire de sang, pendant le triumvirat. Auguste, après
s'être défait de ses rivaux, demeura seul maître des
affaires de la république. Après plusieurs victoires si-
gnalées qu'il remporta par lui-même ou par ses généraux, il remit le calme dans l'univers, et ferma le

temple de Janus. Ce fut durant le règne de ce prince
pacifique, que Jésus-Christ vint au monde, environ
4,000 ans depuis la création d'Adam. Auguste, seul
maître du monde, adopta Tibère pour son successeur
à l'empire, qui devint héréditaire dans la maison des
Césars, et y fut maintenu avec gloire pendant plus de
cent cinquante ans, jusqu'à ce que, par la faiblesse
des derniers empereurs, il fut investi par les barbares.
Les Goths, autrefois appelés les Gètes, entrèrent dans
l'Europe; l'Orient se vit désolé par les Scythes asiati-
ques, et par les Perses. Ce qui fut plus déplorable,
c'est que trente tyrans qu'on vit s'élever tout d'un coup
dans l'empire, le démembrèrent entièrement, et firent
partout d'horribles ravages; les Germains et les Francs
n'en firent pas moins, de leur côté, pour tâcher d'entrer dans les Gaules. Le grand nombre de barbares qui
attaquait l'empire romain fut cause que Dioclétien prit
Maximien pour collègue : ces deux princes adoptèrent
encore Constantius Chlorus, et Galérius. Dioclétien,
rebuté de tant de fatigues et des mauvais. succès qu'il
avait eus en persécutant les chrétiens, dont le nombre
redoublait à mesure que l'on en faisait mourir davantage, se démit tout-à-fait de l'empire, soit qu'il le fit
volontairement, ou qu'il eût été forcé par Galérius son
gendre. Maximien suivit l'exemple de Dioclétien, qui
l'avait adopté, mais il s'en repentit bientôt après. Chacun de ces empereurs, avant de renoncer à l'empire,
créa un césar pour lui succéder; mais ce grand nom
bre d'empereurs et de césars, était fort à charge à l'empire, et causait de grandes divisions. Constantius Chlorus, père du jeune Constantin, eut en partage l'Espagne,
les Gaules et la Grande-Bretagne. Son fils, que Dieu
avait destiné pour faire cesser les persécutions, en em-
brassant le christianisme, épousa Fausta, fille de Maximien, qui avait quitté sa retraite pour reprendre le
soin des affaires : il reçut humainement son beau-père
auprès de lui dans les Gaules, où il s'était retiré pour
chercher un asile, après avoir été chassé de Rome par
son propre fils. Le grand Constantin, après avoir délivré l'empire des tyrans qui le déchiraient, embrassa
publiquement le christianisme : mais, soit que le séjour
de Rome lui fut désagréable, ou que le sénat lui fut

suspect, il se retira à Bizance, qu'il rebâtit, et qu'il appela Constantinople. En mourant, il partagea l'empire entre ses trois fils, Constantin, Constance et Constans, qui se firent la guerre pour les limites de leurs partages. Ces guerres qui se perpétuèrent sous leurs successeurs, furent funestes au bonheur et au repos de l'empire, et donnèrent occasion aux barbares d'y entrer de tous côtés. Les Goths ravagèrent l'Italie ; les Vandales occupèrent une partie de la Gaule et de l'Espagne, laissant dans tous les lieux où ils passaient des marques sanglantes de leur barbarie. Alaric, prince arien, prit et ravagea Rome ; il épousa Placidie, sœur de l'empereur Honorius ; son humeur douce et complaisante adoucit extrêmement l'humeur féroce de son époux. Les Francs, qui avaient été plusieurs fois repoussés, firent de nouveaux efforts pour s'ouvrir les chemins des Gaules, et y réussirent sous la conduite de Pharamond, fils de Marcomir.. Ce fut environ la 420e année depuis la naissance de Jésus-Christ, que la monarchie française s'établit sur les débris de l'empire romain, qui était alors réduit à de grandes extrémités.

Sur la Colère.

Mon cher ami,

Vous désirez connaître mon opinion sur la colère ; la voici : la colère convient dans certains cas, et dans beaucoup d'autres elle est criminelle. Un homme insensible aux injures serait une créature sans âme ; mais alors sa passion doit être passagère ; elle doit être retenue par la piété, et portée au pardon. Un père est avec justice irrité contre son fils, lorsqu'il le châtie pour une faute ; je suis fâché contre mon ami, lorsque je lui reproche ses extravagances. Nous lisons dans les saintes écritures : « Mettez-vous en colère et ne péchez pas. » On peut donc se mettre en colère ; mais lorsque cette passion secoue le frein de la raison, elle devient un péché. Elle aveugle celui qui s'y livre ; l'homme en colère tempête en vain, car celui qui dispute de sang froid gagne son procès. Il est donc de notre devoir de réprimer ces saillies de la colère, avant qu'elles aient occasionné bien des maux. Telle est l'opinion de votre, etc.

Lettre plaisante d'un ami à un autre, sur les désirs.

Je dois convenir avec notre ami Horace, que quelques biens que nous possédions, nous aspirons toujours à en posséder davantage. J'ose dire qu'un homme qui serait maître du monde entier, voudrait encore avoir un autre monde. Bref, nous ne pouvons jamais être contens. Notre main droite est-elle remplie, nous étendons encore la gauche ; et si la Providence les remplissait toutes les deux, nous empocherions ses présens, et les tendrions encore pour en obtenir de nouveaux. Je me flatte cependant de faire exception à cette règle. Le ciel m'a donné une femme, je n'en ai jamais désiré deux ; j'ai trois enfans, et n'en ai jamais désiré davantage ; mes amis sont aussi si nombreux, que j'avoue avec reconnaissance en avoir assez.

Je suis votre, etc.

Choix des plaisirs, et bonne conduite.

Mon cher enfant,

Le plaisir est le rocher que tous les jeunes gens veulent gravir ; ils s'élancent à voiles déployées pour aller en quête de ce trésor, mais sans compas ni boussole pour diriger leur course, ni assez de raison pour gouverner le vaisseau ; de sorte que la peine et la honte sont tout ce qu'ils rapportent de leur voyage. Ne croyez pas qu'en stoïque je veuille déclamer contre le plaisir, ou le décrier, comme un prédicateur : non, je prétends, au contraire, vous conduire à lui, et vous le faire goûter en épicurien, je souhaite qu'il ne vous échappe

pas, et mon unique but est que vous ne vous égariez
point dans sa recherche.

Le caractère que veulent se faire tous les jeunes
gens est celui d'un homme de plaisir ; mais, au lieu
de consulter leur inclination et leur propre goût, ils se
livrent avec confiance à la pente qui leur est tracée par
quelque autre jeune libertin ; et, dans ce sens, le titre
d'homme de plaisir signifie souvent un homme adonné
au vin, au jeu et aux femmes, un jureur perpétuel.
Ceci peut vous être de quelque utilité : je ne suis pas
honteux d'avouer que tous les vices de ma jeunesse ont
pris leur source dans ce vif désir de passer pour un
homme aimable : je contrariais ainsi ma propre inclination. J'ai toujours dédaigné l'excès du vin ; cependant je me suis souvent énivré contre mon gré ; j'ai
essuyé des maladies et des pesanteurs parce que j'ima-
ginais que le boire à l'excès entrait dans les qualités
d'un homme à la mode.

Il en est de même du jeu. Je ne manquais pas d'argent, et conséquemment je n'avais pas besoin d'en gagner ; mais je croyais le jeu un assortiment nécessaire
dans la composition d'un homme de plaisir, et je me
livrais à toutes sortes de jeux de hasard ; je sacrifiais
à mon idée mille plaisirs réels, et j'ai constamment
travaillé, pendant trente ans de ma vie, à me rendre
inquiet et malheureux.

J'étais alors assez étourdi pour jurer beaucoup, et
souvent par manière d'ornement à mes discours ; je
croyais ainsi compléter le caractère brillant que j'af-
fectais ; mais j'abjurai bientôt cette folie, parce que
j'en découvris l'indécence et le ridicule.

Séduit par la mode, adoptant aveuglément tout ce
qu'on nomme plaisirs, je perdis ceux qui sont réels :
ma fortune dérangée, et ma constitution affaiblie,
sont, je l'avoue, la juste punition de mes erreurs.

Que mon exemple vous soit profitable ; faites vous-
même le choix de vos plaisirs, et ne vous réglez point
sur les passions et les goûts de vos voisins. Suivez la
nature et non la mode ; pesez la jouissance présente
avec les suites à venir, et que votre jugement soit seul
votre règle.

Si je recommençais à vivre, avec l'expérience que

j'ai maintenant, je voudrais mener une vie remplie de plaisirs réels et non factices ; je voudrais jouir de la table et du vin, mais prévenir le moment qui touche à l'excès. Je ne voudrais pas, à vingt ans, être le missionnaire de l'abstinence et de la tempérance ; je laisserais à chacun la liberté de suivre ses penchans ; mais je prendrais la ferme résolution de ne pas détruire ma constitution pour complaire à ceux qui ne ménagent pas la leur. Je n'aimerais le jeu que comme un délassement, et non comme un tourment d'intérêt et d'avidité. Je jouerais petit jeu dans les diverses sociétés, pour me distraire, et me conformer à l'usage. Je ne risquerais pas des sommes dont la perte me générait, et dont l'acquit me forcerait à des privations. Je ne parle pas des querelles dont ordinairement le jeu est la source.

Je voudrais passer une grande partie de mon temps à lire, et le reste dans la compagnie de gens aimables et instruits, surtout avec mes supérieurs par la naissance et le rang. Je ne me déplairais pas au milieu des cercles mêlés d'hommes et de femmes : quoique souvent frivoles, ils délassent l'esprit, et lui donnent de la gaieté ; ils polissent et adoucissent les mœurs.....

Tels seraient mes plaisirs, si je pouvais revenir sur les trente années de ma vie que j'ai follement dépensées ; ils sont raisonnables, ils sont solides, les seuls à désirer, à rechercher, les seuls honnêtes. Voyez-vous qu'on recherche dans la bonne compagnie un homme dans l'ivresse. Y a-t-il beaucoup de plaisir à voir un homme s'arracher les cheveux, jurer et blasphémer pour avoir perdu plus qu'il n'est en état de payer ; ou un débauché avec le nez à moitié rongé, et criblé des maux infâmes qui suivent la prostitution ? Non, les débauchés ou ceux qui se font gloire de l'être ne font pas partie de la bonne compagnie, et c'est toujours involontairement qu'on les y supporte. L'homme qui aime le vrai plaisir aime aussi la décence ; il n'affecte ni n'emprunte des vices étrangers ; et, si malheureusement il en a, il les rend agréables, ou les déguise.

Je n'ai point parlé des plaisirs de l'esprit, qui

sont les plus solides et les plus durables) parce qu'ils ne paraissent pas tels à la plupart des hommes, qui ne regardent ordinairement comme des plaisirs que ce qui se rapporte aux sens. Les plaisirs de la vertu, de la bienfaisance et de l'étude, sont les plaisirs vrais et constans que je désire que vous connaissiez parfaitement et toute votre vie.

Adieu.

Sur l'Art de Plaire, la Politique.

Mon cher enfant,

L'art de plaire est d'un usage très-nécessaire dans la vie; mais il n'est pas aisé de l'acquérir. Il est difficile de l'assujettir à des règles; et, par le bon sens et par vos propres observations, vous en apprendrez plus que je ne pourrais vous en dire. Traitez les autres comme vous voudriez qu'ils vous traitassent; je ne connais pas de moyen plus sûr de plaire. Observez soigneusement ce qu'il vous plaît dans les autres; il est probable que vous leur plairez en les imitant. Si vous êtes sensible à l'attention et à la complaisance que les autres ont pour votre humeur, pour vos goûts ou pour vos faiblesses, soyez sûr que la même complaisance et la même attention de votre part leur plairont également. Prenez le ton de la compagnie où vous vous trouvez, et ne prétendez jamais le donner vous-même. Soyez sérieux, gai, ou même badin ou folâtre, selon le goût et l'humeur de la compagnie dans laquelle vous êtes; c'est une attention que chaque individu doit avoir pour la société. Ne racontez pas d'histoires en compagnie; il n'y a rien de plus ennuyeux, ni de plus désagréable. Si par hasard vous avez une histoire courte, qui puisse fort à propos s'appliquer au sujet de la conversation, rapportez-la en aussi peu de mots qu'il est possible, et même alors donnez à entendre que vous n'aimez pas à conter des histoires, mais que la brièveté

de celle-ci vous a tenté. Sur toute chose, bannissez de votre conversation l'égoïsme, et ne songez
jamais à entretenir les gens de vos intérêts personnels
ou de vos affaires privées : quelques intéressantes
qu'elles puissent être pour vous, elles sont ennuyeuses
pour les autres; d'ailleurs, on ne peut pas observer
un trop grand secret sur ses propres affaires. Quelque
idée que vous ayez de vos talens, n'en faites point
parade en compagnie; ne cherchez point, comme
font plusieurs personnes, à donner à la conversation
un tour qui pourrait vous fournir l'occasion de les
faire briller. S'ils sont réels, on les découvrira infailliblement, et beaucoup plus à votre avantage, sans
que vous preniez la peine de les faire valoir vous-même. Ne soutenez jamais un sentiment avec chaleur,
ni d'un ton élevé, quand bien même vous seriez persuadé que vous avez raison; mais exposez votre opinion avec modestie et sang froid : c'est le seul moyen
de convaincre; et, s'il ne réussit pas, tâchez de changer la conversation, en disant d'un air gai et gracieux :
« Nous nous convaincrons difficilement l'un et l'autre;
» d'ailleurs, cela n'est pas nécessaire; ainsi, parlons
» d'autre chose. »

Souvenez-vous qu'il y a une bienséance locale à
observer dans chaque compagnie, et que ce qui convient parfaitement dans l'une, est souvent très-déplacé
dans l'autre.

Les railleries, les *bons mots*, les petites aventures,
qui passent très-bien dans une compagnie, paraîtront
insipides et ennuyeuses si on les débite dans une autre.
Les caractères particuliers qui composent une compagnie, ses usages, son jargon, peuvent donner à un
mot ou à un geste un certain mérite dont il sera totalement privé hors de ces circonstances accidentelles.
Bien des gens se trompent communément sur cet article : charmés de quelque chose qui les a frappés et qui
leur a plu dans une compagnie et dans certaine circonstance, ils les répètent avec emphase dans une autre où cette même chose devient insipide, quelquefois
même offensante, parce qu'elle est déplacée. Il arrive
même souvent à ces personnes de commencer par ce
sot préambule : « Je vais vous dire quelque chose

» d'excellent ; ou : Je vous raconterai la plus plaisan-
» sante histoire du monde. » Ces paroles réveillent
l'attention qui, se trouvant trompée, fait regarder,
avec grande raison, comme un fou celui qui rapporte
cette excellente chose.

Si vous voulez, d'une manière particulière, vous
concilier l'affection et l'amitié de certaines personnes,
soit hommes, soit femmes, tâchez de découvrir leur
plus brillante qualité, en cas qu'elles en possèdent
quelqu'une, et leur faiblesse dominante, car chacun
a la sienne, et rendez justice à l'une, et un peu plus
que justice à l'autre. Il y a divers objets dans lesquels
certaines personnes peuvent exceller ou au moins dans
lesquels elles voudraient être censées exceller ; et,
quoiqu'elles soient bien aises de voir qu'on leur rende
justice sur les points où elles sont sûres de briller, cependant elles sont infiniment plus flattées des louanges
qu'on leur donne pour les choses où elles désirent de
se distinguer, mais où elles doutent encore si elles
excellent ou non. Par exemple, le cardinal de Richelieu, qui était, sans contredit, le plus habile politique
de son temps, et qui peut-être n'a jamais eu d'égal,
avait cependant la folle vanité de passer aussi pour le
meilleur poète : il fut jaloux de la réputation du grand
Corneille, et fit faire une critique du Cid. En conséquence, les flatteurs adroits affectaient de glisser sur
sa capacité dans les affaires d'état, ou du moins ils ne
l'en louaient qu'en passant, et selon que l'occasion
s'en présentait ; mais l'encens qu'ils lui prodiguaient,
et dont ils savaient bien que la fumée lui tournerait la
tête en leur faveur, consistait à admirer dans lui le
bel esprit et le poète. Pourquoi ? C'est que son éminence
était sûre d'exceller dans la politique, et qu'elle doutait de l'autre supériorité. Vous découvrirez aisément la
vanité dominante de chaque homme, en observant le
sujet favori de sa conversation ; car chacun parle le
plus volontiers de ce en quoi il voudrait faire croire
qu'il excelle. En le touchant par cet endroit, vous le
prenez par son faible. Le chevalier Robert Walpole,
qui, sans contredit, était un habile homme, donnait
peu de prise à la flatterie sur cet article, car il n'en
doutait pas lui-même ; mais son faible dominant était

de vouloir qu'on reconnût en lui un certain tour heureux, des manières fines et délicates en fait de galanterie; en quoi, certainement, il brillait moins que
personne au monde. C'était là le sujet favori et le plus
ordinaire de sa conversation; ce qui prouvait à ceux
qui avaient la moindre pénétration, que c'était sa
faiblesse dominante; aussi l'attaquaient-ils toujours
avec succès.

Les femmes, en général, n'ont qu'un objet, savoir
leur beauté, sur lequel il est rare que la flatterie la
plus grossière ne surprenne pas leur crédulité. A peine
la nature a-t-elle formé une femme assez laide pour
être insensible aux éloges que l'on fait de sa personne.
Supposé que son visage soit si horrible qu'elle devrait
au moins, jusqu'à un certain point, en être persuadée,
elle se flatte alors d'en être suffisamment dédommagée
par sa taille et par son air. Si sa taille est difforme,
elle pense la racheter par les charmes de son visage.
Si l'un et l'autre ont des défauts essentiels, elle se
console en ce qu'elle a des grâces, des manières, un
certain *je ne sais quoi* encore plus engageant que la
beauté. Cette vérité est démontrée par l'ajustement
étudié et affecté des femmes les plus laides. Une beauté
reconnue et avouée pour telle, est de toutes les femmes
celle qui est la moins sensible à la flatterie sur ce point:
elle sait que ce titre lui est dû, conséquemment elle
ne se croit redevable à aucun de ceux qui le lui accordent. On doit la flatter par son esprit; car, quoique
probablement elle n'en doute aucunement elle-même,
cependant elle soupçonne que les hommes pourraient
n'en être pas convaincus.

Prenez, je vous prie, le vrai sens de mes paroles,
et ne vous imaginez pas que je vous recommande une
basse et criminelle flatterie; non, je n'entends poin
que vous flattiez les vices ni les crimes de qui que ce
soit; au contraire, faites voir que vous en avez une
juste horreur, et combattez-les de tout votre pouvoir;
mais sachez qu'il est impossible de vivre dans le monde
sans une indulgence complaisante pour les faiblesses
d'autrui, et que la vanité, quoique ridicule, peut
être innocente et excusable. Si un homme veut passer
pour plus sage, et une femme pour plus belle qu'ils

ne sont en effet l'un et l'autre, leur erreur les réjouit en leur particulier ; et ne nuit à personne ; et j'aimerais mieux en faire mes amis, avec de l'indulgence pour leurs faiblesses, que de m'attirer leur inimitié ; en tâchant hors de propos, de les tirer d'erreur.

Il y a pareillement de petites attentions infiniment engageantes, et qui affectent sensiblement ce degré d'orgueil et d'amour-propre inséparable de la nature humaine, qui sont aussi des preuves incontestables des égards et de la considération que nous avons pour les personnes auxquelles nous les accordons ; par exemple, d'observer les petits usages, les habitudes, les antipathies et les goûts de ceux dont vous voudriez gagner les bonnes grâces, et d'être alors attentif à leur procurer les uns et à les délivrer des autres, leur donnant, de bonne grâce, à entendre que vous avez observé qu'ils aimaient tel ou tel appartement, ce qui fait que vous le leur avez fait préparer ; ou au contraire, qu'ayant observé qu'ils avaient du dégoût pour un tel plat, de l'éloignement pour telle personne, etc., vous avez eu soin de ne point les leur présenter. Cette attention, dans de pareilles bagatelles, flatte beaucoup plus l'amour-propre que des choses de plus grande conséquence, et fait croire aux gens qu'ils occupent presque toutes vos pensées, et qu'ils sont l'unique objet de vos soins.

Voilà une partie des secrets nécessaires pour vous initier dans le grand monde. Je voudrais les avoir mieux connus à votre âge ; j'en ai payé le prix de cinquante-trois ans, et je ne le regretterai pas, si vous en profitez.

La Pythagoricienne Mélisse à Cléaréte.

On voit que la nature elle-même a placé dans votre cœur le goût de la vertu. Dans l'âge vos semblables ne sont occupées que du soin de leur parure, vous êtes assez indifférente sur la vôtre pour la soumettre à mes conseils. C'est nous faire connaître, dès l'aurore de votre vie, qu'elle sera consacrée toute entière à la sagesse.

Une femme honnête et sage doit toujours, dans sa parure, consulter la modestie, négliger la magnificence. Elle recherche dans ses vêtemens la plus grande propreté et la plus sévère décence. Elle en rejette tous les ornemens superflus, inventés par le luxe, désavoués par la nature. Laissons aux courtisannes ces brillantes robes de pourpre relevées par l'éclat de l'or ; ce sont les instrumens de leur vil métier, ce sont les filets où elles prennent leurs amans.

Une femme qui ne veut plaire qu'à son époux, trouve sa parure dans sa vertu, et non sur sa toilette. Elle ne cherche point à réunir, à captiver les suffrages offensans des étrangers. L'attrait de la sagesse et de la modestie lui prête bien plus de charmes que l'or et les émeraudes. Son fard est la rougeur aimable de la pudeur. Ses soins économiques, son attention de plaire à son mari, sa complaisance, sa douceur, telles sont les parures qui relèvent sa beauté.

Une femme estimable regarde comme une loi sacrée la volonté de son époux. Elle lui apporte en riche dot, sa sagesse et sa soumission ; car les richesses et la beauté de l'âme sont bien préférables à des charmes qui seront bientôt flétris, et aux présens trompeurs et passagers de la fortune. Une maladie efface la beauté des traits ; celle de l'âme dure autant que la vie.

Voltaire à M. d'Arget, sur sa réconciliation avec le roi de Prusse, et sur les agrémens de sa retraite.

Lausanne, 8 janvier 1758.

Vous demandez, mon cher ami et compagnon de Postdam, comment Cynéas s'est accommodé avec Pyrrhus ? C'est, premièrement, que Pyrrhus fit un opéra de ma tragédie de Mérope, et me l'envoya ; c'est qu'ensuite il eut la bonté de m'offrir sa clef, qui n'est pas celle du paradis ; et toutes ses faveurs, qui ne conviennent plus à mon âge ; c'est qu'une de ses sœur (1) , qui m'a toujours conservé ses bontés, a été le lien de ce petit commerce , qui se renouvelle quelquefois entre le héros, poète, philosophe, guerrier , brillant, fier, modeste,.roi, et le suisse Cynéas, retiré du monde.

Vous devriez bien venir.faire quelque tour dans nos retraites, soit de Lausanne, soit des Délices ; nos conversations pourraient être amusantes. Il n'y a point de plus bel aspect dans le monde que celui de ma maison. Figurez-vous quinze croisées de face en ceintre; un canal de douze grandes lieues de long, que l'œil enfile d'un côté, et un autre de quatre à cinq lieues ; une terrasse qui domine sur cent jardins ; ce même lac qui présente un vaste miroir au bout des miens.; les campagnes de Savoie au-delà du même lac, couronnées des Alpes, qui s'élèvent jusqu'au ciel en amphithéâtre; enfin, une maison où je ne suis incommodé que des mouches au milieu des plus rigoureux hivers. Madame Denis l'a ornée avec le goût d'une Parisienne. Nous y faisons beaucoup meilleure chère que Pyrrhus ; mais il faudrait un estomac : c'est un point sans lequel il est difficile à Pyrrhus et à Cynéas d'être heureux. Nous récitâmes hier une tragédie; si vous voulez un rôle, vous n'avez qu'à venir. C'est ainsi que nous oublions les querelles des rois et celles des gens de lettres , les unes affreuses , les autres ridicules. On nous a donné la nouvelle prématurée d'une bataille entre M. le maréchal de Richelieu et le prince de Brunswick. Il est vrai que j'ai gagné aux échecs , à ce prince , une cinquantaine de louis ; mais on peut perdre aux échecs, et gagner à un jeu où l'on a pour second trente mille baïonnettes. Je conviens avec vous que le roi de Prusse a la vue basse ; mais il a le premier des talens au jeu qu'il joue , la célérité. Le fond de son armée a été discipliné pendant quarante ans : songez comment doivent combattre des machines régulières, vigoureuses , aguerries , qui voient leur roi tous les jours , qui sont

---

(1) Madame la margrave de Bareith.

connues de lui , et qu'il exhorte chapeau bas à faire leur devoir. Souvenez-vous comment ces drôles-là font le pas de côté et le redoublé ; comment ils escamottent la cartouche ; comment ils tirent six à sept coups par minute.

Enfin , leur maître croyait tout perdu il y a trois mois ; il voulait mourir ; il me faisait ses adieux en vers et en prose : et le voilà qui , par sa célérité et la discipline de ses soldats , gagne deux grandes batailles dans un mois ; court aux Français, vole aux Autrichiens, reprend Breslau, fait quarante mille prisonniers , et des épigrammes. Nous verrons, comment finira cette sanglante tragédie, si vive et si compliquée. Heureux qui regarde d'un œil tranquille ces grands événements du meilleur des mondes possibles !

Je suis , etc.

Boileau à Brossette , pour le consoler de la mort de sa mère.

Je voudrais bien , Monsieur, pouvoir calmer la juste affliction où vous êtes. Je la conçois telle qu'elle doit être , quoique je n'en aie jamais éprouvé de pareille ; ma mère (comme mes vers vous l'ont vraisemblablement appris) étant morte que je n'étais encore qu'au berceau. Tout ce que j'ai à vous conseiller , c'est de vous rassasier de larmes.

Je ne saurais approuver cette orgueilleuse indolence des stoïciens , qui rejette follement ces secours innocens que la nature envoie aux affligés , les cris et les pleurs. Ne point pleurer une mère, ne s'appelle pas de la fermeté et du courage ; cela s'appelle de la dureté et de la barbarie. Il y a bien de la différence entre se désespérer et se plaindre. Le désespoir brave et accuse Dieu ; mais la plainte lui demande des consolations.

Voilà , Monsieur, de quelle manière je vous exhorte à vous affliger ; c'est-à-dire, en vous consolant, et en ne prétendant pas que Dieu fasse pour vous une loi

8

particulière, qui vous exempte de la nécessité à laquelle il a condamné tous les enfants, de voir périr leurs pères et leurs mères. Si je ne vous écris pas aussi souvent que je devrais, ce n'est pas manque de reconnaissance, mais manque de cet esprit de vigilance et d'exactitude que Dieu donne rarement aux poètes, surtout lorsqu'ils sont historiographes, etc.

Lettre de J.-J. Rousseau, à M. K***, nouvellement marié.

Si jeune, et déjà marié ! Monsieur, vous avez entrepris de bonne heure une grande tâche. Je sais que la maturité de l'esprit peut suppléer à l'âge ; et vous m'avez paru promettre ce supplément. Vous vous connaissez d'ailleurs en mérite, et je compte sur celui de l'épouse que vous vous êtes choisie.

Il n'en faut pas moins, cher K***, pour rendre heureux un établissement si précoce. Votre âge seul m'alarme pour vous ; tout le reste me rassure. Je suis toujours persuadé que le vrai bonheur de la vie est dans un mariage bien assorti ; et je ne le suis pas moins, que tout le succès de cette carrière dépend de la façon de la commencer. Le tour que vont prendre vos occupations, vos soins, vos manières, vos affections domestiques durant la première année, décidera de tout le reste. C'est maintenant que le sort de vos jours est entre vos mains. Plus tard, il dépendra de vos habitudes.

Jeunes époux, vous êtes perdus, si vous n'êtes qu'amans. Mais soyez amis de bonne heure, pour l'être toujours. La confiance qui vaut mieux que l'amour, lui survit et le remplace. Si vous savez l'établir entre vous, votre maison vous plaira plus qu'aucune autre ; et dès qu'une fois vous serez mieux chez vous que partout ailleurs, je vous promets du bonheur le reste de votre vie.

Adieu, très-bon et aimable K*** ! Faites, je vous prie agréer mes hommages à madame votre épouse,

Dites-lui combien elle a droit à ma reconnaissance, en faisant le bonheur d'un homme que j'en crois digne, et auquel je prends un si tendre intérêt.

Du même.

A mademoiselle d'Ivernois, en lui renvoyant un lacet qu'elle lui avait demandé pour présent de noces, et que Rousseau lui-même avait tressé.

Le voilà, Mademoiselle, ce beau présent de noces que vous avez désiré. S'il s'y trouve du superflu, faites, en bonne ménagère, qu'il ait bientôt son emploi. Portez sous d'heureux auspices, cet emblème des liens de douceur et d'amour dont vous tiendrez enlacé votre heureux époux ; et songez qu'en portant un lacet tissu par la main qui traça les devoirs des mères, c'est s'engager à les remplir.

L'ABBÉ DE CHAULIEU

A Madame la duchesse de Bouillon,

Qui se faisait un jeu de le plaisanter sur ses infirmités.

Réjouissez-vous, Madame, réjouissez-vous ! le ciel a exaucé vos vœux : l'affaire n'est plus douteuse : je suis paralytique des deux jambes, et les eaux de Vichi m'ont fait tout le mal que vous pouviez désirer et que je devais craindre ; j'ai des vapeurs, des duretés de prunelles, et quatre rhumatismes tout nouveaux.

> Mais ce qui plus me désespère,
> C'est que, par honneur, en partant,
> De quatre pistoles comptant
> Il m'a fallu payer l'auteur de ma misère.

Je crois au moins que vous me trouverez de la noblesse dans l'âme et dans le procédé. Des rhumatismes à une pistole la pièce!... ah! croyez-moi, rien n'est plus magnifique. Mais je voudrais bien un peu plus de santé, et moins de somptuosité. Je n'espère plus de guérison que du plaisir de vous revoir, et mes maux diminueront par la manière agréable dont je vous entendrai les brocarder.

Je n'ai jamais douté que vous n'eussiez l'âme romaine, et à la fermeté que vous montrez dans un carrosse prêt à verser, il faut que vous soyiez descendue des *Arrie* ou des *Porcie*. Je serais bien fâché cependant que, pour marquer combien vous ressemblez à Mesdames vos grand'mères, vous ne missiez point pied à terre dans les endroits périlleux des montagnes; car, à ne vous point flatter, je ne pense pas que l'on pendît votre portrait au temple de mémoire, pour vous être, de propos délibéré, rompu le cou en carrosse en revenant de Turenne.

Permettez, avec cet avis fidèle, que je vous assure que personne n'est avec tant de respect, tant d'attachement, et tant de douleurs, entièrement à vous, que, etc.

RÉPONSE DU VICOMTE D'ORTE,

Commandant de Bayonne,

À Charles IX, qui lui avait ordonné de faire massacrer les protestans.

Sire, j'ai communiqué le commandement de Votre Majesté à ses fidèles habitans et gens de guerre de la garnison ; je n'y ai trouvé que bons citoyens et braves soldats, mais pas un bourreau. C'est pourquoi eux et moi supplions très-humblement Votre Majesté de vouloir employer nos bras et nos vies en choses possibles : quelque hasardeuses qu'elles soient, nous y mettrons jusqu'à la dernière goutte de notre sang.

Pittacus à Crésus.

Vous voulez que je me rende en Lydie pour voir vos trésors. Sans les avoir vus, je crois aisément que le fils d'Atyatte surpasse en richesses tous les rois de la terre. D'ailleurs, à quoi me servirait le voyage de Sardes ? L'argent ne me manque point, étant content de ce dont j'ai besoin pour moi et pour mes amis. Je viendrai cependant, engagé par votre hospitalité, pour jouir de votre commerce.

Anacharsis à Crésus.

Monarque des Lydiens, je suis venu en Grèce pour y apprendre les mœurs et les constitutions du peuple de cette contrée. Il ne me faut ni or, ni argent; je serai trop satisfait, si j'ai le bonheur de retourner plus vertueux et plus éclairé dans ma patrie. Je ne viendrai donc à Sardes que parce que je regarde comme un grand avantage de mériter votre estime.

Le roi Antigone au philosophe Zénon.

Salut :

Du côté de la fortune et de la gloire, je crois que la vie que je mène vaut mieux que la vôtre; mais je ne doute pas que je ne vous sois inférieur, si je considère, l'usage que vous faites de la raison, les lumières qui vous sont acquises, et le vrai bonheur dont vous jouissez. Ces raisons m'engagent à vous prier de vous rendre auprès de moi, et je me flatte que vous ne ferez point de difficulté de consentir à ma demande. Levez donc tous les obstacles qui pourraient vous empêcher de lier commerce avec moi. Considérez, surtout, que non-seulement vous deviendrez mon maître, mais que vous serez en même temps celui de tous les Macédoniens, mes sujets. En instruisant leur roi, en le portant à la vertu, vous leur donnerez, en ma personne, un modèle à suivre pour se conduire suivant l'équité et la raison; puisque, tel est celui qui commande, tels sont ordinairement ceux qui obéissent.

Zénon au roi Antigone.

Salut :

Je reconnais avec plaisir l'empressement que vous avez de vous instruire, et d'acquérir de solides connaissances qui vous soient utiles, sans vous borner à une science vulgaire, dont l'étude n'est bonne qu'à dérégler les mœurs. Celui qui se donne à la philosophie, qui a soin d'éviter cette volupté si commune, si capable d'émousser l'esprit de la jeunesse, ennoblit ses sentiments, je ne dis pas par inclination naturelle, mais aussi par principe. Au reste, quand un heureux naturel est soutenu par l'exercice, et fortifié par une bonne instruction, il ne tarde pas à se faire une parfaite notion de la vertu. Pour moi, qui succombe à la faiblesse du corps, fruit d'une vieillesse de quatre-vingts ans, je crois pouvoir me dispenser de me rendre auprès de votre personne. Souffrez donc que je substitue à ma place quelques-uns de mes compagnons d'étude, qui ne me sont point inférieurs en dons de l'esprit, et qui me surpassent par la vigueur du corps. Si vous les fréquentez, j'ose me promettre que vous ne manquerez d'aucuns secours qui peuvent vous rendre parfaitement heureux.

Lettres de Sénèque à Lucilius.

I. *Sur l'emploi du temps.*

Oui, mon cher Lucilius, rendez-vous à vous-même : le temps qu'on vous enlevait, qu'on vous dérobait, qui vous échappait, il faut le recueillir et le garder.

N'en doutez pas : on nous ravit le temps, on le surprend, nous le laissons aller ; et pourtant la perte la plus honteuse est celle qui vient de notre négligence. Songez-y bien : une partie de la vie se passe à mal faire, la plus grande à ne rien faire ; la totalité à faire autre chose que ce qu'on devrait. Trouvez-moi un homme qui sache apprécier le temps, estimer les jours, et comprendre qu'il meurt à chaque instant. Notre erreur est de ne voir la mort que devant nous ; elle est derrière, en grande partie ; tout le temps passé, elle le tient. Faites donc, Lucilius, comme vous l'écrivez : ramassez toutes les heures ; saisissez-vous du présent, vous dépendrez moins de l'avenir : la vie se passe à remettre.

Mon cher Lucilius, tout le reste est d'emprunt ; le temps seul est à nous. Cet être fugitif, qui s'envole, est la seule possession que la nature nous ait assignée ; encore nous en dépouille qui veut. Eh bien ! telle est la folie des hommes ; des objets chétifs, méprisables, dont la perte du moins est réparable, on se croit obligé pour les avoir obtenus : a-t-on reçu du temps, on ne croit rien devoir ; c'est cependant la seule dette que la reconnaissance même ne peut acquitter.

Vous me demanderez peut-être comment je me conduis, moi qui donne des leçons ? Je vous le dirai franchement ; comme un homme magnifique, mais attentif. Je dépense et je me rends compte. Je ne puis dire que je ne perds rien ; mais je sais ce que je perds, et comment, et pourquoi. Je connais les causes de ma pauvreté ; aussi me trouvé-je dans le cas des gens ruinés par leur faute : tout le monde les excuse, personne ne les assiste. Après tout, je n'appelle pas pauvre celui qui se contente du peu qui lui reste. Vous ferez pourtant bien de ménager votre bien, et de mettre à profit, sans délai, un temps précieux. Suivant un vieux proverbe, l'économie n'est plus de saison quand le vase est à la fin ; au fond du tonneau, la quantité est moindre et la qualité pire.

II. De l'activité du Sage.

Je vous prescris d'éviter la foule , de chérir la re-traite , de vous borner au témoignage de votre cons-cience. Et que devient , dites-vous la maxime des stoï-ciens : *Que le sage doit mourir en action ?* Ce qu'elle devient ? Suis-je donc oisif , à votre avis ? Si je m'en-ferme, si ma porte est interdite, c'est pour être utile à plus de monde. Aucun de mes jours ne s'écoule sans travail ; une partie même de mes nuits est consacrée à l'étude. Je ne m'abandonne point au sommeil ; j'y succombe. Je retiens opiniâtrement sur l'ouvrage mes yeux fatigués et défaillans. J'ai renoncé aux personnes, j'ai renoncé même aux affaires, à commencer par les miennes. Les affaires de la postérité sont mes seules affaires ; c'est pour elle que j'écris, c'est pour elle que je recueille des avertissemens salutaires, des recettes utiles, dont j'ai senti l'efficacité sur mes propres infir-mités , qui , sans être entièrement guéries , ne font plus de progrès. La route du bonheur , que j'ai connue tard, et las de m'égarer, je la montre aux autres. Je leur crie : « Fuyez tous les goûts du vulgaire, tous les dons du hasard. A l'aspect d'un bien fortuit, arrêtez-vous avec crainte et défiance ; les poissons et le gibier sont comme vous séduits par un appât. Des présens de la fortune ! on vous trompe ; ce sont des piéges. Voulez-vous mener une vie tranquille ? défendez-vous de ces bienfaits captieux, sans quoi (funeste erreur !) vous croirez prendre, et serez pris. Malheureux ! cette course rapide conduit au précipice , et la fin de votre élévation ne peut être qu'une chute. D'ailleurs, une fois abandonné au torrent de la fortune, plus de mo-yens de s'arrêter. Jouissez donc de ses faveurs , ou , à leur défaut , de vous-même ; en se conduisant ain-si, on peut être courbé et froissé par elle, mais non renversé. »

N'ayez donc pour le corps que les égards qu'exige la santé ; c'est le régime le plus sage, c'est le plus

8..

salutaire. Le corps, s'il n'est traité durement, se révolte contre l'esprit. Les aliments se borneront à apaiser la faim, les breuvages à étancher la soif, les vêtements à écarter le froid, les maisons à repousser les attaques nuisibles. Il importe très-peu qu'elles soient de simple gazon, où d'un marbre étranger de diverses couleurs ; sachez que l'homme n'est pas moins à couvert sous le chaume que sous un toit doré. Dédaignez ces pénibles superfluités qui sont introduites pour la décoration ; songez qu'il n'y a rien en vous d'admirable que l'âme. Est-elle grande, rien ne sera grand pour elle. N'est-ce donc rien que d'adresser de pareils discours à moi-même, à la postérité ? Serais-je, à votre avis, plus utile, si je répondais comme un avocat à un cautionnement, si je plaçais mon cachet au bas d'un testament ? si j'appuyais un candidat et du geste et de la voix en plein sénat ? Croyez-moi, personne de plus occupé que les gens oisifs en apparence ; ils sont les agens du ciel et de la terre.

Mais il faut finir, et, à mon ordinaire, payer pour ma lettre : c'est encore aux frais d'Épicure. Il me fournit aujourd'hui cette maxime : « Rendez-vous l'esclave de la philosophie, et vous serez vraiment libre. » En se soumettant, en s'asservissant à cette maîtresse, on n'attend pas, on est affranchi sur-le-champ, ou plutôt la servitude même est la liberté. Vous me demandez pourquoi cette affection de préférer les maximes d'Épicure à celles de nos philosophes ? Mais pourquoi dites-vous qu'elles sont à Épicure, et non pas au public ? Combien de mots dans les poètes, que les philosophes ont dit ou ont dû dire ! sans parler de nos tragédies, ni de nos drames mixtes, dont le ton est grave et le genre moyen entre le comique et le tragique. Combien de vers sublimes prostitués à des farceurs ! Combien, dans Publius, des sentences plus dignes du cothurne que du brodequin ! Je ne citerai de lui qu'un vers philosophique, et relatif au sujet de cette lettre : il dit que les biens fortuits ne nous appartiennent pas. « Les biens accordés à nos souhaits sont étrangers. » Je me rappelle que vous avez rendu cette pensée avec plus d'énergie et de précision : « Ce que la fortune vous a donné n'est point à vous. » Je n'ai point oublié non plus cette autre tournure encore plus saillante : « Tous les biens qu'on nous donne, on peut nous les ôter. » Je ne prétends pas m'acquitter ; c'est votre bien que je vous rends.

LETTRES DE JEAN RACINE.

A Boileau.

Au camp de Gévries, le 21 mai 1692.

Le roi fit hier la revue de son armée et de celle de M. de Luxembourg ; c'était assurément le plus grand spectacle qu'on ait vu depuis plusieurs siècles. Je ne me souviens pas que les Romains en aient vu un tel ; car leurs armées n'ont guère passé, ce me semble, quarante, ou, tout au plus, cinquante mille hommes ; et il y avait hier six-vingt mille hommes ensemble, sur quatre lignes. Comptez qu'à la rigueur, il n'y avait pas là-dessus trois mille hommes à rabattre. Je commençai à marcher à onze heures du matin ; j'allais toujours au grand pas de mon cheval, et je ne finis qu'à huit heures du soir ; enfin on était deux heures à aller du bout d'une ligne à l'autre ; mais si on a jamais vu tant de troupes ensemble, assurez-vous qu'on n'en a jamais vu de si belles. Je vous rendrai un fort bon compte des deux lignes de l'armée du roi, et de la première de M. de Luxembourg ; mais, quant à la seconde ligne, je ne puis vous en parler que sur la foi d'autrui. J'étais si las, si ébloui de voir briller des épées et des mousquets ; si étourdi d'entendre des tambours, des trompettes et des timbales, qu'en vérité, je me laissais conduire par mon cheval, sans plus avoir d'attention à rien ; et j'eusse voulu de tout mon cœur que tous les gens que je voyais eussent été chacun dans leurs chaumières ou dans leurs maisons avec leurs femmes et leurs enfans et moi da**s ma rue des Maçons avec ma famille. Vous avez peut-être trouvé dans les poëmes épiques, des revues d'armées fort longues et fort ennuyeuses ; mais celle-ci m'a paru tout autrement longue, et même, pardonnez-moi cette espèce de blasphème, plus lassante que celle de la Pucelle. J'étais, au retour, à peu près dans le même état que nous étions, vous et moi, dans la cour de l'abbaye de Saint-Amand ; à cela près, je ne fus jamais si charmé et si étonné que je le fus, de voir une armée si formidable. Vous jugez bien que tout cela nous prépare de belles matières. Ne trouvez pas étrange le peu d'ordre que vous verrez dans cette lettre ; je vous écris au bout d'une table environnée de gens qui raisonnent de nouvelles, et qui veulent à tout moment que j'entre dans la conversation. Vraisemblablement j'aurai bientôt de plus grandes choses à vous mander qu'une revue, quelque magnifique qu'elle ait été. Dès le premier jour que nous arrivâmes, M. de Luxembourg envoya dans notre écurie un des plus commodes chevaux de la sienne, pour m'en servir pendant la campagne. Vous n'avez jamais vu un homme de cette bonté et de cette magnificence : il est encore plus à ses amis et plus aimable à la tête de sa formidable armée, qu'il n'est à Paris et à Versailles. Je vous nommerais, au contraire, certaines gens qui ne sont pas reconnaissables en ce pays-ci, et qui, tout embarrassés de la figure qu'ils y font, sont à peu près comme vous dépeignez le pauvre M. Jannart, quand il commençait une courante.

Adieu, mon cher Monsieur ; voilà bien du verbiage, mais je vous écris au courant de ma plume, et je me laisse entraîner au plaisir que j'ai de causer avec vous, comme si j'étais dans vos allées d'Auteuil.

Au même.

Au camp devant Namur, 3 juin.

Nous sommes à l'heure que le siége est au corps de la place. Il n'a point fallu pour cela détourner la Meuse, comme vous m'écrivez qu'on le détaille à Paris ; ce qui serait un étrange entreprise. On n'a pas même eu besoin d'appeler les mousquetaires, ni d'exposer beaucoup de braves gens. M. de Vauban, avec son canon et ses bombes, a fait lui seul toute l'expédition. Il a trouvé des hauteurs au-deçà et au-delà de la Meuse, où il a placé ses batteries. Il a conduit sa principale tranchée dans un terrain assez resserré, entre des hauteurs et une espèce d'étang d'un côté, et la Meuse de l'autre. En trois jours, il a poussé son travail jusqu'à un petit ruisseau qui coule au pied de la contrescarpe, et s'est rendu maître d'une petite contre-garde revêtue, qui était en-deçà de la contrescarpe ; et delà, en moins de seize heures, a emporté tout le chemin couvert, qui était garni de plusieurs rangs de palissades ; a comblé un fossé large de dix toises et profond de huit pieds, et s'est logé dans une demi-lune qui était au-devant de la courtine, entre un demi-bastion qui est sur le bord de la Meuse, à la gauche des assiégeans, et un bastion qui est à leur droite : en telle sorte que cette place si terrible, en un mot, Namur a vu ses dehors emportés, dans le peu de temps que je vous ai dit, sans qu'il en ait coûté au roi plus de trente hommes. Ne croyez pas pour cela qu'on ait eu affaire à des poltrons ; tous ceux de nos gens qui ont été à ces attaques sont étonnés du courage des assiégés. Mais vous jugerez de l'effet terrible du canon et des bombes, quand je vous dirai, sur le rapport d'un officier espagnol, qui fut pris dans le dehors, que notre artillerie leur a tué en deux jours douze cents hommes. Imaginez-vous trois batteries qui se croisent, et qui tirent continuellement sur de pauvres gens qui sont vus d'en haut et de revers, et qui ne peuvent pas trouver un seul coin où ils soient en sûreté. On dit qu'on a trouvé les dehors tout pleins de corps dont le canon a emporté les têtes comme si on les avait coupées avec des sabres. Cela n'empêche pas que plusieurs de nos gens n'aient fait des actions de grande valeur. Les grenadiers du régiment des gardes-françaises, et ceux des gardes-suisses, se sont, entre autres, extrêmement distingués. On raconte plusieurs actions particulières, que vous entendrez avec plaisir. Un soldat du régiment des fusiliers, qui travaillait à la tranchée, y avait porté un gabion : un coup de canon vint, qui emporta son gabion. Aussitôt il en alla poser à la même place un autre, qui fut sur-le-champ emporté par un autre coup de canon. Le soldat, sans rien dire, en prit un troisième et l'alla poser : un troisième coup de canon emporta le troisième gabion. Le soldat dit : « J'irai, mais j'y serai tué. » Il y alla : et, en posant son quatrième gabion, il eut le bras fracassé d'un coup de canon. Il revint, soutenant son bras pendant avec l'autre bras, et se contenta de dire à son officier : « Je l'avais bien dit. » Il fallut lui couper le bras, qui ne tenait presque à rien : il souffrit cela sans desserrer les dents ; et, après l'opération, il dit froidement : « Je suis donc hors d'état de travailler, c'est maintenant au roi à me nourrir. » Je crois que vous me pardonnerez le peu d'ordre de cette narration ; mais assurez-vous qu'elle est fort vraie. Je vous dirai donc en deux mots, pour l'achever, qu'apparemment la ville sera prise en deux jours. Il y a déjà une grande brèche au bastion, et même un officier vient, dit-on, d'y monter avec deux ou trois soldats, et s'en est revenu, parce qu'il n'était point suivi, et qu'il n'y avait aucun ordre pour cela. Vous jugez bien que ce bastion ne tiendra guère ; après quoi il n'y a plus que la vieille enceinte de la ville où les assiégés ne nous attendront pas. Mais vraisemblablement la garnison laissera faire la capitulation aux bourgeois, et se retirera dans le château, qui ne fait pas plus de peur à M. de Vauban que la ville.

Du même au même.

Au camp près de Namur, 24 juin.

Je laisse à M. de Valincour le soin de vous écrire la prise du château neuf ; voici seulement quelques circonstances, qu'il oubliera peut-être dans sa relation. Le château neuf, appelé autrement Fort-Guillaume, est un grand ouvrage à corne avec quelques redans dans le milieu de la courtine, selon que le terrain le demandait. Il est situé de telle sorte, que plus on en approche, moins on le découvre, et depuis huit ou dix jours que notre canon le battait, il n'y avait qu'une très-petite brèche à passer deux hommes, et il n'y avait pas une palissade de chemin couvert qui fût rompue. M. de Vauban a admiré lui-même la beauté de cet ouvrage : l'ingéneur qui l'a tracé, et qui a conduit tout ce qu'on y a fait, est un hollandais nommé Coherne ; mais notre tranchée l'embrassait de toutes parts. Elle est quelque chose de prodigieux : elle embrasse à la fois plusieurs montagnes et plusieurs vallées, avec une infinité de détours et de retours. Enfin, il s'est trouvé que, dès que nous avons attaqué la contrescarpe, les ennemis, qui craignaient d'être coupés, ont abandonné à l'instant tout leur chemin couvert ; et, voyant dans leur ouvrage vingt de nos grenadiers, qui avaient grimpé par un petit endroit où on ne pouvait monter qu'un à un, ils ont aussitôt battu la chamade : ils étaient encore quinze cents hommes, tous gens bien faits. Le principal officier qui les commandait, nommé M. de Vimbergue, est âgé de plus de quatre-vingts ans. Comme il était d'ailleurs fort incommodé des fatigues qu'il a souffertes depuis quinze jours, et qu'il ne pouvait plus marcher, il s'était fait porter sur la petite brèche que notre canon avait faite, résolu d'y périr l'épée à la main. C'est lui qui a fait la capitulation ; et il y a fait mettre qu'il lui serait permis d'entrer dans le vieux château, pour s'y défendre encore jusqu'à la fin du siége. Vous voyez par-là à quelles gens nous avons affaire, et que l'art et les précautions de M. de Vauban ne sont pas inutiles pour épargner bien des braves gens qui s'iraient faire tuer mal à propos. C'était encore M. le duc qui était lieutenant-général de jour; et voici la troisième affaire qui passe par ses mains. Je voudrais que vous eussiez pu entendre de quelle manière aisée, et même avec quel esprit il m'a bien voulu raconter une partie de ce que je vous mande, les réponses qu'il fit aux officiers qui le vinrent trouver pour capituler, et comme, en leur faisant mille honnêtetés, il ne laissait pas de les intimider. On a trouvé le chemin couvert tout plein de corps morts, sans tous ceux qui étaient à demi-enterrés dans l'ouvrage. Nos bombes ne les laissaient pas respirer : ils voyaient sauter à tous momens en l'air leurs camarades, leurs valets, leur pain, leur vin, et étaient si las de se jeter par terre, comme on fait quand il tombe une bombe, que les uns se tenaient debout, au hasard de ce qui en pourrait arriver; les autres avaient creusé de petites niches dans des retranchemens qu'ils avaient faits dans le milieu de l'ouvrage, et s'y tenaient plaqués tout le jour. Le vieux château est composé de quatre forts l'un derrière l'autre, et va toujours en s'étrécissant, en telle sorte que celui de ces forts qui est à l'extrémité de la montagne ne paraît pas pouvoir contenir trois cents hommes : vous jugez bien quel fracas y feront nos bombes.

A son fils, qui était alors au Collége.

A Fontainebleau, le 5 octobre.

Je voulais presque me donner la peine de corriger votre version, et vous la renvoyer en l'état où il faudrait qu'elle fût; mais j'ai trouvé que cela me prendrait trop de temps, à cause de la quantité d'endroits où vous n'avez pas attrapé le sens. Je vois bien que les épîtres de Cicéron sont encore trop difficiles pour vous, parce que, pour bien les entendre, il faut posséder parfaitement l'histoire de ces temps-là, et vous ne la savez point. Ainsi, je trouverais plus à propos que vous me fissiez à votre loisir une version de cette bataille de Trasymène, dont vous avez été si charmé, à commencer par la description de l'endroit où elle se donna. Ne vous pressez point, et tournez la chose le plus naturellement que vous pourrez. Vous pourrez prendre Voiture parmi mes livres, si cela vous fait plaisir ; mais il faut un grand choix pour lire ses lettres. J'aimerais autant, si vous voulez lire quelques livres français, que vous prissiez la traduction d'Hérodote, qui est fort divertissant, et qui vous apprendrait la plus ancienne histoire qui soit parmi les hommes, après l'Ecriture sainte. Il me semble qu'à votre âge il ne faut pas voltiger de lecture en lecture, ce qui ne servirait qu'à vous dissiper l'esprit, et à vous embarrasser la mémoire. Nous verrons cela plus à fond quand nous serons à Paris.

Adieu.

Au même.

Fontainebleau, le 23 mai.

Il me paraît, par votre lettre, que vous portez un peu d'envie à mademoiselle de C***, de ce qu'elle a lu plus de comédies et de romans que vous. Je vous dirai, avec la sincérité avec laquelle je suis obligé de vous parler, que j'ai un extrême chagrin que vous fassiez tant de cas de toutes ces niaiseries, qui ne doivent servir tout au plus qu'à délasser quelquefois l'esprit, mais qui ne devraient point vous tenir tant à cœur qu'elles le font. Vous êtes engagé dans des études très-sérieuses, qui doivent attirer votre principale attention ; et, pendant que vous y êtes engagé, et que nous payons des maîtres pour vous instruire, vous devez éviter tout ce qui peut dissiper votre esprit et vous détourner de votre étude. Non-seulement votre conscience et la religion vous y obligent, mais vous-même devez avoir assez de considération et d'égards pour moi, pour vous conformer un peu à mes sentimens, pendant que vous êtes dans un âge où vous devez vous laisser conduire. Je ne dis pas que vous ne lisiez quelquefois des choses qui puissent vous divertir l'esprit, et vous voyez que je vous ai mis moi-même entre les mains assez de livres français capables de vous amuser ; mais je serais inconsolable, si ces sortes de lectures vous inspiraient du dégoût pour des lectures plus utiles, et surtout pour des livres de piété et de morale, dont vous ne parlez jamais, et pour lesquels il semble que vous n'ayiez plus aucun goût, quoique vous soyiez témoin du véritable plaisir que j'y prends, préférablement à toute autre chose. Croyez-moi, quand vous saurez parler de comédies et de romans, vous n'en serez guère plus avancé pour le monde, et ce ne sera point par cet endroit-là que vous serez le plus estimé. Je remets à vous en parler plus au long et plus particulièrement quand je vous reverrai ; et vous me ferez plaisir alors de me parler à cœur ouvert là-dessus, et de ne vous point cacher de moi. Vous jugez bien que je ne cherche pas à vous chagriner, et que je n'ai d'autre dessein que de contribuer à vous rendre l'esprit solide, et à vous mettre en état de ne me point faire déshonneur quand vous viendrez à paraître dans le monde. Ne regardez point ce que je vous dis comme une réprimande, mais comme les avis d'un père qui vous aime tendrement, et qui ne songe qu'à vous donner des marques de son amitié. Écrivez-moi le plus souvent que vous le pourrez.

Au même.

À Paris, le 3 juin.

Comme je serai quinze jours sans vous voir, je ne puis m'empêcher de vous répéter encore deux ou trois choses que je crois très-importantes pour votre condui-te. La première, c'est d'être extrêmement circonspect dans vos paroles, et d'éviter la réputation d'être un parleur, qui est la plus mauvaise réputation qu'un jeune homme puisse avoir dans le pays où vous entrez. La seconde est d'avoir une extrême docilité pour les avis de M. et Mme Vigan, qui vous aiment comme leur enfant. N'oubliez pas vos études, et cultivez con-tinuellement votre mémoire, qui a grand besoin d'être exercée. Je vous demanderai compte à mon retour de vos lectures, et surtout de l'Histoire de France, dont je vous demanderai à voir vos extraits. Je devais avant toutes choses, vous recommander de songer toujours à votre salut, et de ne point perdre l'amour que je vous ai vu pour la religion. Le plus grand déplaisir qui puisse m'arriver au monde, c'est s'il me revenait que vous êtes un indévot, et que Dieu vous est devenu in-différent. Je vous prie de recevoir cet avis avec la même amitié que je vous le donne.

Adieu, mon cher fils, donnez-moi souvent de vos nouvelles.

Au même.

Vous avez ici des protecteurs qui ne vous oublient point; et si vous voulez continuer à travailler et à vous mettre en bonne réputation, l'on ne manquera point de vous mettre en œuvre dans les occasions. Vous ne me parlez pas de l'étude que vous avez commencée de la langue allemande. Vous voulez bien que je vous dise que j'appréhende un peu cette facilité avec laquelle vous embrassez de bons desseins, mais avec laquelle aussi vous vous en dégoûtez quelquefois. Les belles-lettres, où vous avez pris toujours assez de plaisir, ont un certain charme qui fait trouver beaucoup de sécheresse dans les autres études; mais c'est pour cela même qu'il faut vous opiniâtrer contre le penchant que vous avez à ne faire que les choses qui vous plaisent. Vous avez un grand modèle devant vos yeux; je veux dire M. l'ambassadeur; et je ne saurais trop vous exhorter à vous former sur lui le plus que vous pourrez. Je sais qu'il y a beaucoup de sujets de distraction et de dissipation à La Haye; mais je vous crois l'esprit maintenant trop solide pour vous laisser détourner des occupations que M. l'ambassadeur veut bien vous donner; autrement, il vaudrait mieux revenir que d'être à charge au meilleur ami que j'aie au monde. Je vous dis ceci, non point que j'aie aucun sujet d'inquiétude, étant au contraire très-content des témoignages qu'on rend de vous; mais, comme je veille continuellement à tout ce qui vous est avantageux, j'ai pris cette occasion de vous exciter à faire de votre part tout ce qui peut faciliter les vues que mes amis pourraient avoir pour vous.

Au même.

A Paris, le 15 juin.

Votre mère s'est fort attendrie à la lecture de votre dernière lettre, où vous mandiez qu'une de vos plus grandes consolations était de recevoir de nos nouvelles. Elle est très-contente des marques de ce bon naturel ; mais je puis vous assurer qu'en cela vous nous rendez bien justice, et que les lettres que nous recevons de vous font la joie de toute la famille, depuis le plus grand jusqu'au plus petit.

J'allai dîner, il y a trois jours, à Auteuil : on me demanda de vos nouvelles, et M. Despréaux assura la compagnie que vous seriez un jour très-digne d'être aimé de tous mes amis. Vous savez que les poètes se piquent d'être prophètes ; mais ce n'est que dans l'enthousiasme de leur poésie qu'ils le sont, et M. Despréaux parlait en prose. Ses prédictions ne laissèrent pas néanmoins que de me faire plaisir. C'est à vous, mon cher fils, à ne pas faire passer M. Despréaux pour un faux prophète. Je vous l'ai dit plusieurs fois, vous êtes à la source du bon sens et de toutes les belles connaissances pour le monde et pour les affaires.

De P.-L. Courier à M. N. 1804.

Nous venons de faire un empereur, et pour ma part je n'y ai pas nui. Voici l'histoire : ce matin d'Anthouard nous assemble et nous dit de quoi il s'agissait, mais bonnement, sans préambule ni péroraison. — Un

empereur ou la république, lequel est le plus de votre
goût? Comme on dit rôti ou bouilli, potage ou soupe,
que voulez-vous? Sa harangue finie, nous voilà tous
à nous regarder, assis en rond. Messieurs, qu'opinez-
vous? Pas le mot. Personne n'ouvre la bouche. Cela
dura un quart-d'heure au plus, et devenait embarras-
sant pour d'Anthouard et pour tout le monde, quand
Maire, un jeune homme, un lieutenant que tu as pu
voir, se lève et dit : S'il veut être empereur, qu'il le
soit : mais, pour en dire mon avis, je ne le trouve pas
bon du tout. — Expliquez-vous, dit le colonel, voulez-vous, ne voulez-vous pas? — Je ne le veux pas répondit le Maire. — A la bonne heure. Nouveau silence.
On recommence à s'observer les uns les autres comme
des gens qui se voient pour la première fois; nous y
serions encore si je n'eusse pris la parole. Messieurs,
dis-je, il me semble, sauf correction, que ceci ne
nous regarde pas : la nation veut un empereur, est-ce
à nous d'en délibérer? Ce raisonnement parut si fort,
si lumineux, si *adrem*....... que veux-tu, j'entraînai
l'assemblée : jamais orateur n'eut un succès si complet :
on se lève, on signe, on s'en va jouer au billard.
Maire me disait : Ma foi, commandant, vous
parlez comme Cicéron; mais pourquoi donc voulez-vous tant qu'il soit empereur, je vous prie? Pour
en finir et faire notre partie de billard. Fallait-il rester
là tout le jour? pourquoi ne le voulez-vous pas? Je ne
sais, me dit-il, mais je le croyais fait pour quelque
chose de mieux. Voilà le propos du lieutenant que je
ne trouve point tant sot. En effet, que signifie, dis-
moi.... un homme, lui, Bonaparte, soldat, chef d'armée, le premier capitaine du monde, vouloir qu'on
l'appelle Majesté! être Bonaparte, et se faire sire! Il
aspire à descendre : mais non, il croit monter en s'é-
galant aux rois. Il aime mieux un titre qu'un nom;
pauvre homme! ses idées sont au-dessous de sa fortune.
Je m'en doutai quand je le vis donner sa petite sœur
à Borghèse, et croire que Borghèse lui faisait trop
d'honneur.

    Voilà nos nouvelles; mandez-moi celles du pays où
tu es, et comment la farce s'est jouée chez vous, à peu
près de même sans doute.

Chacun baise en tremblant la main qui nous enchaîne.

Avec la permission du poëte cela est faux ; on ne tremble point, on veut de l'argent, et on ne baise que la main qui paie.

Ce César l'entendait mieux, et aussi c'était un autre homme ; il ne prit point de titres usés, mais il fit de son nom même un titre supérieur à celui de roi.

Adieu, nous t'attendons ici.

Du même à M. de Sainte-Croix.

Mileto, le 12 septembre 1806.

Depuis notre jonction avec Masséna, nous marchons plus fièrement et sommes un peu moins à plaindre. Nous retournons sur nos pas, formant l'avant-garde de cette petite armée et faisant aux insurgés la plus vilaine de toutes les guerres ; nous en tuons peu, nous en prenons moins. La nature du pays, la connaissance et l'habitude qu'ils en ont, font que, même étant surpris, ils nous échappent aisément ; non pas nous à eux. Ceux que nous attrapons, nous les pendons aux arbres ; quand ils nous prennent, ils nous brûlent le plus doucement qu'ils peuvent. Moi qui vous parle, Monsieur, je suis tombé entre leurs mains ; pour m'en tirer, il a fallu plusieurs miracles. J'assistais à une délibération où il s'agissait de savoir si je serais pendu, brûlé ou fusillé. Je fus admis à opiner, c'est un récit dont je pourrai vous divertir quelque jour. Je l'ai souvent échappé belle dans la cour de cette campagne ;

car, outré les hasards communs, j'ai fait deux fois le voyage de Reggio à Tarente, allée et retour, c'est-à-dire plus de quatre cents lieues à travers les insurgés, seul ou peu accompagné, tantôt à pied, tantôt à cheval; quelquefois à quatre pattes, quelquefois glissant sur mon derrière ou culbutant du haut des montagnes. C'est dans une de ces courses que je fus pris par nos bons amis. Il n'y a ni bois ni coupe-gorge dans toute la Calabre où je n'aie fait de ces promenades, et pourquoi? ah ! c'est cela qui vous ferait pitié. Une fois, de sept hommes que j'avais pour escorte, trois furent tués avec quatre chevaux par les montagnards. Nous avons perdu et perdons de cette manière une infinité d'officiers et de petits détachemens. Une autre fois pour éviter une pareille rencontre, je montai sur une petite barque, ayant forcé le patron à partir malgré le mauvais temps, je fus emporté en pleine mer. Nos manœuvres furent belles : nous nous mîmes à genoux, nous fîmes des oraisons ; nous promîmes des messes à la Vierge et à Saint Janvier, tant qu'enfin me voilà encore.

Depuis sur une autre barque je passai près d'une frégate anglaise qui, m'ayant tiré quelques coups, tous mes rameurs se jetèrent à l'eau et se sauvèrent à terre. Je restai seul comme Ulysse, comparaison d'autant plus juste que ceci m'arriva dans le détroit de Charybde, à la vue d'une petite ville qui s'appelle encore Scylla ; et où je ne sais quel Dieu me fit aborder paisiblement. J'avais coupé avec mon sabre le cordage qui tenait ma petite voile latine, sans quoi j'eusse été submergé.

J'avais sauvé du pillage de mes pauvres nippes, ce que j'appelais mon bréviaire. C'était une Iliade de l'imprimerie royale, un tout petit volume que vous aurez pu voir dans les mains de l'abbé Barthélemy ; cet exemplaire me venait de lui (*quam dispari domino !*), et je sais qu'il avait coutume de le porter dans ses promenades. Pour moi je le portais partout ; mais l'autre jour, je ne sais pourquoi, je le confiai à un soldat qui me conduisait un cheval de main. Ce soldat fut tué et dépouillé, que vous dirai-je, Monsieur? j'ai perdu huit chevaux, mes habits, mon linge, mon manteau, mes pistolets, mon argent. Je ne regrette que mon Homère, et pour le ravoir, je donnerais la seule chemise qui me reste. C'était ma société, mon unique entretien dans les haltes et dans les veillées, mes camarades en rient; je voudrais qu'ils eussent perdu leur dernier jeu de cartes pour voir la mine qu'ils feraient.

Je finis en vous suppliant de présenter mes respects à madame de Sainte-Croix et à M. L. Que n'ai-je ici mon Hérodote, comme je l'avais en Allemagne ! je le perdis justement comme je viens de faire de mon Homère, sur le point de le savoir par cœur. Il me fut pris par des hussards. Ce que je ne perdrai jamais, ce sont les sentimens que vous m'inspirez l'un et l'autre, dans lesquels il entre du respect, de l'admiration, et, si j'ose le dire, de l'amitié.

Du même à madame Pégalle, à Lille.

Résina près Portici, le 1er novembre 1807.

Vos lettres sont rares, chère cousine ; vous faites bien, je m'y accoutumerais, et je ne pourrais plus m'en passer ! Tout de bon, je suis en colère : vos douceurs ne m'apaisent point. Comment cousine, depuis trois ans voilà deux fois que vous m'écrivez ! En vérité, mamselle Sophie... Mais quoi ! si je vous querelle vous ne m'écrirez plus du tout. Je vous pardonne donc, crainte de pis.

Oui, sûrement, je vous conterai mes aventures bonnes et mauvaises, tristes et gaies, car il m'en arrive

9

des unes et des autres. Laissez-nous faire, cousine, on
vous en donnera de toutes les façons. C'est un vers de
La Fontaine ; demandez à Volsard. Mon Dieu ! m'allez-
vous dire ; on a lu La Fontaine ! on sait ce que c'est
que le Curé et le Mort ! Eh bien ! pardon ; je disais
donc que mes aventures sont diverses, mais toutes cu-
rieuses, intéressantes : il y a plaisir à les entendre, et
plus encore, je m'imagine, à vous les conter : c'est
une expérience que nous ferons au coin du feu quelque jour : j'en ai pour tout un hiver. J'ai de quoi vous
amuser, et par conséquent vous plaire, sans vanité
tout ce temps-là ; de quoi vous attendrir, vous faire
rire, vous faire peur, vous faire dormir. Mais pour
vous écrire tout, ah ! vraiment vous plaisantez ; madame Ratcliff n'y suffirait pas. Cependant je sais que
vous n'aimez pas à être refusée, et comme je suis com-
plaisant, quoiqu'on en dise, voici, en attendant, un
petit échantillon de mon histoire ; mais c'est du noir,
prenez-y garde. Ne lisez pas cela en vous couchant,
vous en rêveriez, et pour rien au monde je ne voudrais
vous avoir donné le cauchemar.

Un jour je voyageais en Calabre ; c'est un pays de
méchantes gens qui, je crois, n'aiment personne, et
en veulent surtout aux Français, de vous dire pourquoi, cela serait trop long ; suffit qu'ils nous haïssent
à mort, et qu'on passe fort mal son temps lorsqu'on
tombe entre leurs mains. J'avais pour compagnon un
jeune homme d'une figure... ma foi, comme ce monsieur que nous vîmes au Rincy ; vous en souvenez-vous ?
et mieux encore, peut-être. Je ne dis pas cela pour
vous intéresser, mais parce que c'est là la vérité. Dans
ces montagnes, les chemins sont des précipices : nos
chevaux marchaient avec peine ; mon camarade allait devant, un sentier qui lui parut plus praticable et
plus court nous égara. Ce fut ma faute ; devais-je me
fier à une tête de vingt ans ? Nous cherchâmes, tant
qu'il fit jour, notre chemin à travers ces bois ; mais
plus nous cherchions, plus nous nous perdions, et il
était nuit noire quand nous arrivâmes dans une maison
fort noire, nous y entrâmes, non sans soupçon ; mais
comment faire ? Là, nous trouvons toute une famille

de charbonniers à table, où du premier mot on nous invita ; mon jeune homme ne se fit pas prier ; nous voilà mangeant et buvant, lui du moins, car pour moi j'examinais le lieu et la mine de nos hôtes. Nos hôtes avaient bien la mine de charbonniers ; mais la maison, vous l'eussiez prise pour un arsenal ; ce n'étaient que fusils, pistolets, sabres, couteaux et coutelas. Tout me déplut, et je vis bien que je déplaisais aussi ; mon camarade, au contraire, il était de la famille, il riait, il causait avec eux ; et par une imprudence que j'aurais dû prévoir (mais quoi ! s'il était écrit.....), il dit d'abord d'où nous venions, où nous allions, que nous étions français ; imaginez un peu ! chez nos plus mortels ennemis, seuls, égarés, si loin de tout secours humain ! Et puis, pour ne rien omettre de ce qui pouvait nous perdre, il fit le riche, promit à ces gens pour la dépense, et pour nos guides le lendemain, ce qu'ils voulurent. Enfin, il parla de sa valise, priant fort qu'on en eût grand soin, qu'on la mît au chevet de son lit ; il ne voulait point, disait-il, d'autre traversin. Ah ! jeunesse, jeunesse ! que votre âge est à plaindre ! Cousine, on crut que nous portions les diamans de la couronne : ce qu'il y avait qui lui causait tant de souci dans cette valise, c'étaient les lettres de sa maîtresse. Le souper fini, on nous laisse ; nos hôtes couchaient en bas, nous dans la chambre haute où nous avions mangé. Une soupente élevée de sept à huit pieds, où l'on montait par une échelle, c'était là le coucher qui nous attendait ; espèce de nid dans lequel on s'introduisait en rampant sous des solives chargées de provisions pour toute l'année. Mon camarade y grimpa seul, et se coucha tout endormi, la tête sur la précieuse valise ; moi, déterminé à veiller, je fis bon feu, et m'assis auprès. La nuit s'était déjà passée presque entière assez tranquillement, et je commençais à me rassurer, quand sur l'heure où il me semblait que le jour ne pouvait être loin, j'entendis au-dessous de moi notre hôte et sa femme parler et se disputer ; et prêtant l'oreille par la cheminée qui communiquait avec celle d'en bas, je distinguai ces propres mots du mari : « Eh bien ! enfin, voyons, faut-il les tuer tous deux ? » à quoi la femme répondit : Oui ; et je n'entends plus rien.

Que vous dirai-je? je restai respirant à peine, tout
mon corps froid comme un marbre; à me voir, vous
n'eussiez su si j'étais mort ou vivant. Dieu! quand j'y
pense encore!... Nous deux presque sans armes, contre eux douze ou quinze qui en avaient tant! Et mon
camarade mort de sommeil et de fatigue! L'appeler,
faire du bruit, je n'osais; m'échapper tout seul, je ne
pouvais; la fenêtre n'était guère haute; mais en bas
deux gros dogues hurlant comme des loups... En quelle
peine je me trouvais; imaginez-le si vous pouvez. Au
bout d'un quart-d'heure, qui fut long, j'entendis sur
l'escalier quelqu'un, et par la fente de la porte, je vis
le père, sa lampe dans une main, dans l'autre un de
ses grands couteaux. Il montait, sa femme après lui,
moi derrière la porte, il ouvrit, mais avant d'entrer,
il posa la lampe, que sa femme vint prendre, puis il
entre pieds nus, et elle dehors lui disait à voix basse,
masquant avec ses doigts le trop de lumière de la lampe, « doucement, va doucement. » Quand il fut à l'é-
chelle, il monte, son couteau dans les dents, et
venu à la hauteur du lit, ce pauvre jeune homme
étendu, offrant sa gorge découverte, d'une main il
prend son couteau, et de l'autre..... ah! cousine!....
il saisit un jambon qui pendait au plancher, en coupe
une tranche, et se retire comme il était venu. La
porte se referme, la lampe s'en va, et je reste seul à
mes réflexions.

Dès que le jour parut, toute la famille, à grand
bruit, vint nous éveiller, comme nous l'avions recommandé. On apporte à manger, on sert un déjeûner
fort propre, fort bon, je vous assure. Deux chapons
en faisaient partie, dont il fallait, dit notre hôtesse,
emporter l'un et manger l'autre. En les voyant, je
compris enfin le sens de ces terribles mots : « faut-il
les tuer tous deux? » Et je vous crois, cousine,
assez de pénétration pour deviner à présent ce que cela
signifiait.

Cousine, obligez-moi, ne contez point cette histoire.
D'abord, comme vous voyez, je n'y joue pas un beau
rôle, et puis vous me la gâterez. Tenez, je ne vous

flatte point : c'est votre figure qui nuirait à l'effet de ce récit. Moi, sans me vanter, j'ai la mine qu'il faut pour les contes à faire peur. Mais vous, voulez-vous conter ? prenez des sujets qui aillent à votre air, Psyché, par exemple.

De Racine à La Fontaine.

Uzès, le 11 novembre 1661.

J'ai vu bien du pays et j'ai bien voyagé
Depuis que de vos yeux les miens ont pris congé.

Mais tout cela ne m'a pas empêché de songer toujours autant à vous que je faisais lorsque nous nous voyons tous les jours.

Avant qu'une fièvre importune
Nous fit courir même fortune,
Et nous mit chacun en danger
De ne plus jamais voyager.

Je ne sais pas sous quelle constellation je vous écris présentement ; mais je vous assure que je n'ai point encore fait tant de vers depuis ma maladie. Je croyais même en avoir tout-à-fait oublié le métier. Serait-il possible que les Muses eussent plus d'empire en ce pays que sur les rives de la Seine ?

Nous le reconnaîtrons dans la suite. Cependant je commencerai à vous dire en prose que mon voyage a été plus heureux que je ne pensais. Nous n'avons eu que deux heures de pluie jusqu'à Lyon ; notre compagnie était gaie et assez luisante. Il y avait trois huguenots, un anglais, deux italiens, un conseiller du Châtelet, deux secrétaires du Roi, et deux de ses mousquetaires ; enfin, nous étions au nombre de neuf ou dix. Je ne manquais pas tous les soirs de prendre le galop devant les autres pour aller retenir mon lit ; car j'avais fort bien retenu cela de M. Botreau, et je lui en suis infiniment obligé ; ainsi, j'ai toujours été bien couché, et quand je suis arrivé à Lyon, je me suis senti non plus fatigué que si du quartier de Sainte-Geneviève j'avais été à celui de la rue Galande. A Lyon, je ne suis resté que deux jours, et je m'embarquai sur le Rhône avec deux mousquetaires de notre troupe, qui étaient du Pont-Saint-Esprit. Nous nous embarquâmes il y a huit jours, dans un vaisseau tout neuf, et bien couvert, que nous avions retenu-exprès avec le meilleur patron du pays ; car il n'y a pas trop de sûreté de se mettre sur le Rhône qu'à bonnes enseignes : néanmoins, comme il n'avait point plu du tout devers Lyon, le Rhône était fort bas ; il avait perdu beaucoup de sa rapidité ordinaire.

> On pouvait sans difficulté
> Voir les naïades toutes nues,
> Et qui, honteuses d'être vues,
> Pour mieux cacher leur nudité
> Cherchaient des places inconnues.
> Ces nymphes sont de gros rochers,
> Auteurs de mainte sépulture,
> Et dont l'effroyable figure
> Fait changer de visage aux plus hardis nochers.

Nous fûmes deux jours sur le Rhône, et nous couchâmes à Vienne et à Valence. J'avais commencé dès Lyon à ne plus entendre le langage du pays, et à n'être plus intelligible moi-même. Ce malheur s'accrut à Valence, et Dieu voulut qu'ayant demandé à une servante un pot de chambre, elle mit un réchaud sous mon lit. Vous pouvez vous imaginer les suites de cette maudite aventure, et ce qui peut arriver à un homme qui se sert d'un réchaud dans ses nécessités de la nuit. Mais c'est encore bien pis dans ce pays. Je vous jure que j'ai autant besoin d'un interprète qu'un Moscovite en aurait besoin dans Paris. Néanmoins je commence à m'apercevoir que c'est un langage mêlé d'espagnol et d'italien, et comme j'entends assez bien ces deux langages, j'y ai quelquefois recours pour entendre les autres et pour me faire entendre. Mais il arrive souvent que je perds toutes mes mesures, comme il arriva hier qu'ayant besoin de petits clous à broquette pour ajuster ma chambre, j'envoyai le valet de mon oncle en ville, et lui dis de m'acheter deux ou trois cents de broquettes, il m'apporte incontinent trois bottes d'allumettes. Jugez s'il y a sujet d'enrager dans de semblables mal-entendus ; cela irait à l'infini, si je voulais vous dire tous les inconvéniens qui arrivent aux nouveaux venus en ce pays comme moi.

Au reste, pour la situation d'Uzès, elle est sur une montagne fort haute, et cette montagne n'est qu'un rocher continuel ; si bien qu'en quelque temps qu'il fasse, on peut aller à pied sec autour de la ville. Les campagnes qui l'environnent sont toutes couvertes d'oliviers qui portent les plus belles olives du monde ; mais bien trompeuses pourtant, car j'y ai été attrapé moi-même : je voulus en cueillir quelques-unes au premier olivier que je rencontrai, et je les mis dans ma bouche avec le plus grand appétit qu'on puisse avoir. Mais Dieu me préserve de sentir jamais une amertume pareille à celle que je sentis. J'en eus la bouche toute perdue pendant plus de quatre heures durant ; et l'on m'a appris depuis qu'il fallait bien des lessives et des cérémonies pour rendre les olives douces comme on les mange. L'huile qu'on en tire sert ici de beurre, et j'appréhendais bien ce changement; mais j'en ai goûté aujourd'hui dans les sauces, et, sans mentir, il n'y a rien de meilleur. On sent bien moins l'huile qu'on ne sentirait le meilleur beurre de France. Mais c'est assez vous parler d'huile ; et vous pouvez me reprocher, plus justement, qu'on ne faisait à un ancien orateur, que mes ouvrages sentent trop l'huile.

Il faut vous entretenir d'autre chose, ou plutôt remettre cela à un autre voyageur, pour ne pas vous ennuyer. Je ne me saurais empêcher de vous dire un mot des beautés de cette province. On m'en avait dit beaucoup de bien à Paris ; mais, sans mentir, on ne m'en avait encore rien dit au prix de ce qui en est, et pour le nombre et pour l'excellence ; il n'y a pas une villageoise, pas une savetière qui ne disputât de beauté avec les Fouillon et les Menneville. Si le pays, de soi, avait un peu de délicatesse, et que les rochers y fussent un peu moins fréquens, on le prendrait pour un vrai pays de Cythère ; toutes les femmes y sont éclatantes, et s'y ajustent d'une façon qui leur est la plus naturelle du monde.

Mais comme c'est la première chose dont on m'a dit de me donner de garde, je ne veux pas en parler davantage, aussi ce serait profaner une maison de bénéficier comme celle où je suis que de longs discours sur cette matière. Ma maison est une maison de prières, c'est pourquoi vous devez vous attendre que je ne vous en parlerai plus du tout. On m'a dit : Soyez aveugle. Si je ne le puis être tout-à-fait, il faut du moins que je sois muet. Car, voyez-vous, il faut être régulier avec les réguliers, comme j'ai été loup avec les autres loups vos compères.

Adiousias.

Lettre de Racine à son fils.

C'est tout de bon que nous partons pour notre voyage de Picardie. Comme je serai quinze jours sans vous voir, et que vous êtes continuellement présent dans mon esprit, je ne puis m'empêcher de vous répéter encore deux ou trois choses que je crois très-importantes pour votre conduite.

La première, c'est d'être extrêmement circonspect dans vos paroles, et d'éviter la réputation d'être un parleur, qui est la plus mauvaise qu'un jeune homme puisse avoir dans le pays où vous entrez. La seconde est d'avoir une extrême docilité pour les avis de M. et Madame Vignan, qui vous aiment comme leur enfant.

N'oubliez point vos études, et cultivez continuellement votre mémoire, qui a grand besoin d'être exercée. Je vous demanderai compte à mon retour de vos lectures, et surtout de l'histoire de France, dont je vous demanderai à voir des extraits.

Vous savez ce que je vous ai dit des opéras et des comédies, on en doit jouer à Marly : il est très-important, pour vous et pour moi-même, qu'on ne vous y voie point, d'autant plus que vous êtes présentement à Versailles pour y faire vos exercices, et non point pour assister à toutes ces sortes de divertissemens. Le roi et toute la cour savent le scrupule que je me fais d'y aller, et ils auraient très-méchante opinion de vous, si, à l'âge où vous êtes, vous aviez si peu d'égards pour moi et pour mes sentimens. Je devrais, avant toutes choses, vous recommander de songer toujours à votre

9..

salut, et de ne point perdre l'amour que je vous ai vu pour la religion.

Le plus grand déplaisir qui puisse m'arriver au monde, c'est s'il me revenait que vous êtes indévôt, et que Dieu vous est devenu indifférent. Je vous prie de recevoir cet avis avec la même amitié que je vous le donne.

Adieu, mon cher fils; donnez-moi souvent de vos nouvelles.

Lettre de Madame de Maintenon à sa nièce.

De quoi vous plaignez-vous, ma chère nièce, de ce que je ne vous ai pas écrit sur la mort de M. Caylus? Vous savez si je m'y suis intéressée, et nous ne devons pas en être aux complimens. Je suis si malade et si vieille, que je me réduis aux lettres nécessaires. Qu'est-ce que cette dépendance que vous voulez avoir de moi? Vous êtes en âge et en possession de vous conduire; que voulez-vous changer à la veille de la mort? vous ne serez pas assez folle pour vous remarier : vivez en bonne mère; ne rentrez pas dans le monde; choisissez un certain nombre d'amis; voyez peu d'hommes, et que ce soit d'honnêtes gens; vivez à la vieille mode; ayant toujours une fille qui travaille dans votre chambre quand vous êtes avec un homme; défiez-vous des plus sages, défiez-vous de vous-même; croyez en une personne qui a de l'expérience et qui vous aime. Vous êtes encore jeune et belle; au nom de Dieu, ne vous commettez point; occupez-vous de vos enfans; servez Dieu sans cabale; ne méprisez personne et ne vous entêtez de rien; suivez la voix commune; soyez simple, et pardonnez à ma tendresse cette petite instruction : elle vaut bien un compliment.

D'un ami à un autre, sur l'emploi du temps.

Cher ami,

C'est un proverbe commun parmi les Juifs que
« celui qui n'élève pas son fils pour quelque commer-
» ce, en fait un voleur » ; et les Arabes disent « que
» l'homme oisif s'amuse à jouer avec le diable » ; aussi
leur prophète Mahomet leur prescrit-il de s'exercer
chaque jour à des occupations manuelles. Le Sultan,
sur son trône, n'est pas plus exempt de ce devoir que
celui qui le sert. L'âme de l'homme est active comme
le feu, elle ne peut pas plus cesser d'être occupée, que
l'eau ne peut s'empêcher de passer à travers un crible.
Les hommes doivent toujours mettre en œuvre leurs
facultés, d'une manière ou d'autre, et il n'y a point
de milieu entre le bien et le mal ; quiconque ne s'ap-
plique point au premier, tombe nécessairement dans
le second. Ce sont là les points où coïncident toutes les
lignes des actions humaines ; c'est le centre de toutes
nos affaires ; mais, quoiqu'il n'y ait pas de terme moyen entre ces deux extrêmes, et que tout être humain
soit dans le cercle de la vertu ou du vice, il y a cependant dans l'une et dans l'autre de certains degrés, des
différences sensibles qui naissent de la nature, de la
moralité et de la religion. Ainsi, la prudence humaine
nous enseigne à préférer de deux maux le moindre,
tandis que l'oracle divin nous instruit à ne pas mar-
chander avec la vertu, mais à en suivre courageuse-
ment le sentier jusqu'à ce que nous soyons parvenus à
l'héroïsme.

Peut-être êtes-vous curieux de savoir comment j'emploie mes heures de loisir ? je vous l'apprendrai : je
fais des montres, ne sachant pas comment je pourrais

mieux employer le temps qui me reste, qu'à fabriquer un instrument qui me rend sa marche sensible. Cette petite machine me rend compte de chaque minute, et mesure exactement la succession des heures; elle se trouve d'accord avec les années, sans devancer les mois; elle est le journal du soleil; le registre fidèle de sa course journalière à travers les cieux; en un mot, le secrétaire du temps, et une histoire abrégée de ce prélude de l'éternité.

Puisse le grand Être qui meut toutes choses sans être mu par rien, qui met en mouvement tous les principes, tous les rouages de la nature, et lui-même garde un éternel repos, qui embrasse d'un seul coup d'œil le présent, le passé et l'avenir, nous garder et nous protéger ici-bas, et nous donner après cette vie une éternelle félicité!

Cartel.

Monsieur,

Trouvant beaucoup de malhonnêteté et d'impertinence dans les épithètes dont il vous a plu de qualifier la conduite que j'ai tenue en dernier lieu, je vous demande la satisfaction qui est due à l'honneur offensé; et je vous invite, en conséquence, très-instamment, à venir me trouver demain avec tel ami que vous jugerez bon de choisir, afin de terminer cette affaire, conformément aux lois de l'honneur.

Votre très-humble serviteur, etc.

Réponse.

Monsieur,

Vous êtes un jeune homme, vous n'avez point de famille ; j'ai une femme et trois enfans ; ma vie leur étant chère, me l'est aussi pour cette raison, et je ne crois pas que je pusse me présenter au tribunal suprême, avec le courage d'un chrétien, si je m'étais, de ma pleine volonté, exposé à la mort, et que j'eusse laissé une femme et des orphelins pleurer ma perte, et pour quelle cause? parce qu'un jeune écervellé, un léger papillon (comme je dois vous appeler), juge à propos de brûler une amorce ou deux.

Si vous désirez que j'aille vous faire raison, pourvoyez à l'existence de ma femme et de mes enfans, en cas de danger de mon côté, et alors je vous donnerai des preuves de ma valeur.

Comme votre fortune vous met en état d'acquiescer à ma proposition, si vous la rejetez c'est de votre part une lâcheté, et vous devez, en ce cas-là, vous attendre à être publiquement molesté et à jamais méprisé par; etc.

Lettre de M. le comte de Bussy, à Madame D***.

J'ai appris avec bien du déplaisir la perte de votre procès, Madame, car je vous aime fort. Cependant, contre fortune bon cœur ; vous avez assez de bien pour perdre le plus grand procès, sans en être incommodée : que cela ne vous altère donc point ; conservez-vous, et croyez que, si vous survivez à vos parties adverses, ce seront elles qui auront perdu leur procès.

De la Politesse.

La politesse, dont je vous ai parlé, mon cher, dans mes précédentes, ne regarde que vos égaux et vos supérieurs ; mais il y a aussi une certaine politesse que vous devez à vos inférieurs : elle est différente, à la vérité, mais aussi qui ne l'a pas, n'a sûrement pas le cœur bon. On ne fait pas de complimens à des gens au-dessous de soi, et on ne leur parle pas de l'honneur qu'ils vous font ; mais en même temps il faut les traiter avec bonté et avec douceur. Nous sommes tous de la même espèce, et il n'y a d'autre distinction que celle que le sort a établie : par exemple, votre valet et Lisette seraient vos égaux, si, comme vous, ils étaient riches ; mais, parce qu'ils sont pauvres, ils sont obligés de vous servir, par conséquent, vous ne devez pas ajouter à leur malheur, en les insultant ou en les maltraitant ; et si votre sort est meilleur que le leur, vous devez en remercier Dieu, sans les mépriser, ou en être plus glorieux vous-même. Il faut donc agir avec douceur et bonté envers tous ceux qui sont au-dessous de vous, et ne pas leur parler d'un ton brusque, ni leur dire des duretés, comme s'ils étaient d'une autre espèce. Un bon cœur, au lieu de faire sentir aux gens leur malheur, tâche de le leur faire oublier, s'il est possible, ou au moins de l'adoucir. Voilà comme je suis persuadé que vous ferez toujours ; autrement, je ne vous aimerais pas autant que je vous aime.

Adieu.

D'un plaisant à sa maîtresse.

Madame,

Je prends la liberté de vous assurer qu'il faut absolument que vous vous arrachiez les yeux, ou que je crève les miens ; c'est une vérité : il faut que vous soyez moins belle, ou il faut que je devienne aveugle ; c'est encore une vérité. Quoique ma passion soit aussi violente que celle de tout autre amant puisse l'être, j'espère que vous ne vous attendez pas à me voir me noyer ou me pendre : croyez-moi, Madame, je ne ferai certainement ni l'un ni l'autre. Ce serait prouver que j'ai bien peu de sens, et bien peu de connaissance de votre mérite, si je montrais la moindre inclination de quitter ce monde tant que vous y resterez. A parler franchement, Madame, je préfère infiniment le bonheur de vous voir, à la gloire de mourir pour vous ; j'ai, d'ailleurs, trop bonne opinion de votre jugement pour ne pas être persuadé que vous aimez mieux un amant en vie qu'un amant mort ; des lèvres brûlantes, prêtes à imprimer mille doux baisers, que des lèvres froides et closes pour jamais ; des membres agissans, que des membres inanimés et bons à rien. Cependant, Madame, s'il faut que je meure, je vous prie, tuez-moi à force de bontés, et non par vos rigueurs ; j'aime beaucoup mieux mourir sur votre sein qu'à vos pieds. Si vous étiez tendrement portée à me donner une mort de cette espèce, je suis prêt à la recevoir immédiatement, dans telle partie de la France qu'il vous plaira ; indiquez-moi seulement et le temps et le lieu, et je ne manquerai pas de voler à la rencontre de ma belle meurtrière.

Je suis pour jamais, etc.

Lettres de Chesterfield à son fils.

Style épistolaire.

Mon cher enfant,

Je suis très-content de votre dernière lettre ; l'écriture en paraît fort bonne, et votre promesse était fort belle. Il la faut bien tenir, car un honnête homme n'a que sa parole. Vous m'assurez donc que vous vous souviendrez des instructions que je vous donne ; cela me suffit, car, quoique vous ne les compreniez pas tout à fait à présent, l'âge et la réflexion vous les débrouilleront avec le temps. Par rapport au contenu de votre lettre, je crois que vous vous êtes fait aider, et je ne m'attends pas encore que vous puissiez bien écrire une lettre tout seul ; mais il est bon pourtant d'essayer un peu ; car il n'y a rien de plus nécessaire que de savoir bien écrire des lettres, et en effet il n'y a rien de plus facile : la plupart de ceux qui écrivent mal, c'est parce qu'ils veulent écrire mieux qu'ils ne peuvent ; moyennant quoi ils écrivent d'une manière guindée et recherchée : au lieu que pour bien écrire, il faut écrire aisément et naturellement. Par exemple, si vous voulez m'écrire une lettre, il faut seulement penser à ce que vous me diriez si vous étiez avec moi, et puis l'écrire tout simplement, comme si vous me parliez.

Je suppose donc que vous m'écrivez une lettre tout seul, et je m'imagine qu'elle serait à peu près conçue en ces termes :

Mon cher papa,

J'ai été chez M. Metteire ce matin, où j'ai fort bien traduit de l'anglais en latin et du latin en anglais, si bien, qu'il a écrit à la fin, *optimè*. J'ai aussi répété un verbe grec assez bien. Après cela, j'ai couru chez moi comme un petit diable, et j'ai joué jusqu'à dîner ; mais alors l'affaire est devenue sérieuse, et j'ai mangé comme un loup, à quoi vous voyez que je me porte bien.

Adieu.

Eh bien, voici une bonne lettre, et pourtant très-facile à écrire, parce qu'el'e est toute naturelle. Tâchez donc de m'écrire quelquefois de votre chef, sans vous embarrasser de la beauté de l'écriture, ou de l'exactitude des lignes, pour vous donner le moins de peine qu'il est possible. Et vous vous accoutumerez peu à peu de la sorte, à écrire parfaitement bien, et sans peine.

Adieu.

Vous n'avez qu'à venir chez moi demain à midi, ou vendredi matin à huit heures.

Modèles du style épistolaire.

Mon cher enfant,

Dans la lettre ci-incluse de votre maman, vous en trouverez une de ma sœur pour vous remercier de l'eau d'arquebusade que vous lui avez envoyée, et dont elle a été fort contente. Elle n'a pas voulu me montrer la lettre qu'elle vous a écrite; mais elle m'a dit qu'elle contenait de bons souhaits et de bons avis; et, comme je sais qu'elle montrera votre lettre en réponse à la sienne, je vous envoie ci-joint le modèle de la lettre que je voudrais que vous lui écrivissiez. J'espère que vous ne serez pas offensé de ce que je vous offre mon assistance dans cette occasion, parce que je présume que jusqu'à présent vous n'avez pas été beaucoup dans l'usage d'écrire à des dames. A propos de lettres, les meilleurs modèles sur lesquels vous puissiez vous former sont, Cicéron, le cardinal d'Ossat, madame de Sévigné, et le comte de Bussy Rabutin. Les épîtres de Cicéron à Atticus et à ses amis, sont les meilleurs exemples que vous puissiez suivre dans le style tendre et familier. La simplicité et la clarté des lettres du cardinal d'Ossat montrent comment les lettres d'affaires doivent être écrites : nuls détours affectés, aucun effort d'esprit n'obscurcissent, n'embrouillent sa matière; elle est toujours exposée simplement et clairement, selon que la nature des choses l'exige. Quant à ce qui est des lettres gaies et amusantes, où l'auteur est enjoué et badin, il n'y en a point qui égale celle du comte de Bussy et de madame de Sévigné. Elles sont si naturelles, qu'on les prendrait pour les conversations imprévues de deux personnes d'esprit, plutôt que pour des lettres; qui ordinairement sont étudiées, quoiqu'elles ne dussent pas l'être. Je vous conseillerais de mettre ces livres-là dans votre bibliothèque ambulante; ils vous amuseront en vous instruisant.

Je n'ai pas le temps d'en dire davantage pour le présent : ainsi, bon soir.

Vérité, probité et attention.

Mon cher enfant,

Vos promesses me font grand plaisir, et leur exécution, sur laquelle je compte, m'en fera encore bien
davantage. Vous savez, j'en suis sûr, que de manquer
à sa parole est une folie, un déshonneur et un crime :
c'est une folie, parce que personne, par la suite, ne
se fiera plus à vous; c'est un déshonneur et un crime,
parce que la vérité étant le premier devoir de la religion et de la morale, quiconque n'a point la vérité
dans le cœur ne peut être supposé avoir une seule
bonne qualité, et doit être détesté de Dieu et des
hommes. C'est pourquoi j'attends de votre probité et
de votre honneur, que vous ferez ce que, indépen-
damment de votre promesse, votre propre intérêt et
votre ambition devraient vous porter à faire, c'est-à-
dire que vous brillerez en tout ce que vous entrepren-
drez. Quand j'étais à votre âge, j'aurais été honteux
si quelque jeune homme de mon âge eût mieux appris
sa leçon, eût joué à aucun jeu mieux que moi, et je
n'aurais pas été tranquille un moment jusqu'à ce que
je l'eusse eu devancé. Jules-César, qui avait une noble
soif de la gloire, avait coutume de dire qu'il aimerait
mieux être le premier dans un village que le second
dans Rome, et même il pleura quand il vit la statue
d'Alexandre-le-Grand, en faisant réflexion qu'Alexandre avait acquis, à l'âge de trente ans, plus de gloire
que lui dans un âge beaucoup plus avancé. Ce sont là
les sentimens qui rendent les hommes recommandables,
et ceux qui ne les ont pas, passeront leur vie dans
l'obscurité et dans le mépris; au lieu que ceux qui tâ-
chent de l'emporter sur tous les autres, sont du moins
sûrs d'en surpasser un grand nombre. Le moyen sûr
d'exceller en quelque chose n'est autre que d'avoir une

attention assidue et infatigable, pendant que l'on en est occupé, et alors on n'a pas besoin de la moitié du temps qu'il faudrait en faisant autrement; car une application longue, profonde et embrouillée, est l'occupation d'un esprit pesant; mais les bons esprits ont une attention réglée et suivie, et ils saisissent d'abord leur objet. Considérez donc lequel vous aimez le mieux, d'être attentif pendant que vous apprenez, et par-là de surpasser tous vos camarades, d'acquérir une grande réputation, et d'avoir beaucoup plus de temps pour jouer, ou bien de ne pas vous appliquer à l'étude, de laisser des enfans, même plus jeunes que vous, vous devancer; souffrir qu'ils se moquent de vous comme d'un sot, et de n'avoir point de loisir du tout pour jouer; car je vous assure que si vous ne voulez pas apprendre, vous ne jouerez point. Quel est donc le moyen d'arriver à cette perfection à laquelle vous me promettez d'aspirer? C'est, premièrement, de remplir votre devoir envers Dieu et envers les hommes, sans quoi toute autre chose ne signifie rien. Secondement, d'acquérir de grandes connaissances, sans quoi vous serez un homme très-méprisable, quoique vous puissiez être un homme très-honnête; et en dernier lieu, d'être très-bien élevé, sans quoi vous serez un homme très-désagréable, quoique vous puissiez être un homme honnête et savant.

Souvenez-vous donc de ces trois choses, et prenez la résolution d'exceller dans toutes les trois; car elles comprennent tout ce qui est nécessaire et utile pour ce monde-ci ou pour l'autre : et à proportion que vous y ferez des progrès, vous aurez l'affection et la tendresse de votre, etc.

MODÈLES

DE

PÉTITIONS, FORMULES ET MÉMOIRES.

Modèle de Pétitions à la Chambre des Députés, pour obtenir un dégrèvement de l'impôt sur les boissons.

Messieurs les Députés,

Nous soussignés, citoyens français, avons recours à votre justice et à votre sollicitude pour les intérêts du peuple, et venons vous exposer que l'impôt indirect qui frappe sur les boissons est un véritable désastre pour nous.

(Dire le cas particulier.)

Nous avons cette confiance que vos grandes lumières vous feront apercevoir dans les nombreux abus à réformer un moyen de compensation pour la suppression que nous vous demandons et que nous attendons de votre justice.

Les Signatures.

A... le...

Modèle de demande pour être déchargé de la contribution mobilière.

*A Monsieur le Sous-Préfet de l'arrondissement de..,
département de...*

Monsieur,

La V°..., habitante de....,

A l'honneur de vous exposer qu'elle est imposée au rôle de la contribution mobilière pour commencer en la présente année, sous le n°..., à la somme de...

L'exposante est extrêmement âgée, infirme et sans moyen d'existence.

Elle était propriétaire, à la vérité, de biens fonds ; le partage opéré entre ses enfans, il lui reste à peine de quoi subsister, ce qui est notoirement connu.

Sa position est des plus malheureuses ; elle vous prie, Monsieur, de vouloir bien y avoir égard, en ordonnant qu'elle sera rayée et biffée du rôle de ladite contribution.

Elle joint à la présente un certificat attestant sa position et la quittance des douzièmes échus.

Présentée à..., le..., an...

——

Modèle de demande pour être déchargé de la contribution foncière.

A M. le Préfet du département de...

Monsieur,

Le sieur..., domicilié à..., a l'honneur de vous exposer qu'il est propriétaire d'une maison sise à..., rue..., portant le n°...

Que cette maison a été inhabitée depuis le... et même avant, l'exposant n'ayant pu trouver à la louer.

Que l'impôt foncier, portes et fenêtres, de ladite année..., évalué à » fr. » c., certifié par l'extrait de matrice du rôle délivré par M. le maire de..., en date du .., jointe à la présente, a été acquitté.

Dans cette circonstance, l'exposant demande à être remboursé de la somme de..., montant de ladite contribution.

, Il attend de vous cette justice, et vous salue respectueusement.

Présentée à..., le..., an.

Modèle de demande pour être déchargé de la patente.

A M. le Sous-Préfet, etc.

Monsieur,

Le sieur... a l'honneur d'exposer qu'il est imposé au rôle de la contribution patente de..., comme marchand de bois en détail état qu'il a cessé d'exercer depuis plusieurs années.

Pourquoi il joint à la présente la quittance et la patente, et demande à être remboursé de la somme de » fr » c., par lui avancée. Il attend de vous cette justice, et vous salue respectueusement.

Présentée le..., à...,

Modèle de demande en réduction d'impôts.

A M. le Préfet, etc.

Monsieur,

Le sieur...

Expose qu'il est imposé au rôle de la contribution mobilière de ladite ville, pour l'an..., dans une proportion beaucoup plus élevée que celle assignée aux autres contribuables de la même ville; qu'elle excède d'ailleurs la juste proportion de son loyer d'habitation, et que, pour se conformer aux dispositions de l'arrêté des consuls, du 24 floréal an 8, il déclare présenter pour moyen de comparaison les côtes mobilières des sieurs 1°..., 2°..., 3°... tous trois demeurant dans la rue de..., et dont le revenu comparatif est bien supérieur au sien, et qui cependant se trouvent bien moins imposés, et conclut à ce que sa cotisation soit établie proportionnellement à celles qu'il indique, et à ce qu'il lui soit accordé un dégrèvement de la somme à la quelle il se trouve trop imposé.

Il joint à sa pétition la quittance des termes échus, ainsi que le prescrit le même arrêté, et il attend avec ronfiance l'effet de la justice qu'il réclame, et qui lui est due à si juste titre, et vous rendrez justice.

Présentée ce jour..., an..

—

Modèle de demande pour avoir un port d'armes.
A Monsieur le Maire de la ville de...

Monsieur,

Le sieur..., domicilié à..., a l'honneur de vous exposer, qu'en sa qualité de propriétaire de... hectares... ares... centiares de terres en labour, bruyère, bois, etc. en la commune de..., et pour se conformer à l'arrêté de M. le préfet, relatif au port d'armes, il demande et invite M. le maire à donner son avis, afin que l'exposant puisse obtenir de M. le préfet l'autorisation de porter des armes : l'ayant obtenue dans tous les temps, il espère et attend de vous, Monsieur, un avis favorable.

Présentée le..., à...

Modèle de demande pour être continué à une place de piéton.
A Monsieur le Préfet du département de.

Monsieur,

Le sieur..., domicilié à..., employé au service de piéton dans le canton d... (section...),

A l'honneur de vous exposer, en réponse à votre honorée lettre du..., reçue ce jour,

Qu'en sa qualité de piéton il a rempli la fonction qui lui a été confiée, que s'il y a eu plainte de portée contre lui, c'est injustement, puisque les commissions qui lui ont été données, ont été remises exactement à leur destination ;

Que jusqu'alors il s'est présenté aux jours désignés, en votre arrêté du..., pour recevoir des lettres et paquets, et transmis les réponses qui lui ont été confiées par MM. les maires des communes.

Il paraît, Monsieur le Préfet, que l'on vous a mal informé relativement à ce service, qui a été rempli exactement ; ce ne sont que des plaintes qui ne peuvent

as à m
oncera
miror

Franço
noiselle
s nou
abiller
est
rateu
eu vo

mor
ar
qu
ll
o
s
n
o
i

avoir aucun succès et qui cherchent à suggérer des moyens aucunement fondés.

Le soussigné à l'honneur de vous déclarer qu'il a rempli son devoir légalement, et que désormais il le remplira avec toute la célérité possible.

Il espère, Monsieur le Préfet, que vous voudrez bien le continuer dans sa fonction de piéton, qu'il croit ne pas avoir démérité, ayant rempli son devoir, et qu'il se présentera au bureau de la préfecture, conformément à votre arrêté précité, au prochain jour, pour y recevoir les lettres et paquets; pour la continuation de gestion qu'il remplira exactement. Il attend cette faveur de votre équité, et vous salue respectueusement, etc.

Modèle de demande pour être autorisé à placer une enseigne.

A Monsieur le Maire de la ville de...

Le commissaire-voyer de la ville de.., de l'avis de M. le Maire, autorise le sieur... à faire placer une enseigne devant la façade de sa maison, située à.., rue.., à la charge par lui de la faire établir de manière à ce que la sûreté publique ne se trouve pas compromise.

A..., le...

Le sieur..., domicilié à..., rue..., n°...,

A l'honneur de vous faire observer qu'il a l'intention de faire placer à l'extérieur de son domicile, du côté de la place... une enseigne pour sa profession; qu'il ne le peut sans votre autorisation. Pourquoi il vous donne la présente à ce qu'il vous plaise, Monsieur, de lui permettre de placer ladite enseigne devant son domicile, conformément aux règlemens; en attendant cette permission, qu'il réclame de votre justice, il vous salue avec respect.

Présentée à..., le...

10

*Modèle de demande pour réparer une maison située
sur une grande route.*

A. *Monsieur le Préfet du département de.*

Monsieur le préfet,

Le sieur..., domicilié à

A l'honneur de vous exposer qu'il est dans l'intention
de faire réparer une maison, sise à..., rue..., n°..., appartenant au sieur..., et désirerait être autorisé à faire
une lucarne et recouvrir à neuf cette maison, conform-
mément aux règlemens.

En attendant cette autorisation qu'il réclame de votre
justice, Monsieur le Préfet,

Il a l'honneur de vous saluer très-respectueuse-
ment.

Présentée le...

*Modèle de demande pour alignement à l'effet de
construire.*

A *Monsieur le Maire*, etc.

Monsieur,

Le sieur..., à l'honneur de vous exposer qu'il est dans
l'intention de faire construire un bâtiment du côté de...
où sur la rue d..., sur sa propriété située et attenant
à.., pourquoi il vous invite, Monsieur le Maire, de
bien vouloir lui donner l'alignement pour y bâtir, conformément aux règlemens.

En attendant cette autorisation de votre justice,
Monsieur le Maire, il a l'honneur de vous saluer respectueusement.

Présentée le..., an...

*Modèle de demande pour se faire rayer de la liste de la
garde nationale, étant porté sur deux contrôles à
deux endroits différens.*

A *Messieurs le Préfet et les Membres du Conseil de la
préfecture du département de..*

Le sieur..., domicilié à...

A l'honneur de vous exposer qu'il est compris au
rôle de la contribution personnelle et mobilière de la
ville de..., ainsi qu'il en justifie par la quittance à lui
délivrée par le percepteur des contributions, à la date
du..., certifiée véritable par le maire, le même jour,

Qu'il est inscrit et fait partie de la garde nationale de la ville de..., à la date du...

L'exposant est informé que, passant quelquefois huit ou quinze jours, plus ou moins, à..., dans une maison pour la facilité de ses fermiers, mais qui n'est pas son vrai domicile, puisqu'il réside à..., il a été commandé de garde le..., par le sieur..., sergent-major de la... compagnie de la garde sédentaire d.... sans doute qu'il ne peut en remplir les fonctions dans deux endroits.

Pourquoi, vu les certificats joints à la présent, demande qu'il vous plaise, Messieurs, ordonner que le nom de l'exposant sera biffé du contrôle de la garde nationale de la ville d..., ce faisant, vous rendrez justice.

Présentée à..., le.., an..

Modèle de demande par un garde champêtre pour obtenir la remise d'un mousqueton qui lui avait été retiré.

A Monsieur le Préfet, etc.

Monsieur,

Le sieur (nom, prénoms), garde champêtre pour la commune de..,

Nommé par vous garde champêtre de ladite commune, il y a un an, je me suis toujours appliqué de tous mes moyens à en remplir les fonctions d'une manière à répondre à la confiance qui m'était accordée.

Des envieux, du moins je me le persuade, sont parvenus à surprendre votre religion en obtenant mon désarmement, qui s'est opéré dans la journée du..

J'ignore quels motifs ils ont pu employer, seulement je présume qu'un mousqueton dont j'étais porteur dans l'exercice de mes fonctions, et que l'on vient de m'ôter, leur a paru une arme prohibée dont parle l'arrêté du 7 pluviôse an 10.

Il est de fait, Monsieur, que dans les premiers temps où j'exerçais les fonctions de garde, peu instruit sur l'arme dont je devais me servir dans le cours de mes fonctions, je fus desservi près de vous comme faisant usage d'un fusil à deux coups ; mais, sur l'avis que vous eûtes la bonté de me donner, non-seulement je cessai le port de ce fusil à deux coups, je m'en défis encore par son échange contre le mousqueton qui vient de m'être retiré.

Je ne crois pas, Monsieur, que le port d'un mousqueton, dans l'exercice des fonctions de garde champêtre, soit une arme prohibée, d'autant plus que votre arrêté l'autorise nommément.

Si celui qui m'a été retiré portait en lui-même sa réforme, pour n'être pas, dans quelques-unes de ses parties, conforme aux réglemens, ce que j'ignore, vous n'estimerez pas que ce puisse être une raison pour me désarmer.

Il est facile de le faire voir à des gens de l'art, et le faire, à mes frais, mettre dans la forme qu'il doit avoir.

Ce ne pourrait encore être aucun rapport fondé d'inconduite dans ma gestion ; ils ne seraient que controuvés et enfantés par la malveillance de personnes auxquelles l'exactitude à remplir mes devoirs pourrait nuire.

Veuillez bien, Monsieur, ordonner que le mousqueton en question me sera rendu, sauf au préalable, si vous le jugez à propos, le faire visiter par l'armurier qu'il vous plaira indiquer.

Soyez convaincu, Monsieur, de l'exactitude que je ne cesserai de mettre dans mes fonctions, et du profond respect avec lequel j'ai l'honneur d'être,

Monsieur,

Votre très-humble et très-obéissant serviteur.

Présentée le..

Modèle de requête à présenter pour faire commettre un huissier pour exécuter un jugement.

A Monsieur le Président du Tribunal de première instance de..

Monsieur,

Le sieur.., domicilié à..,

A l'honneur de vous exposer qu'il a été souscrit un billet à ordre, le.., par le sieur.., demeurant à.., de la somme de » fr. » c., valeur payable le.., au profit de l'exposant qui l'a négocié.

Que ce billet a été protesté le.., que le.. assignations ont été commises aux sieurs.. et à l'exposant, requête du sieur..

Que le.. il est intervenu jugement au tribunal de.., le.., qui a été signifié le.., et encore par réitération le..

Que le.. il a été fait procès-verbal de tentative à saisie contre le sieur.., qui a formé opposition au jugement rendu par défaut et arrêté le..

Que le.. jugement a été rendu par le même tribunal au profit de l'exposant, comme ayant remboursés et subrogé aux droits du sieur.., déboute le sieur.. de son opposition et ordonne l'exécution du jugement du..

Qu'enfin, le sieur.. ne voulant pas se libérer, l'exposant n'a d'autre voie que la saisie exécution pour le forcer à payer; déjà l'exposant s'est plusieurs fois adressé à divers huissiers, qui tous se sont refusés à cette exécution, ce qui met l'exposant dans la nécessité de recourir à M. le président pour forcer les officiers ministériels à remplir leurs devoirs.

Dans ces circonstances, l'exposant vous donne la présente, à ce qu'il vous plaise, Monsieur, vu l'article 42 du décret du 14 juin 1813,

Enjoindre à tel huissier qu'il vous plaira choisir, afin d'exercer une saisie mobilière au domicile du sieur.., à la ville d.. et ensuite faire tous les actes de son ministère que la loi exige en s'y conformant.

Présentée à.., le.. an..

Autre modèle de la même demande pour autre motif.

A Monsieur le Président, etc.

Monsieur,

M.., demeurant à.., a l'honneur de vous exposer,

Qu'il s'est rendu adjudicataire à l'audience des criées du tribunal de première instance d.., le.., d'une maison et dépendances située à..

D'après l'article 15 des clauses du cahier des charges, l'acquéreur devait prendre la jouissance de cette maison le jour même de l'adjudication.

Cependant, le sieur.. résiste et continue à l'occuper ; deux commandemens de déguerpir des lieux, en date des.., sont restés infructueux ; de sorte qu'aujourd'hui l'exposant n'a d'autre voie que l'expulsion de vive force. Déjà l'exposant s'est plusieurs fois adressé à divers huissiers qui tous se sont refusés à cette exécution, ce qui met l'exposant dans la nécessité de recourir à vous pour forcer ces officiers ministériels à remplir leurs devoirs.

Dans ces circonstances, l'exposant vous donne la présente, à ce qu'il vous plaise, Monsieur, vu l'article 42 du décret du 14 juin 1813, enjoindre à tel huissier qu'il vous plaira choisir afin d'expulser le sieur.. de la maison et dépendances dont s'agit, en s'aidant de la force armée, le tout, au surplus, en se conformant à la loi.

Présente a...'. le..., an...

Modèle de demande pour faire rapporter un arrêté de M. le Préfet, pour être maintenu dans la possession d'un chemin.

A Monsieur le Préfet du département d...

Monsieur ;

A l'honneur d'exposer, le sieur M..., propriétaire demeurant à..., que de temps immémorial il existait un chemin traversant les propriétés de l'émigré M. T... et allant de la route de... à l'embranchement des chemins de...

Le sieur T... ayant émigré, ses biens furent vendus comme domaines nationaux.

L'exposant, par acte du..., s'est rendu adjudicataire d'une pièce de terre ayant appartenu audit sieur T..., enclavée au milieu des propriétés de ce dernier, et à laquelle il ne pouvait accéder que par le chemin dont il s'agit.

Le surplus desdites propriétés fut vendu à un sieur V..., qui en fit la vente au sieur R...

Dans le courant de l'an..., le sieur..., fermier du sieur R... acquéreur desdites propriétés, s'est permis d'intercepter ledit chemin, extrêmement utile à l'agriculture et aux communications vicinales ; mais, par arrêté du... M. le préfet, sur la demande de l'adminis-

tration municipale du canton de..., ordonna la conservation dudit chemin.

Cet arrêté avait reçu sa pleine et entière exécution
jusqu'au... dernier ; mais à cette époque, le sieur R..
a surpris de votre religion un arrêté qui ordonne la
suppression dudit chemin.

L'exposant s'est réuni à plusieurs habitans de la commune de..., pour faire rejeter la prétention du sieur
R..., mais par votre arrêté du... vous avez déclaré
qu'il n'y avait lieu à accueillir la réclamation des péti-
tionnaires.

L'exposant ne se dissimule pas que, lors de la pétition qui fut présentée, tant en son nom qu'en celui de
plusieurs habitans de la commune de..., on a négligé
le principal moyen, celui surtout qui pouvait éclairer
votre religion et faire réussir la demande des pétition-
naires.

En effet, il est de principe certain que MM. les pré-
fets, qui remplacent, dans l'ordre administratif, les
ci-devant administrations centrales, ne peuvent annuller ni rapporter les arrêtés de ces mêmes administrations.

Il n'appartient qu'au conseil d'état d'annuller ou de
rapporter ces mêmes décisions.

C'est ce qui résulte des dispositions de la loi du 8
pluviôse an 2.

Dans l'espèce, il s'agissait d'un chemin dont la conservation était ordonnée par arrêté de l'administration
centrale d... en date du...

En ordonner la suppression, c'était annuller ou rapporter implicitement l'arrêté de l'administration centrale d..., du...

Conséquemment, monsieur le préfet, la question
qui vous y est soumise par le sieur R... relativement à
la suppression dudit chemin, excédait les bornes de
votre compétence : il n'appartenait qu'au conseil d'état
de statuer à cet égard.

Ainsi, les arrêtés que vous avez rendus les... ont été
surpris à votre religion et doivent être rapportés.

L'exposant avait été conseillé de se pourvoir contre
lesdits arrêtés devant le conseil d'état, mais il a cru,

avant de prendre une semblable mesure, devoir vous soumettre de nouvelles observations, bien convaincu que vous avez le désir et la volonté de rendre la justice à tous vos administrés.

Dans cet état, l'exposant a l'honneur de vous donner la présente à ce qu'il vous plaise, vu l'exposé ci-dessus,

Rapporter vos arrêtés des...; ce faisant, ordonner que le chemin dont il s'agit sera rétabli dans l'état où il était avant votre arrêté du...; autoriser l'exposant, en cas de refus dudit R..., de faire rétablir ledit chemin aux frais de ce dernier, et de prendre la force armée pour l'exécution de l'arrêté du...

Ce faisant, vous rendrez justice.

Il dépose à l'appui de la présente pétition sept pièces cotées et paraphées.

Présentée à..., le..., an...

Modèle de demande pour faire enlever un moulin indûment placé dans la rivière, qui cause dommage à autrui.

A Monsieur le Préfet, etc.

Monsieur,

Le..., propriétaire, domicilié à..., a l'honneur de vous exposer:

Qu'il est propriétaire d'un pré situé à..; au triège d...; que le sieur N... s'est permis, sans aucune autorisation, de faire placer une roue dans la rivière de...; plus, des pieux, charpentes qui barrent la rivière, de sorte que le pré de l'exposant est presque toujours inondé, ce qui lui cause un grand préjudice par la perte qu'il éprouve d'une partie de ses récoltes, et rend ses bâtimens inaccessibles, prive ses bestiaux de pâtures au moins trois mois de l'année.

L'exposant s'est adressé au sieur N..., pour l'inviter de faire retirer ladite roue, pierres et pieux qui barrent la rivière, qui arrêtent les herbes et empêchent l'eau d'avoir son cours ordinaire; le sieur N... n'en a rien fait.

L'exposant se voit forcé d'avoir recours à l'autorité pour forcer le sieur N... à faire l'enlèvement desdits objets qui empêchent l'écoulement des eaux dans des jours qu'elles sont à plus de 20 pouces d'exhaussement du niveau, le moins 10 pouces quand les herbes sont retirées des pieux.

L'exposant fait observer à monsieur le préfet que cette roue n'a d'autre utilité que de faire aller un jet d'eau dans le jardin de M... pour son agrément.

Vu l'exposé ci-dessus, l'exposant demande qu'il vous plaise, monsieur le préfet, d'ordonner la visite des lieux, pour, après rapport fait, rendre un arrêté que M,. sera tenu de faire l'enlèvement, dans les vingt-quatre heures de la notification de votre arrêté, de la roue de la charpente qui la supporte, pierres, pieux et barres qu'il s'est indûment permis de placer dans la rivière sans autorisation ; plus de curer la rivière à l'endroit encombré, afin que l'eau reprenne son libre cours. Et vous rendrez justice.

Présentée à..., le..., an...

Modèle de demande pour faire établir une Berme dans une rivière de flottage.

A Monsieur le Préfet.

Monsieur,

Le sieur... vous expose que, près le moulin de..., la berme de la rivière de flottage a été emportée par les trains sur environ 10 mètres de long, et que la majeure partie de l'eau de la rivière prend son écoulement par cet endroit, ce qui cause une perte d'eau considérable à son moulin, et le met dans l'impossibilité de travailler.

Pourquoi il s'adresse à vous, monsieur le préfet, pour qu'il vous plaise ordonner que cette partie de berme soit réparée le plus promptement possible, vu que le moindre retard lui fait éprouver une perte considérable par le chômage de son moulin, et préjudicie à l'intérêt général. Ce faisant, vous rendrez justice.

Présentée à..., le..., au...

10..

Modèle de pétition à Sa Majesté pour obtenir des réparations.

A Monsieur..., Intendant général de Sa Majesté.

A l'honneur d'exposer, le sieur..., qu'il afferme la terre de..., avec le moulin et ses dépendances, et la petite ferme d..., appartenant à Sa Majesté...

L'exposant, obligé de payer un fermage considérable, à raison de cette location, doit avoir la pleine et entière jouissance de tous les objets qui lui ont été affermés.

Néanmoins l'exposant ne retire point tous les avantages qui lui étaient assurés par son bail.

En effet, il doit avoir la jouissance d'une pêcherie dépendant des objets qui lui ont été loués ; mais depuis plus de deux ans cette pêcherie est entièrement détruite, de sorte que l'exposant est privé de remplir ce qu'il ne pouvait espérer.

Toutes les vannes sont dans le plus mauvais état, périssent d'irrigation des prairies et occasionnent à l'exposant une perte annuelle dans la récolte des foins.

Enfin, les murs sont tombés, les bâtimens sont en mauvais état, et le moulin exige des réparations urgentes.

L'exposant a déjà formé de nombreuses réclamations à cet égard ; elles ont été absolument sans effet.

L'exposant aurait eu le droit de prendre la voie qui lui est tracée par les lois, mais son respect pour Sa Majesté et le désir qu'il a de rester attaché à son service, ne lui ont pas permis d'avoir une telle pensée.

C'est donc à la protection de Sa Majesté, c'est à la justice de M. l'intendant que l'exposant croit devoir recourir pour obtenir la réparation du dommage qu'il éprouve annuellement.

La pêcherie produisait tous les ans un revenu de six cents francs : depuis plus de deux ans il en est privé ; il est donc dû au fermier une indemnité proportionnée.

L'exposant déclare s'en rapporter à la loyauté de M. l'intendant pour la fixation de cette indemnité.

Il supplie également M. l'intendant de préposer sans délai des ouvriers pour la reconstruction de la pêche-rie et la confection des réparations urgentes qu'exigent les objets affermés

Le moindre retard pourrait être préjudiciable a Sa Majesté, et nécessiterait des réparations beaucoup plus considérables.

Présentée à., le..., an...

Modèle de demande pour faire pâturer des bestiaux ; en vertu des titres, dans les bois du gouvernement.

A Monsieur l'Inspecteur à la Conservation des forêts na-tionales du..., arrondissement d..., département d..

Monsieur ,

A l'honneur de vous exposer que, suivant jugement rendu par le tribunal de..., le..., dont expédition est ci-jointe, il a, en sa qualité de propriétaire de la ferme de..., le droit, lui, ses fermiers ou préposés, d'envoyer pâturer ses bestiaux au nombre de... bêtes au Mail, et de... bêtes chevalines ou à laines dans le bois de..., aux charges et conditions énoncées audit jugement sur le vu de titres y relatés.

Ce droit de l'exposant a été reconnu, et en quelque sorte confirmé par un arrêté de M. le préfet de..., en date du..., par lequel l'exposant a été autorisé à faire pâturer, comme par le passé, ses bestiaux dans les bois dont il s'agit, à charge par lui de ne faire conduire que la quantité de bestiaux indiquée dans le titre par lui représenté, et se conformer scrupuleuse-ment à l'art. 4 de l'arrêté du directoire exécutif, du 5 vendémiaire an 6, qui veut que les bestiaux ne puis-sent être conduits que dans les parties de bois qui au-ront été déclarés défensables par les agens forestiers, sous les peines prescrites par les ordonnances et règle-mens.

Vu l'exposé ci-dessus, les pièces y jointes, l'exposant demande qu'il vous plaise indiquer ou faire indiquer les parties des bois de... actuellement défensables, à l'effet par lui, ses fermiers ou préposés, d'y exercer le droit de pâture dont il s'agit, aux charges énoncées:

Présentée

Modèle de dénonciation pour usurpation de fonction de courtier.

A Monsieur le Procureur du roi près le tribunal de première instance de...

Monsieur,

Le sieur B..., domicilié à...,

A l'honneur de vous dénoncer un abus qui se commet de la part du sieur F..., demeurant à...

FAIT.

Depuis trois ans, le sieur F... s'est immiscé aux fonctions de courtier sans être commissionné à cet effet, ni patenté : il a vendu pendant cette espace de temps, et vend continuellement, pour le compte de plusieurs filateurs, des laines pour faire des schals à nombre de marchands.

Le sieur F... tient des registres qui ne sont point paraphés et tenus dans des formes exigées par la loi.

Par son trafic, il s'est enrichi de plus de trente mille francs ; ce qui porte un préjudice notable aux courtiers, qu'il est instant de réprimer un pareil abus.

L'exposant est informé que le sieur F... a vendu des laines à plusieurs marchands dont les noms suivent, 1°..., 2°..., 3°..., etc.

Qu'il sera facile de faire demeurer le fait constant par les dénommés ci-dessus, et par la saisie des registres du sieur F... (conformément à l'article 38 de la loi du 1er brumaire an 7), qu'il a fait le trafic de courtier sans droit ni qualité, puisqu'il n'est pas nommé par le roi, ainsi que le veulent les lois du 28 ventôse an 9 et 25 nivôse an 8, les arrêtés du 29 germinal 9 et 27 prairial an 10, l'art. 75 et suivant du Code de commerce, les ordonnances du 29 mai 1816, 1er juillet 1818 et 9 avril 1819 ; que sous ce rapport il est en contravention.

Pourquoi l'exposant vous adresse la présente plainte dans l'intérêt de la justice. Il n'y a pas de doute qu'en étant instruit, vous ne fassiez cesser aussitôt un pareil abus ; les courtiers auront de la répression de ce délit une grande obligation. Ils vous supplient, monsieur le procureur du roi, d'interposer votre ministère pour diriger les poursuites conformément au décret du 10 septembre 1808, l'avis du Conseil-d'Etat du 17 mai 1809, Code pénal, 258 et 259.

J'ai l'honneur d'être avec un profond respect,

Monsieur,

Votre très-humble
et très-obéissant serviteur.

Paris, le..., an...

Modèle de demande de renseignemens sur un militaire dont on n'a pas de nouvelles.

A Monsieur le Ministre de la Guerre.

Monsieur,

François B...., demeurant à..., arrondissement de..., département de..., expose à Votre Excellence que son fils *(frère ou parent,)* de la... compagnie,.. bataillon,.. régiment, depuis l'affaire de.... n'a point donné de ses nouvelles à sa famille, et que nous n'avons pu nous procurer aucun renseignement sur son existence, malgré nos démarches dans les bureaux de Votre Excellence et nos demandes au conseil d'administration de son corps. Au moment ou la conclusion de la paix générale permet enfin au gouvernement d'avoir des notions plus précises sur le sort des prisonnier de guerre, ou qui ont péri dans les combats ou dans les hôpitaux, il supplie Votre Excellence de vouloir bien faire faire les démarches nécessaires pour avoir des indices sur son compte.

Il attend cette faveur de votre humanité et de votre justice, et à l'honneur d'être avec le plus profond respect.

Monsieur le ministre,

Votre très-humble et
très-dévoué serviteur.

Modèle de demande pour obtenir une place de Charbonnier.

A *Monsieur le Préfet de police du département de la Seine, en son hôtel à Paris.*

Monsieur,

Le sieur..., domicilié à...,

A l'honneur de vous exposer qu'il réside à Paris depuis quatre ans, qu'il s'est comporté en homme probe et honnête, d'une conduite irréprochable ; qu'il lui a été délivré un certificat attestant sa moralité, à la date du... dont copie, certifiée conforme par M. le maire (*ou le commissaire de police*), est ci-jointe.

L'exposant a sa femme et enfans au nombre de... mineur qui lui seul en est le soutien ; qu'il se trouve en ce moment sans travail et moyens d'existance (ou *qu'il ne fait chose quelconque dans l'état qu'il professe, ou exprimer d'autres motifs.*)

Il a l'honneur de s'adresser à vous, monsieur le préfet, pour vous faire la demande d'une place de charbonnier à...; il vous invite de bien vouloir lui accorder et lui faire délivrer une plaque pour se conformer aux réglemens. Il attend cette faveur de votre humanité et de votre justice.

Ce bienfait de votre part ne sera qu'ajouter aux sentimens de reconnaissance et de respect avec lesquels il a l'honneur d'être,

Monsieur le préfet,

Le très-humble et et très-obéissant serviteur.

Modèle de certificat d'indigence.

Nous maire de la ville de..., département de..., certifions à tous qu'il appartiendra, que..., demeurant en cette ville, est dans la plus grande misère ; que depuis plus... mois il est sans ouvrage et n'a d'autre ressource que ces bras pour nourrir sa femme et... enfans ; qu'il sollicite dans ce moment-ci les secours de la charité pour exister ; qu'il ne pourra jamais supporter les condamnations ni les frais qui pourraient être prononcés contre lui, par raison du procès-verbal dressé contre lui, par le garde de..., le...; que les poursuites qui se raient faites deviendraient une charge pour le gouvernement, vu son insolvabilité.

Pourquoi nous lui avons délivré le présent certificat d'indigence, en le recommandant à la bienveillance du tribunal.

Délivré à la mairie de..., le..., an...

Modèle de certificat de bonne vie et mœurs.

Nous habitans de..., soussignés, certifions à justice et à tous qu'il appartiendra et dans la meilleure forme que certificat puisse s'accorder, que la dame... s'est comportée en femme d'honneur et de probité, que sa moralité et sa conduite sont absolument intactes et à l'abri de tous reproches, en foi de quoi nous avons délivré le présent pour vouloir ce que de raison.

A..., le..., an...

(Faire légaliser les Signatures.)

Modèle de certificat de vie et mœurs.

Décision du 7 novembre 1821.

—

Circulaire du ministre, du 12 décembre 1821.

—

Département d...

—

Arrondissement d...
Canton de...

—

Commune de...

—

Nous maire de la commune de...., soussigné, certifions, sous notre responsabilité personnelle, que le sieur.., *(noms, prénoms et surnoms,)* est né le..., à..., canton de..., arrondissement de... ainsi qu'il résulte de son acte de naissance dûment légalisé et des autres pièces produites, et ci-après inventoriées :

1° Qu'il jouit de ses droits civils, et qu'il n'est dans aucuns des cas prévus dans le Code civil, qui entraînent la privation de ses droits ;

2° Qu'il habite depuis plus de six mois dans cette commune ;

3° qu'il y exerce la profession de.., et qu'il travaille depuis... *(ou qu'il vit chez ses parens.., ou qu'il est au service de...)*

4° Qu'il résulte du témoignage des notables habitans soussi-

gnés, tous pères de familles imposés au rôle des contributions,
et demeurant depuis plus d'un
an dans la commune, qu'il a eu
constamment une bonne conduite.

5° Qu'il est régulièrement li-
béré du service militaire (*faire
connaître à quel titre il est libé-
ré,*) et qu'il n'est pas marié, ce
qui nous a été attesté également
par les deux témoins qui ont si-
gné avec nous.

A..., le..., an...

(*Signatures du maire
et des habitans*).

Inventaire des pièces dont est porteur le sieur...

1° Acte de naissance ;
2°........;
3°........, etc.

Modèle de signalement du sieur....

Taille de..., cheveux..., sourcils..., nez..., yeux...,
bouche..., menton..., visage... (*indiquer les marques
particulières*), domicilié à.., canton de..., arrondissement de..., département de...,

Visé et vérifié par nous, juge de paix du canton d...;

(*Signatures.*)

Visé par nous, préfet du département d...

(*Article 817 du Manuel de recrutement.*)

(Ce visa n'est nécessaire que pour les hommes qui se
présenteraient comme remplaçans, dans un département autre que celui de leur résidence.)

*Modèle de certificat pour attester que le Conscrit a les
moyens de se faire remplacer.*

Nous, maire de la commune de..., certifions que le
sieur..., jeune soldat de la classe de..., né et domicilié
en cette commune, inscrit sous le n°... du registre ma-
tricule, et appelé à l'activité, est bien réellement dans
l'intention et à les moyens de se faire remplacer, **et**

que s'il ne l'a pas fait en temps utile, c'est qu'il comptait sur les chances de l'appel, comme étant compris dans les derniers numéros, et nous a déclaré en avoir la volonté.

En foi de quoi le présent est délivré au sieur... sur sa demande, pour valoir ce que de droit.

A..., le..., an...

Modèle de Pétition pour obtenir un délai à l'effet de se faire remplacer au service militaire.

A Monsieur le Préfet du département d...

Monsieur le préfet,

Le soussigné... a l'honneur de vous exposer que se trouvant, par son numéro, faire partie de la levée de ... mille hommes, il désirerait obtenir la faculté de se faire remplacer, et que s'il ne l'a déjà fait, il avait espoir que le n°... appelé sur le canton d..., dernier n°, le classerait parmi ceux non-appelés à l'activité, ainsi que le constate le certificat du maire, ci-joint.

C'est pourquoi il a l'honneur de vous supplier, Monsieur le Préfet, de bien vouloir lui accorder un sursis de départ, à l'effet de pouvoir présenter un remplaçant.

Il attend tout de votre bonté et a l'honneur d'être, en attendant vos ordres,

Monsieur le Préfet,

Votre très-humble
et très-obéissant serviteur.
(*Signature.*)

Présentée le..., an...

Autre Modèle pour même cause.

(*Semblable intitulé à celui qui précède.*)

A l'honneur de vous exposer qu'étant dans l'intention de faire remplacer son fils..., jeune soldat de la classe de..., n°... dudit canton, dernier n°... appelé par l'ordonnance du..., il vient vous prier de bien vouloir lui faire obtenir, en conséquence de l'instruction de S. E. le ministre de la guerre du... dernier, un délai pendant lequel il pourra se procurer un remplaçant.

L'exposant attend de vous, avec confiance l'objet de sa prière ; il a l'honneur d'être avec respect ;

Monsieur le Préfet, etc.

Présentée le..., an...

Autre modèle pour autre motif.

(*Comme à la précédente.*)

A l'honneur de vous exposer..., jeune soldat de..., n°..., du tirage, que depuis qu'il est classé dans le contingent, et attendu que sa présence est nécessaire chez lui, il a toujours eu l'intention de fournir à l'armée un remplaçant ; mais que, s'appuyant sur les dispositions de votre circulaire du..., il a cru devoir différer son remplacement, espérant que son n° ne serait pas appelé à l'activité ; aujourd'hui, Monsieur le Préfet, l'exposant vient de recevoir une lettre de départ qui lui a été notifiée en vertu de l'ordonnance du..., et il voit avec douleur que le délai accordé pour présenter des remplaçans est expiré sans qu'il ait pu se mettre en mesure.

Pourquoi il vous supplie, Monsieur le Préfet, se fondant sur votre instruction du..., de vouloir bien réclamer pour lui auprès de qui de droit, une suspension de départ, et lui indiquer quel jour il pourra présenter au conseil de révision le remplaçant qu'il se sera procuré.

Il joint un certificat de M. le Maire de la commune de..., constatant qu'il a la volonté et les moyens de se faire remplacer.

(*Terminer comme celle ci-dessus.*)

Autre modèle pour autre motif.

(*Même intitulé.*)

Expose humblement le sieur..., que, dans l'espoir que son fils..., compris par son numéro dans le contingent de la classe de..., pour le recrutement de l'armée, serait, à une seconde visite, déclaré exempt, faute de taille, il ne s'est pas pressé de se procurer un remplaçant dans le délai voulu ; qu'aujourd'hui, informé que son fils, ayant tout au plus une ligne au-dessus du minimum de la taille exigée, obtiendrait difficilement ladite exemption, il se décide à y pourvoir, si vous voulez bien, Monsieur le Préfet, par un effet de vos bontés envers vos administrés, lui accorder et faire accorder un délai suffisant à cet effet, etc.

Modèle de Pétition pour obtenir une deuxième réforme.
A Monsieur le Préfet, de...

C..., conscrit..., demande la révision.

Croissement des orteils.

Cause de sa première dispense.

Maux de tête.

Peu de cheveux.

Mauvais yeux.

Épaules difformes.

Un père sexagénaire dont il est le soutien.

Voilà ses titres à une seconde réforme.

C..., conscrit en la ville de..

C'est vous offrir un moment heureux que de vous donner l'occasion d'exercer un acte de justice et d'humanité, aussi j'ose me présenter avec confiance devant vous et devant Messieurs du conseil, pour vous supplier de m'accorder la révision : ma position me donne des droits à votre justice.

FAITS.

Le..., le conseil m'a jugé bon ; la multiplicité de ses travaux ne lui a pas permis de s'appesantir sur les motifs qui doivent faire ordonner ma réforme.

Les causes qui me valurent ma dispense en l'an..., non-seulement sont les mêmes aujourd'hui, mais encore elles sont plus fortes et conséquemment plus déterminantes.

Le croissement de mes orteils me gêne au point de ne pouvoir faire deux lieues sans souffrir et sans m'arrêter.

Je suis travaillé très-souvent par des hémorhoïdes qui se gonflent et me donnent des douleurs insupportables.

J'ai de fréquens maux de tête, aussi je suis dégarni de cheveux ; ma vue étant très-faible, le soir, je me conduis difficilement.

Mes épaules sont difformes ; enfin l'ensemble de mon individu présente un homme mal constitué et impropre au service.

Depuis... un an je seconde mon père sexagénaire.

Malheureusement je n'ai pas les facultés de me faire remplacer.

Tant de titres, Messieurs, seront par vous pris en considération : vous confirmerez ma dispense, et une famille entière vous devra l'existence et le bonheur.

Présentée le..., an...

Modèle de Pétition pour obtenir nn délai à l'effet de terminer ses affaires.

A Monsieur le général de division, maître des requêtes, directeur général de la conscription·

Monsieur le Directeur général ,

P..., conscrit de l'an..., de la commune d..., canton et arrondissement d.., désigné pour faire partie de la levée de... mille hommes,

A l'honneur de vous exposer :

Que depuis quatre ans il exerce les fonctions de..., (*ou* la profession de) ; il désirerait obtenir un délai suffisant pour pouvoir faire honneur aux engagemens qu'il a pris en se chargeant des affaires de plusieurs particuliers très éloignés, qui, malgré sa bonne volonté, éprouveraient des pertes qu'il désire prévenir.

Il vous supplie, Monsieur le Directeur général, de lui accorder ce délai pour pouvoir rendre compte de sa gestion comme fonctionnaire public (*ou* mandataire), et présenter à chaque particulier le résultat de ses démarches, terminer des affaires encore en instance.

En lui accordant l'objet de sa demande, Monsieur le Directeur général, vous accomplirez un acte de justice envers l'exposant, qui n'a d'autre désir que d'obéir aux lois de son souverain.

Présentée le..., an...

Modèle de demande pour affranchir une rente due à un hospice.

A Messieurs les Administrateurs de l'Hospice civil et militaire d...

Messieurs ,

Le sieur..., domicilié à...,

A l'honneur de vous informer qu'il est dans l'intention d'affranchir un capital que la loi autorise, une rente foncière de » fr. » c. due à la ci-devant fabrique de l'église de..., suivant contrat passé devant M^e...,

notaire à..., le..., contenant vente d'une pièce de
terre située à..., par S... au sieur...

De laquelle partie de rente que vous administrez il
est maintenant propriétaire comme cessionnaire du gouvernement

Pourquoi il vous prie de l'autoriser à verser le capital de cette rente à la caisse de votre receveur, au
moyen duquel versement elle sera éteinte pour toujours et l'exposant déchargé à jamais du paiement d'i-
celle.

A..., le..., an...

Modèle de pétition et demande pour le droit de parcours.

*A Messieurs les maire et membres du conseil municipal
de la commune d...*

François B..., cultivateur, domicilié en la commune d...;

A l'honneur de vous exposer qu'il est propriétaire en
ladite commune d..., de... hectares... ares... centiares
de terres labourables;

Qu'il jouit, à titre de fermier, d'une ferme située au
même lieu, composée de... hectares de terres labourables, appartenant à M. T...;

Que tout ce dont il jouit, tant à titre de propriétaire
qu'à celui de fermier, compose la quantité de... hectares, qu'à raison de cette quantité et de la délibération
du conseil général de la commune d..., et homologuée
par M. le Préfet, le..., l'exposant a le droit de mener
au pâturage et faire parcourir sur la commune de...,
le nombre de... moutons;

Qu'il lui a été délivré pour cantonnement les terres
du hameau de..., lequel hameau est limité de C...,
de C..., etc.

L'exposant est extrêmement préjudicié, non par la
fixation du cantonnement, puisque, s'il en jouissait
seul, ainsi qu'il en a le droit, il aurait des pâturages à
suffire pour son troupeau; mais divers particuliers
mènent sur ce même cantonnement leurs troupeaux,
et notamment les sieurs B... et C..., qui ne jouissent
et ne font valoir que.. hectares sur la même commune,
mènent et conduisent au parcours plus de... moutons

que la loi ne leur accorde ; très-souvent ils réunissent dans leurs troupeaux ceux d'autres particuliers jusqu'au nombre de...

Les sieurs B... et C... sont en contravention à la loi du 6 octobre 1791 , art. 12, 13, titre 1er, et à la délibération du conseil général de la commune de... , en date du... , homologuée par arrêté de M. le préfet du département de..., le...

L'exposant est privé, par le fait des sieurs B... et C., d'user du parcours dans le cantonnement qui lui a été assigné , et se voit forcé de recourir à l'autorité pour faire cesser cet abus; d'abord les sieurs B... et C... sont en outre en contravention à la loi précitée , qui ne permet aux cultivateurs de mener au parcours que deux bêles à laine par arpent , que l'intérêt de l'agriculture commande la plus grande sévérité.

Pourquoi l'exposant demande qu'il vous plaise , Messieurs , de bien vouloir réduire les troupeaux de moutons des sieurs B... et C... au nombre qu'ils doivent voir , et de prendre un arrêté à cet égard portant défense d'en conduire un plus grand nombre , et de se conformer au nombre fixé par ladite loi, et vous ferez justice.

Présentée à..., le,.., an...

FIN.

TABLE

des matières,

CONTENUES DANS CET OUVRAGE.

FIN DE LA TABLE.

LIMOGES ET ISLE, IMPR. ARDANT ET FILS.

oiselle, je vous procurerai
...able , et j'espère que
...terez votre procès... Cou-
...ormez du sommeil du
...lendain nous verrons.
...isez-vous , dit-il à Caro-
...qu'il fut rentré avec elle ,
...demoiselle Lori ? — Je
...pas mon expérience ,
...lheur est souvent père de
...ité. — Mademoiselle Lori
...uve la sienne, quand vous
...age ses besoins , et vous
...Mon enfant, ce plaisir-là
...la vie; il est indépendant
...ités de la fortune et des
...aces. Tâchez de vous le
...souvent. La vieillesse ne
...souvenirs , et il est doux
...de n'en trouver que de
...es. Mais prévoyez-vous,
...que la société de cette
...de puisse vous convenir ?

www.ingramcontent.com/pod-product-compliance
Lightning Source LLC
Chambersburg PA
CBHW061437030726
47503CB00005B/1450